JN440859

루저
클럽

1판 1쇄 | 2013년 5월 22일

지은이 | 존 레키치
옮긴이 | 서은경

펴낸이 | 모계영
펴낸곳 | 가치창조
편 집 | 박지연, 유다미
디자인 | 서정민

등 록 | 제406-2012-000041호
주 소 | 서울시 마포구 모래내로 7길 12, 405
전 화 | 070-7733-3227 팩 스 | 02-303-2375
이메일 | shwimbook@hanmail.net

ISBN 978-89-6301-084-7 43840
978-89-6301-071-7(세트)

가치창조 공식 블로그 http://blog.naver.com/gachi2012
단비청소년은 가치창조 출판그룹의 청소년 책 전문 브랜드입니다.

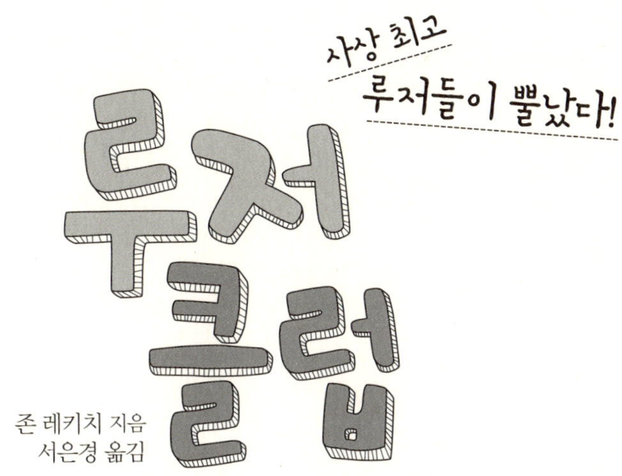

존 레키치 지음
서은경 옮김

단비청소년

차례

OPEN

윈스턴 챙

고통은 언제나 그의 친구(또 다른 고통)를 동반한다고 한다. 그래서 우리는 루저 클럽을 만들기로 했다. 모임 때가 되면 그저 빙 둘러앉아 얼간이들이나 할 법한 일들을 하면서 시간을 보내는 것이다. 이를테면 가만히 앉아 마셜 매클루언 고등학교 내에서 들을 수 있는 소리 중에 루저들을 가려낼 수 있는 소리들만 짚어 내기 같은 것 말이다. 한 번만 봐 달라고 매달리며 사정하거나 애원하는 소리, 귀에 거슬리는 비명 소리 같은 것 등이 있지만 내가 생각하기에 진정한 루저 소리는 윈스턴 챙이 자기 사물함에 갇힌 채 겁에 질려 내지르는 소리다.

사물함에서 자기 물건을 꺼내는 일이 평범한 일상이 아닌 아이들이 있다. 윈스턴이 그런 아이 중 하나다.

윈스턴은 2년 전부터 그 사물함을 사용하고 있었다. 그는 자신의 사물함을 '작은 깡통 콘도'라고 불렀다. 그 속에는 베개부터 시작해서 코트를 걸 수 있는 고리까지 걸려 있었다. 수위 아저씨가 쇠톱으로 자물쇠를 잘라 꺼내 주는 시간이 오래 걸릴 것에 대비해서 말이다.

윈스턴의 사물함 자물쇠가 달린 높이보다 키가 작은 수위 아저씨 위네키 씨는 정말 많은 윈스턴의 자물쇠를 잘라 냈고 윈스턴에게 '월터'라는 자신의 이름을 부르게 할 정도로 둘은 친해졌다. 윈스턴은 가끔 수위실에 들어가 위네키 씨가 외국 병맥주에 붙은 라벨을 벗겨 모으는 일을 도와주고는 했다. 윈스턴은 "가끔씩 월터는 손을 떨기도 해."라고 말했다.

어느 늦가을 오후 윈스턴이 병의 라벨을 긁어내고 있을 때, 위네키 씨가 왜 베개를 사물함에 넣어 두는지 윈스턴에게 물어보았다.

윈스턴은 대답했다.

"가끔 상대방이 나를 불편하게 만들려고 해도 내가 꼭 그들 뜻대로 불편함을 느낄 필요는 없기 때문이죠."

아마도 이 대답이 위네키 씨에게 강한 인상을 준 것 같다. 왜냐하면 지난 크리스마스 방학 동안 그가 윈스턴 사물함 안의 위 선반을 떼어 내어 주었기 때문이다. 곤경에 처할 수도 있는데 왜 자기를 도와주는지 윈스턴이 묻자 위네키 씨는 "너처럼 아직 자라고 있는 아이에게는 천장이 높은 방이 필요해."라고 대답했다. 항상 더 이상 크지 않을까 봐를 걱정하는 윈스턴에게 그의 말이 조금은 위안이 되었나 보다. 더군다나 윈스턴은 많은 책을 두고 다니지 않았기에 어차피 그 선반은 무용지물이었다.

윈스턴은 위네키 씨의 친절에 감동했다. 그래서 그가 윈스턴을 꺼내 주기 위해 쇠톱으로 자물쇠를 자르는 것도 신경 쓰지 않았다.

위네키 씨가 일하는 중에 술을 마신다는 건 누구나 알고 있는 사실이다. 비난하려는 것은 아니다. 나라도 생계를 위해 화장실을 청소해야 한다면 그럴 테다. 다만 위네키 씨가 술을 마신 뒤 날카로운 무언가를 들고 있지 않기만을 바랄 뿐이다.

한번은 내가 윈스턴에게 그의 사물함 자물쇠 번호를 통풍구를 통해 위네키 씨에게 불러 주는 것이 어떻겠냐고 제안했다. 그러면 위네키 씨가 자물쇠를 잘라 내지 않고 열어 줄 수 있을 테니까.

내 말에 윈스턴은 분개했다.

"나는 아무에게나 내 번호를 알려 주지 않아. 사물함 안에는 중요한 것들이 많이 들어 있단 말이야."

"예를 들면 어떤?"

내가 물었다.

"나."

윈스턴이 진정하고 난 뒤 자신의 생각을 설명했다.

"너는 이해하지 못해. 월터는 쇠톱을 사용해야 할 이유가 있어. 그래야 자기가 도움을 주는 중요한 존재라고 느끼게 되는 거야."

아마 당신도 어쩌면 윈스턴은 보기보다 똑똑한 사람일지도 모른다고 여길지도 모른다. 겉모습으로만 보면, 그는 결코 똑똑해 보이지 않는다. 그는 절대 공부하지 않는다. 그의 성적은 측은할 정도로 형편없는 데다 그는 몽상을 예술이라 표현하고는 했다. 윈스턴은 그가 책가방을 들고 다니는 단 한 가지 이유를 "다른 애들 틈에 섞여 똑같아 보이려는 것뿐이야."라고 말했다.

우리 중 어떤 아이들은 가끔 학교 도서관에 들르고는 한다. 단지 매력적인 사서인 맥컬레인 양을 보기 위해서. 그녀는 마셜 매클루언 고등학교 최고의 미녀다. 그녀에게 잘 보이기 위해 들기 힘들 정도로 필요 없는 책들을 잔뜩 골라 와서 애써 대는 사내들을 종종 볼 수 있다. 윈스턴은 이런 사내가 되기에는 선천적으로 너무나 게으른 녀석이다. '감성적으로 메마른 녀석'이라고 불리기에 손색이 없다.

그렇지만 무조건 그의 경박함에 속지 마라. 당신이 그를 지구상에서 가장 메마른 감성의 열다섯 살짜리라고 생각하는 순간, 그는 "미성숙함이야말로 반란의 가장 강력한 무기."라든지 "쿨하게 굴 수 없으면 차라리 바보같이 굴어." 등의 조금은 심오한 말들을 뱉어 내곤 한다.

가끔씩 윈스턴은 놀랄 만한 관찰력을 보여 준다. 예를 들면, 윈스턴은 줄리 스펜서가 지난 봄 학기 역사 수업 시간 동안 내게 눈길을 주고 있다는 걸 알아차렸다. 그녀는 항상 검은 청바지, 검은 스웨터, 검은 마스카라를 하고 차갑게 구는 여자아이들 중 한 명이다. 그녀가 어떤 스타일이라고 말하기엔 조금 이른 감이 있지만 내 생각에 그녀는 냉소적으로 굴어야 스마트한 걸 숨길 수 있다고 믿는 부류이다.

원기 왕성한 얀코비치 영어 선생님은 학기 초 어색함을 날려 버리려고 한 주 내내 농담을 해 댔다. 얀코비치 선생님은 정말 곤란한 질문을 많이 해서 '미스터 와이(why) 씨'라고 불린다. 그는 줄리에게 왜 그렇게 검은색에 열광하는지 설명해 보라고 했다. 줄리는 그의 눈을 똑바로 쳐다보면서 말했다.

"이것보다 더 어두운 것은 찾을 수 없기 때문이죠."

미스터 와이 씨가 우리에게 각자 성격 소개서를 써 내라고 했을 때, 그녀는 자신의 취미를 '지난 일 곱씹어 보기'라고 썼다.

개인적으로 나는 그게 재미있다고 생각했지만, 모두 줄리 스펜서의 가치관에 동의하지는 않았다. 내 친구 매니 크랜들은 그녀가 그를 소름 끼치게 한다고 말했고, 윈스턴은 쿵후 영화의 주인공이 아닌 이상 순전히 사회에 반항하는 뜻으로 검은 옷을 입는 거라고 했다.

윈스턴은 줄리 스펜서가 조금은 다르기 때문에 나에게 이성으로서 로맨틱한 감정을 느낀 거라고 말했다. 로맨틱한 것들에 대해서라면 토할 정도로 거부반응을 보이는 매니는 그건 말도 안 된다고 대꾸했지만 윈스턴은 그렇다고 말했다. 고마운 윈스턴.

당신은 그가 그 자신만의 방법을 사용한다는 걸 잊지 말아야 한다. 그는 그 자신만의 행동 양식이 있고, 그건 변하지 않는다. 예를 들면, 윈스턴은 절대 누가 자신을 사물함에 가두었는지 말하지 않는다. 그는 항상 교장 선생님에게 웃으면서, 탈출 퍼포먼스를 보여 주는 예술가가 되기 위해 연습 중이었다고 말한다. 그는 이 일에 관해서 초월한 듯 보였다. 다만 다리가 저려 올 때만 소리를 지르곤 했다. 그는 누군가가 근처에서 재시험을 보고 있거나 화장실에서 볼일에 집중하고 있을까 봐 걱정하곤 했다.

친구가 되기 전부터 나는 그의 행동을 존중했다. 그래서 언제나 그가 사물함에 갇혀 있지 않는지 확인하곤 했다. 얼마의 시간이 지난 뒤 윈스턴은 나를 믿고 그의 자물쇠 비밀번호를 알려 주었다.

나는 마셜 매클루언 고등학교에서 교실에서 5분 먼저 나가도 될 만큼 어린 아기 취급을 받고 있다는 사실을 말해 두겠다. 교장 선생님은 내가 수업 끝나는 시간에 맞추어 아이들과 같이 나오면 다른 생각 없는 이기적인 아이들에게 치어서 무자비하게 짓밟힐 것이라고 생각한다. 4년간 나는 금속 목발을 짚고 다녔다. 만약 당신이 예의 바른 사람이라면 나를 '장애로 움직임이 불편한 사람' 정도로 부를 것이다. 그러나 사람들이 늘 예의 바른 건 아니다.

나도 물론 장애인이고 싶지는 않다. 금속 목발은 내가 빈 복도를 지날 때면 소름 끼치는 날카로운 소리를 냈고, 몇몇 생각 없는 아이들은 계단을 내려갈 때 나에게 도움을 주려고 했다. 그저 자기들이 먼저 카페테리아에 줄을 서기 위해서 말이다.

이 금속 목발이 있어 좋은 점 딱 하나는 누구도 나를 사물함에 가두려고 시도하지 않는다는 것이다. 루저들을 겁주고 언제나 무언가를 강탈해 가는 제리 위트먼조차도 말이다.

제리 위트먼이 우리에게 돈 뺏는 것을 즐기는 동안에도 그는 장애인을 괴롭히는 건 못된 짓이라고 말했다. 아마도 이것 때문에 교장 선생님은 제리 위트먼을 사랑이 가득한 아이라고 착각하고 있는 것 같다.

"제리 위트먼은 정말 물건이야. 만약 학교 마당에 그 애의 동상을 세운다면 비둘기가 그 위에 똥도 싸지 않을 거야."

매니가 말했다.

매니가 약간 과장되게 말했을지 모르지만 제리 위트먼이 약탈자처럼 보이지 않는 건 사실이다. 그가 '선생님 대면용 얼굴'을 들이대면, 그는 세상에서 가장 행복하지만 배고픈 고아 같은 인상을 준다. 단 그의 카키색 재킷 주머니에 동전이 충분히 있을 때만 말이다.

당신은 절대로 그가 모든 종류의 루저들을 싫어한다는 걸 눈치채지 못할 것이다. 그는 다른 사람들에게는 나쁜 이미지를 들키지 않으려 조심한다.

제리 위트먼이 내게 접근할 만한 방법이 없었던 것은 아니다. 그는 일전에 코미디언 제리 루이스가 진행하는 근육수축병을 가진 사람들을 위한 제리 루이스 자선기금 모금을 본 적이 있었다. 제리 루이스가 휠체어를 탄 여러 명의 아이들과 나와서 어떻게 '제리의 아이들'에게 줄 돈을 모금하는지 보여 주는 것이었다. 제리 위트먼은 대단히 기뻐하며 자신의 희생자들을 '제리의 아이들'이라고 부르기 시작했다. 나는 일전에 그에게 한 아이를 놓아주라고 요구하는 실수를 저질렀다. 그 뒤로 내가 근육수축병을 갖고 있지 않다는 것은 더 이상 문제가 되지 않았다. 제리 위트먼은 복도에서 나를 보고, 내 머리를 툭툭 건드리며 이런 말을 했다.

"너한테 하나 묻자 쉐어우드. '제리의 아이들' 없이 뭘 할 수 있겠어? 너도 그들이 없으면 세상이 더 가난해져 간다는 데 동의하지?"

자, 제리 위트먼이 나한테 어떻게 접근하고 있는지 보이는가? 이것만큼 정말 기분 나쁘게 하는 일이 있을까. 미친 소리처럼 들리겠지만 때때로 나는 차라리 다른 아이들처럼 얻어맞거나 놀림을 당하는 편이 더 나을 거라고 생각한다.

제리와 그의 패거리들이 나를 그냥 놔두기 시작한 지 얼마 뒤 나는 괴롭힘을 당하고 돈을 빼앗기는 다른 아이들을 위한 일종의 공공 안전지대를 만들었다. 나는 누가 제리의 아이들이 되어 중압감에 무너져 가고 있는지 알아차릴 수 있었다. 그들의 눈빛은 멍해서 공상과학소설에 나오는 외계인처럼 보인다. 나는 그 아이를 알아보면 카페테리아에서 꼭 그 아이 옆에 앉는다. 대단한 일은 아니지만 그들에게는 잠깐의 위안이 된다. 그것이 내가 '구세주 쉐어우드'라는 별명을 갖게 된 이유이다.

내 진짜 이름은 알렉스 쉐어우드. 그러나 내가 무언가 좋은 일을 할 때면, 제리의 아이들 모두 나를 그 바보 같은 별명으로 부른다. 그들은 이런 말을 한다.

"나 모임에서 구세주 옆에 앉아 있다가 돈 좀 건졌어."

나는 이게 다 매니 크랜들 때문이라고 생각한다. 오해하지 말기를. 매니에게 감사할 것들이 정말 많다. 예를 들면, 그는 학교 최고의 예술가이다. 그는 늘 멋진 만화를 그려서 나를 웃게 만든다.

매니는 스스로 평등주의를 주장하는 활동가로 불리기를 좋아하고, 그의 모토는 "나는 관대하며 여기 있다."이다.

가끔 제리와 그의 패거리들이 보고 있지 않을 때 그는 주먹을 허공에 휘두르며 "뚱보 파워!"를 외친다. 그래서 문제는? 매니의 거대한 몸집이 제리와 패거리들의 목표가 된다는 것이다. 이것이 매니가 일종의 평등주의를 주장하는 활동가처럼 내 주변에 머물게 된 이유이다. 내가 그를 부를 때면, 그는 "네게 위안이 된다면 내가 도와줘도 될까?"라고 한다. 매니는 나와 점심을 먹기 위해 내 점심 값을 내주기도 했다.

"제리한테 뺏기느니 내 돈을 네 점심 값으로 내겠어. 그게 덜 창피해."

내가 매니의 돈을 거절하면서 나는 박애주의자로 평판이 더 좋아지기 시작했다. 그것이 바로 내 삶이 나락으로 떨어지는 순간이었다.

나는 8학년 때부터 혼자였는데 애처롭게도 동시에 마셜 매클루언 고등학교에서 불쌍한 아이들에게는 인기인이 되었다. 어디든 내가 돌아서면 여드름 가득한 루저들이 내가 그들의 오아시스가 되기를 바라고 있었다. 어떻게 거절할 수 있겠는가? 결국 나도 그들과 같은 여드름투성이, 제리 위트먼이 괴롭히기 좋아하는 루저인 것을. 부딪쳐 보자. 내가 인정하든 그렇지 않든 매니와 윈스턴도 나와 같은 부류의 아이들이다.

그러나 인기남이 된다는 것은 결코 쉬운 일이 아니다. 특히 제리 위트먼처럼 교활하고 약삭빠른 녀석과 상대해야 할 때는 더욱. 제리 위트먼이 알고 있는 게 있다면, 그건 어떻게 루저들을 더 지질하게 만들 수 있는가 하는 것이다.

매니 말로는 제리 위트먼에게는 자신만의 분석법이 있어 불행히도 조용히 돈을 상납할 녀석이 누구인지 알아내는 방법이 있다고 한다.

"제리 위트먼은 너의 개인 성향에 대해 완벽하게 알고 있어. 그 애는 널 두려워 떨게 만드는 것이 뭔지 알고 있지. 더 중요한 건, 제리 위트먼은 수금하는 날이면 네가 어디 숨을지도 알고 있어."

그러나 사실 제리 위트먼은 그 이상을 알고 있다. 그는 음료수 자판기, 배드민턴 네트, 쓰레기통으로 어떻게 일반적인 루저들을 주변에서 묻혀 버리게 만드는지 안다.

매니는 만약 네가 루저라면, 루저로서 가장 한심한 일은 대립하고 싶은 욕구를 표출해 버리는 것이라고 말했다. 매니는 대립을 'Big C'라고 불렀다. 대부분의 루저들은 'Big C'를 피한다. 매니가 말한 것처럼 'Big C'는 항상 재앙을 불러오기 때문이다.

나도 이해한다. 그것이 내가 할 수 있는 한 계속 주변인으로 머물려는 이유이다. 나는 내가 각기 다른 장소에서 일어나는 일들을 동시에 해결할 수 없다는 것을 진즉 알았다. 내가 얼마만큼 노력하든 그것과 상관없이, 윈스턴이 제리 패거리들에게 당하고 있을 때마다 매번 윈스턴을 위해 같이 있을 수는 없다.

만약 누가 가장 괴롭힘 당하기 좋은 대상인지 학교 내에서 뽑는다면 그 1위는 아마도 윈스턴 처칠 챙일 것이다.

윈스턴은 형 네빌과 함께 산다. 그들의 아버지는 대단한 사업가로, 홍콩에 머물고 있다. 윈스턴의 집에는 커다란 스크린 TV와 게임 룸, 그리고 그 외에도 여러 가지 좋아 보이는 것들이 많다. 윈스턴은 자신의 집이 같은 침대에서 이틀 이상 자지 못할 정도로 방이 너무 많이 있는 것에 불평했다. 매니는 윈스턴이 말하는 것들이《리치 리치》같은 만화에서나 나올 법한 소리라고 했다.

비록 윈스턴의 아버지는 함께 지내지 못하지만, 작은아들이 필요한 만큼 충분히 쓸 수 있도록 돈을 준비해 두고는 했다. 윈스턴이 8학년 때 캐나다로 와서 한 첫 번째 실수는 인기인이 되려고 했던 것이다. 제리 위트먼에게 포착되는 건 너무나 당연한 일이었고, 윈스턴의 돈이 제리 위트먼의 최우선 털이 대상이 되는 것 또한 당연한 일이었다. 2년간 쭉 이래 왔다.

여름방학의 가장 좋은 점은 윈스턴을 포함한 우리 루저들이 제리와 패거리들에게서 자유로울 수 있다는 것이다. 매니 말로 위트먼은 7월에는 하이킹과 수상스키에 빠져 바쁘고 8월에는 형의 관리 아래 놓여 있어 정신없다고 했다.

9월에는 다들 위트먼이 두 배는 강해져서 돌아올 것이라는 것을 애써 잊어버리려고 애쓴다. 위트먼은 여름방학 동안에 휴식을 취하면서 불쌍한 내 친구들에게서 마지막 한 푼까지 쥐어짜 내려 준비한다.

윈스턴은 항상 여름이 지나면 최소 몇 센티는 키가 자라기를 희망했다. 그는 3년 동안 내리 개학 첫날 "나 좀 커 보여?"라고 물으며 첫인사를 건넸다.

"아마 조금은?"

내 대답은 항상 똑같았다. 아주 거짓말은 아니고, 살짝 조금 더 커 보이기는 했다.

기록될 만한 윈스턴의 10학년 사물함 사건이 있었다. 나는 윈스턴이 휴대전화 번호 누르는 소리를 들을 수 있었지만 늘 듣던 소리가 아니었다. 가끔 어떤 일이 너무 커져 버리면, 윈스턴은 그의 형 네빌에게 집에 데리고 가 달라고 전화했다. 그런 뒤 그는 손님용 방을 왔다 갔다 하며 침대를 어지럽히면서 남은 하루를 보냈다. 재미없는 일이었지만 최소한 그 누구도 그의 돈을 뺏어 가지는 않았다.

그렇지만 이번엔 늘 듣던 그런 소리가 아니었다. 윈스턴은 울고 있었다. 이것은 당신이 윈스턴의 상황에 놓인다면 울 수 있는 그런 종류의 것이 아니었다. 좌절과 절망감에 터져 나오는, 뭔가 다른, 내가 다르다는 것을 알아챌 수 있었던.

내가 그의 사물함을 열었을 때 윈스턴은 조금 부끄러워했다. 그래서 나는 별일 아니라는 듯이 행동했다.

"누가 집에서 양파를 굽나 봐."

그는 눈물을 훔치며 말했다.

"양파 매운 내가 여기까지 진동을 하네."

나는 내 눈가를 훔치며 이미 알고 있다는 듯이 "네빌 형이 데리러 올 거지?"라고 물었다.

"네빌 형은 8월에 캘리포니아에 가서 없어. 월터를 부르려고 번호를 눌렀는데 답이 없는 걸 보니 휴대전화가 꺼져 있나 봐."

그는 휴대전화 발신 목록을 보며 말했다.

"네빌 형은 캘리포니아에서 무얼 하고 있는 거야?"

윈스턴이 웃었다.

"형은 거기서 커다란 노래자랑 대회에 참가했는데 첫 번째 관문을 통과했대."

네빌 형은 아무나 바보같이 노래를 부를 수 있는 노래방에서 살다시피 했다. 네빌 형은 좋은 목소리를 가진 데다 옛날 노래도 부를 수 있었지만 그가 노래 부르는 모습을 떠올리면 난 언제나 웃음이 터졌다. 그는 노래를 부를 때면 절대 눈을 감지 않는데 그 모습이 마치 신장결석 비슷한 것들을 떠올리게 했다.

윈스턴이 내가 웃는 것을 보며 기분 상할 수도 있었지만 "뭐 그리 새삼스럽다고?"라고 말했다.

"이게 형에게 가장 큰 휴식일 거야."

당신도 눈치챘겠지만, 윈스턴은 형을 매우 자랑스러워했다. 나는 화제를 돌렸다.

"아버지도 아셔?"

"아니."

윈스턴은 아버지는 매우 엄격한 사람이라고 말했다.

"아마 우리 둘 다 죽일지도 몰라."

"집에선 누구랑 지내?"

윈스턴은 어깨를 으쓱했다.

"콜라를 빼면 혼자 지내."

콜라는 네빌 형의 애완견이다. 콜라는 윈스턴이 스테이크 같은 먹을 것을 주지 않는 한 결코 윈스턴에게 관심을 두지 않는 수컷이다.

윈스턴이 사물함 밖에 서 있는 모습이 왠지 구슬퍼 보였다. 나는 지금까지 이렇게 쓸쓸해 보이는 사람을 본 적이 없었다. 윈스턴은 국제 노래자랑 대회 일정이 매우 복잡하다고 말했다.

"네빌 형이 얼마나 오래 있다 올지 몰라."

그리고 "아마 하키 결승전이 시작되는 것보다 더 길어질지도."라고 덧붙였다.

그때 나는 윈스턴을 위해 그의 집으로 옮겨야겠다고 생각했다. 당신이 알아챘듯이 나도 혼자라는 사실을 숨기고 있었다. 나 역시 혼자였다.

나, 알렉스 쉐어우드

당신은 아직 나에 대해 잘 모를 테다. 그래서 내가 갑자기 윈스턴의 집으로 들어가 살기로 한 것을, 그냥 어떤 여자아이가 일주일에 한 번씩 남자 친구를 갈아 치우는 것처럼 일시적인 기분으로 내린 결정이라 생각할지 모른다. 그렇지만 어떤 일이든 진실과 다르게 보일 수 있다. 그리고 이건 결코 윈스턴의 집에는 자쿠지(물에서 기포가 생기게 만든 욕조-편집자)도 있는데 내 아파트는 공중전화 부스만 하기 때문이 아니다. 이건 순전히 내 생각이지만, 나도 숨은 반역자이기 때문이다.

당신도 아이들이 어떤 일들에 얼마나 중독되기 쉬운지 알 것이다. 아마 그건 담배나 술 또는 좋은 성적에 집착하는 일들일 것이다. 나 또한 중독자다. 나는 자유에 목말라 하는 자유 중독자이다.

그렇다. 자유는 내가 선택한 약이다. 나는 언제든, 내가 원하는 것을 마음껏 할 수 있기를 갈망한다. 오해하지 말기를. 나는 혼자만의 은밀한 놀이를 즐기지도, 맥주를 들이켜지도 않는다. 대부분 아주 소소한 것들이다. 저녁으로 도리토스 같은 과자를 먹는다든지, 평일 저녁 늦게까지 드라마를 보는 것 같은 것들이다.

당신은 내가 독특한 녀석이라고 말할 수도 있다. 예를 들면 나는 제리 루이스보다 훨씬 나이가 많은 그루초 막스 같은 코미디 영화배우에 미쳐 있다. 그루초에게는 몸개그, 블랙코미디에 빠져 있는 치코와 같은 형제들이 있다. 그러나 그중에서도 말 꼬랑지 같은 수염에 큰 시가를 들고 뺑글이 눈을 한 그루초가 내가 제일 좋아하는 배우이다. 뭐든 그가 말하면 웃겼다. 심지어 그는 걷는 것조차 웃겼다.

내가 그루초를 좋아하는 가장 큰 이유는, 그는 누가 뭘 요구하든지 간에 결국은 그가 하고 싶은 대로 한다는 것이다. 나는 그루초처럼 쿨하지 못하다. 그렇지만 나는 그가 했던 것처럼 자유로운 삶을 지향한다. 당신도 자유를 한 번 맛본다면 벗어나기 힘들 것이다. 당신도 결코 돌아갈 수 없고, "이제부터 나는 매주 수요일, 정해진 시간에 정해진 것만 먹을 거야."라고 말하게 될 것이다. 하지만 적어도 나는 그럴 수 없다.

그럼 이렇게 말할 테지.

"대체 네 부모님은 어디에 있니? 새벽 두 시까지 자지 않고 과자나 먹고 있어도 괜찮다고 할까?"

좋은 지적이다.

질문에 부분적으로 답하자면 엄마는 죽었다. 생각하고 싶지 않다. 그렇지만 이제 몇 년이 지났고 추억은 아직 내 머릿속에 있다. 나는 엄마가 좋은 곳으로 갔다고 생각한다.

그러면 이제 아버지가 남는다. 아버지는 죽지 않았다. 다만 아버지는 뭔가 날려 버리는 데 일가견이 있는 사람이라는 걸 미리 이야기하겠다.

어느 날인가 아버지는 뭔가를 발명하기 위해 창고를 비웠다. 어떤 발명품을 만들고 있었는지는 잘 기억나지 않는다. 아마 차의 긁히거나 흠집 난 부분을 도색하는 용도의 퍼마 페인트였던 것 같다. 아니면 쉽게 염색하기 위한 인스타 염색약이었던 것 같기도 하다. 뭐가 되었든 간에 아버지는 버너에 너무 가까이 가서 눈썹을 태우기 일쑤였다.

어떤 사람들은 아버지를 '삽'이라고 부르기도 했다. 왜냐하면 아버지가 '주머니 삽'이라고 불리는 것을 발명했기 때문이다. 손잡이가 달린 삽으로 접어서 주머니에 넣으면 어디든지 들고 다닐 수 있는 작은 삽이었다. 늦은 시간 텔레비전을 틀면 나오는 허접한 광고에서 볼 수 있던 그 삽이 우리 아버지가 만든 것이다. 아버지는 광고에서 "친구들, 갑자기 작은 구멍이나 땅을 파야 할 일이 있지 않습니까? 그런데 지금 당신이 맨손이라면?"라고 말했다. 그리고 아버지는 어디선가 불쌍한 사람 한 명을 데리고 나와서는 구덩이 파는 시범을 보이며 주머니 삽이 당신의 인생을 바꿀 것이라고 말했다.

아무 말 없이 그저 웃으며 손으로 삽을 가리키기만 하던 코니라는 조수는 전혀 도움이 되지 않았다. 아버지는 "이 사람이 바로 내 사랑스런 조수 코니입니다."라며 소개했다. 내 생각에 그 시간까지 잠자지 않고 깨어 그 광고를 보던 몇몇 사람은 코니가 섹시하다고 느꼈을 수도 있을 것 같다. 나는 별 매력을 느끼지 못하지만. 그녀는 기네스북에 세상에서 가장 긴 손톱을 가진 사람으로 등재되어 있다.

아버지는 내가 사업을 할 때 고려해야 하는 복잡 미묘한 것들을 잘 이해하지 못한다고 했다.

나는 아버지가 어떤 면에서는 스마트하다고 인정할 수밖에 없다. 아버지는 남들 잘 때 자지 않고 깨어서 쇼핑하는 불안 장애자들이 널려 있다고 말했다. 그들은 뭐든 사는 것을 좋아하는데, 왜냐하면 쇼핑하는 동안은 고민거리를 잊어버리기 때문이다. 아버지는 그들을 '잠옷 부대'라고 불렀다.

이제 아마 당신도 아버지의 별명을 이해하게 됐을 것이다.

아버지가 비록 토마스 에디슨은 아니지만 정말 발명가이긴 하다. 사실, 잠옷 부대가 갑자기 삽의 필요성을 느껴 구매하게 된다는 것 자체가 놀라운 일이다. 그들은 그들의 문제를 외면할 수 있는 방법을 찾기에 혈안이 되어 있기 때문에 기본적으로 이건 그저 커다란 숟가락에 불과하다는 사실을 잊어버린다. 그게 바로 내가 한밤중에 깨어 있는 외로운 사람들은 외로움을 느낄 때 무언가 마구 사들인다는 사실을 알게 된 것이다.

아버지는 두 번째 광고까지 만들었다. 아버지가 매우 만족한 구매자들의 구매 후기를 읽는 동안 코니는 내내 웃으며 삽을 가리키고 있다. 아버지는 아직도 편지 중 한 장을 여전히 지갑 안에 넣고 다닌다. 그 편지 내용은 이렇다.

친애하는 쉐어우드 씨

나는 당신에게 꼭 이 발명품이 얼마나 위대한 것이지 말할 수 있기를 바랐습니다. 나는 그저 휴대하기 편하고 성능이 좋은 삽을 찾고 있던 평범한 노인입니다.

아버지가 광고에 나오지 않을 때조차 아버지는 카메라가 자신을 따라다니고 있는 것처럼 말하곤 했다. 그리고 종종 자신의 다음 발명품이 아버지를 완벽히 '위대한 발명가'의 반열에 올려놓을 것이라고 말했다. 비록 나는 아버지를 자랑스러워하는 것은 아니지만, 어떤 면에서 아버지의 열정을 동경하기는 한다.

그리고 나는 아버지에게 감사하는 마음을 가지려고 노력했다. 하지만 그것은 쉽지 않았다. 아버지는 항상 내 목표와 열정에 대해 성가실 정도로 귀찮게 간섭하고는 했다. 아버지는 자주 이렇게 묻곤 했다.

"무언가 프로젝트를 시작해 보는 게 어떻겠니?"

그러고는 위대한 사람으로 가는 첫걸음은 항상 무언가 목적을 갖고 시작하는 것이라고 말했다.

아버지가 무언가 목적과 열정에 대해 말할 때 가장 견디기 힘든 건 항상 무언가 예를 들어 말한다는 것이다. 가장 자주 드는 예는 아버지가 고등학교 때 육상 팀에서 어떻게 그 많은 메달을 땄는지에 대한 것이다. "타고난 달리기 선수는 아니었어."라면서 "그렇지만 나는 늘 목표가 있었어."라고 말했다.

아버지가 자신의 젊은 시절에 대해 말할 때마다 나는 나와는 전혀 공통점이 없음을 확인할 뿐이었다. 더구나 아버지는 항상 얼마나 아버지의 고등학교 시절이 가장 걱정이 없는, 속 편한 시절이었는지 말하곤 했다. 그건 정말 나를 두렵게 만드는 말이었다. 나는 이렇게 생각했다. '아마도 고교 시절이 내 인생 전체를 통틀어 편안한 시절이고 그 이후에는 아무것도 없겠구나.'라고.

최근에 나는 의구심이 들었다. 나는 아버지에게 물어봤어야 했는지도 모른다. "아버지 말은, 삶은 고등학교 때보다 더 나빠질 수도 있다는 거죠?"라고 말이다.

아버지는 나를 아버지가 나온 고등학교로 데리고 갔다. 중앙 홀에 들어서자, 그곳에는 아버지가 딴 메달과 리본으로 가득 찬 쇼윈도가 있었다. 아버지는 목발 없이 트랙에 서 있다는 것 말고는 나와 많이 닮아 보였다.

아버지는 "네가 이 고등학교를 다닐 수 없다는 것이 안타깝구나."라고 말했다. "네가 매일 아침 이곳을 지나칠 때마다 이 쇼윈도를 보면서 무척 자랑스러워했을 텐데."라고 말하며 더 우쭐거리며 덧붙이길, "어떻게 자연스럽게 결석할 수 있는지 알려 줄 수도 있을 텐데." 하고 말했다.

'자연스럽게 결석하는 법'이란 있어야 할 곳에 합법적으로 있지 않도록 하는 것을 표현하는 말이다. 아버지는 결석을 자주 했다.

내가 쇼윈도를 보고 자랑스러워해야 한다는 것을 안다. 그러나 내가 느낀 것은 묘한 기분이었다. 누군가 그 쇼윈도에 있는 아버지의 과거 모습에 매료되었다 하더라도 내가 할 수 있는 것은 아무것도 없다는 것이다. 바라볼수록 나는 슬퍼졌다. 나는 내 인생 전체를 통틀어 두 번째로 슬픈 날이 될 때까지 계속 들여다봤다.

이제 무엇이든 당신에게 말할 수 있는 적절한 때가 되었다. 나는 뇌성마비를 가지고 태어났다. 당신은 걷거나 일어나거나 다른 일들을 하도록 당신의 뇌가 어떻게 말하는지 알 것이다. 흠, 내 경우에는, 내 뇌가 보내는 신호가 약간 뒤섞여 있는 것이다. 그건 바로 걷기를 관장하는 뇌의 어느 부분이 짧은 순환 체계를 가지고 있기 때문이다. 나는 걸을 수 있지만 내 발가락이 언제나 있어야 할 자리에 있지 않기 때문에 나는 조금 기다려야 한다. 내 말은, 다른 모든 부분은 정상적이지만 내가 달리기나 어떤 종류의 육상 시합을 할 수 있을지는 확실하지 않다는 것이다.

엄마는 그 아이들, 즉 내 목발을 내가 두 발을 땅에 디딜 수 있게 해 주는 내 가장 친한 친구 두 명이라고 말하곤 했다. 엄마는 항상 긍정적인 면을 보려고 하는 사람이었다.

사실 당신이 제리 위트먼이 악질 중에 악질이라는 것을 믿는다면, 목발은 괴롭힘을 당하는 이유거리로는 최상의 것이었다.

내가 가진 뇌성마비 같은 것은 어떤 조건에 의해 발생한다. 하지만 난 태어날 때부터 선천적으로 그랬다. 사실 가끔 나는 내가 걷는 방법이 다른 사람에 비해 문제가 있다고 생각한다.

아버지는 절대 내 장애에 대해 어떤 말도 한 적이 없다. 그러나 내가 이렇게 태어났기 때문에 아버지가 실망했다는 사실은 굳이 말하지 않아도 알 수 있다. 아버지는 항상 열심과 투지가 아버지를 육상 선수로 성공하게 만들었다고 말한다. 그러나 할아버지 역시 제법 잘 달리는 달리기 선수였다. 그래서 내 생각에 같은 가족이니까 유전적으로 잘 달릴 수 있었던 것 아닌가 생각한다. 최소한 나 혼자는 그렇게 생각하고 아버지의 주장을 무시해 버린다.

아버지는 내게 말하는 데에 너무 분주한 나머지 우리 두 사람이 몇 가지 공통점을 가지고 있다는 것을 알아채지 못했다. 나는 발명같이 무언가 만들기에 관심이 많다. 나는 건축학, 건축양식, 건물 디자인에 관한 책을 읽는 것을 좋아한다. 심지어 아무도 보지 않을 때는 생각했던 상상 속의 건물을 스케치해 보고는 한다. 말하고 싶은 것은, 아버지는 관심 있는 분야에 대한 이야기가 나올 때를 알아채는 것이 부족하다는 것이다. 아버지는 내가 너무 많은 공상을 한다며 공상만으로는 누구도 메달을 안겨 주지 않는다고 말한다. 아버지가 내게 수많은 메달을 보여 주던 날, 내가 얼마나 슬퍼했는지 또한 알아채지 못했다고 생각한다. 아버지는 영감을 주는 연설을 준비했었다. 어떻게 아버지가 육상 선수로 대학 장학금을 받고 대학에 진학했는지에 대해, 그리고 과학과 어떻게 사랑에 빠지게 되었는지에 대해 말이다.

"그 많은 세월 동안 나는 골인 지점을 향해 내달리고 있다고 생각했었지만 실은 새로운 시작을 향해 달리고 있는 것이었어."

문제는 아버지가 과학과 사랑에 빠졌지만 과학도 언제나 아버지를 사랑하는 것은 아니었다는 것이다. 아버지는 주머니 삽으로 돈을 벌고자 했지만 이것은 아버지에게 더 큰 야망을 가져다줄 뿐이었다.

아버지는 이윤을 낸 돈으로 퍼마 페인트를 만드는 데 투자했다. 얼마간 퍼마 페인트는 잘 팔렸다. 아버지는 아주 기뻐하며 이러다 크고 멋진 저택을 갖게 되는 건 아닌지 모르겠다고 말했다. 나는 어쩌면 발명가의 아들이 되는 것이 꼭 나쁜 일만은 아닐지도 모르겠다고 생각했다.

그러고 나서 아버지는 퍼마 페인트로 번 모든 돈을 인스타 염색약에 쏟아부었다. 이 염색약은 반드시 '흰 머리를 안전하게 염색하는 것'이어야 했다. 나는 '안전하게'라는 말을 강조하고 싶다. 왜냐하면 이런 종류의 것들은 그래야만 하기 때문이다. 게다가 아버지는 텔레비전 광고에 나와 "인스타 염색은 모든 과학적 실험을 거친 제품으로 110퍼센트 안전합니다. 내가 직접 사용할 수 있을 정도로 안전하게 만들었기 때문에 이 염색약을 사용해 염색하는 것을 적극 권장합니다."라고 말했다.

처음에는 아버지가 천재인 것처럼 보였다. 염색약은 그 이전의 발명품들보다 더 잘 팔려 나갔다. 그리고 빅 개리라고 불리는 다른 발명가로부터 투자를 받았다. 아버지는 엄청난 연타 행운에 흥분했다.

빅 개리는 아버지와 같은 스튜디오에서 중고차 판매 광고를 만든 사람이었다. 광고에서 빅 개리를 보기는 어렵지 않았다. 그는 커다란 돼지 의상을 입고 오래된 분홍색 캐딜락 본네트에 기대서서 이런 말들을 외쳤다.

"내가 집에 베이컨 좀 가져갈 수 있게 도와줘요! 거래를 위해서라면 무엇이든 하겠습니다!"

빅 개리는 텔레비전에 나오는 사람 중 유일하게 아버지보다 더 창피스럽다고 생각한 사람이었다. 아버지는 그에 대해 많은 말을 하지 않았지만 내가 어른으로서 절대 존경스럽지 않다고 이야기하면 아버지는 "돼지 옷을 입었다고 무시하지 마라. 빅 개리와 부딪치지 않는 게 좋아."라고 했다.

사실 빅 개리는 불같은 성격의 소유자였다. 한번은 그가 커다란 망치를 가져와서는 그의 중고차 앞 유리창을 절반 이상 부숴 버린 적이 있었다. "누군가 그의 엄청난 덩치를 보고 숙덕거렸기 때문이었어."라고 아버지가 설명했다. 그리고 "그 사람이 그 돼지 의상을 입지 않았을 때, 빅 개리는 그의 외모에 매우 민감하단다."라고 덧붙였다.

이 시점에서, 나는 빅 개리도 그의 우스꽝스런 의상 속에 엄청나게 흰머리가 많이 숨겨져 있다는 것을 설명해야겠다.

여하튼 얼마간은 인스타 염색약이 우리를 부자로 만들어 줄 것처럼 보였다. 그러나 그때쯤 약을 사용한 모든 사람들의 머리가 빠지기 시작했다. 정확히 말하면 모든 사람이 다 그런 것은 아니었다. 오로지 빅 개리만 그랬고 다른 사용자들은 보기 흉하게 듬성듬성 흰머리가 보였다. 지역 뉴스에 이런 기사가 실렸다. "오늘은 있고, 내일은 없어지는 머리카락!" 그 기사에는 완전히 대머리가 된 빅 개리의 사진이 함께 실렸다. 그는 "내가 샘 쉐어우드 그자를 잡으면 절대 가만 두지 않을 거요. 매일매일 그자의 머리카락을 한 가닥,

한 가닥씩 뽑아 버릴 테요."라고 인터뷰했다.

갑자기 대저택에서 살 수 있다는 꿈이 연기처럼 사라졌다. 아버지는 빅 개리의 장담에 대해서는 말할 것도 없고 잠옷 부대들의 소송 협박을 피해 동네 구석의 모텔에 숨었다.

이런 상황에서 아버지는 유능한 변호사를 선임할 수 없었다. 불행히도 아버지는 여성용 염색약인 '매력적인 염색약'을 발명하는 데 가진 돈을 쏟아부었기 때문이다. 다시 말하자면 우리 부자는 파산 상태였다.

아버지는 마을에 머무는 한 빅 개리를 무작정 피할 수 없다는 것을 알았다. 그래서 불과 몇 달 전 모든 것이 잠잠해질 때까지 코니와 함께 몸을 피하기로 결정했다. 아버지는 계속 이사를 다니면 소송이나 법정 형벌, 화난 투자자에게서 벗어날 수 있다고 생각했다. 그래서 7월 초에 떠났다. 최선의 해결책이 아니었지만 내 생각에 아버지는 감옥에 갈까 봐 두려워했던 것 같다. 아니면 감옥에 가기 전에 빅 개리가 아버지를 찾을까 봐 두려웠는지도 모른다.

나는 가끔 아버지가 그립다. 아버지는 몇 주간 전화를 걸어 이렇게 말했다.

"기억하렴, 아들아. 이제부터 우리 사이에 내 호칭은 비토 삼촌인 거야."

'비토 삼촌'은 돈이 생기면 항상 돈을 보냈다. 그러나 나는 어디서 돈을 구했는지 묻지 않았고, 비토 삼촌은 내게 걱정하지 말라고 말했다. 비토 삼촌은 "내 부탁은 간단해."라고 말하며 "그리고 코니는 내가 한 번씩 손톱 관리 세트만 사다 주면 행복해하며 잘 지내고 있어."라고 말했다.

다행히도 우리에게는 근처 신용을 잘 쌓아 둔 식료품 가게가 있었다. 그리고 내게는 푼돈이 얼마 있었다. 이런 것들이 내게 약간이나마 경제적인 도움을 주었다. 당신은 아마도 내가 삶은 꽤 예측 가능하다는 것을 발견했을 거라고 말할 수도 있다. 내 베이비시터 프렌신 플레머를 생각했다면. 프렌신은 아버지가 나를 돌봐 주도록 작년에 고용한 가사 도우미였다. 그녀는 아버지가 발명 때문에 밤에도 바쁠 때면 언제나 늦게까지 나를 돌봐 주고는 했다.

프렌신은 베이비시터로 불리기 싫어하는 도우미 중 하나였다.

"나를 베이비시터라고 생각하지 마."

언젠가 그녀가 말했다.

"나를 룸메이트나 네 롤러코스터 같은 감정을 붙들어 주는 사람이라고 생각해."

프렌신은 밧줄을 엮은 것처럼 보이는 청바지를 입을 정도로 자유로운 정신의 소유자였다. 그녀의 수많은 과거 로맨스에 따르면, 그녀는 내가 여드름이 나기 전부터 연애를 했다고 한다. 건물에 사는 사람들 모두 프렌신에 대해 어떤 생각들을 가지고 있었다. 아파트 관리인인 생키 씨는 그녀가 부드럽기보다는 톡톡 튄다고 생각했다. 지난번 세탁실에 내려갔을 때 그는 "프렌신은 정말 종잡을 수 없는 여자야."라고 말했다.

생키 씨는 아무데서나 트림을 해 대는 그런 사내였다. 그렇지만 그에게도 장점은 있었다.

프렌신은 내 얼굴의 여드름을 하나하나 집요하게 훑어보는 사람이었다. 내가 그렇듯 그녀도 온갖 종류의 것들을 기록하고 있었다. "이게 다 청소년기 남자아이들을 이해하기 위해서야."라고 했다. 그녀는 '언제나 준비 자세'로 아파트 안에서 나를 줄곧 따라다녔다.

내가 아침으로 시리얼을 먹고 있을 때 나를 빤히 보더니 무언가 적기 시작했다. 내가 왜 그렇게 빤히 쳐다보냐고 묻자 프렌신은 "나는 네 속의 감정들을 표출하도록 너를 북돋아 주는 거야."라고 말했다. 난 품고 있는 감정이 없다고 말하자, 그녀는 살짝 웃으며 "아직은 아닐지도 모르지. 그렇지만 기다려. 곧 네 속의 감정이 찻주전자에서 차를 부어 내듯이 쏟아져 나올 거야."라고 말했다.

아버지는 항상 그녀에게 몇 달치씩 선불로 급료를 지불했다. 프렌신은 그녀의 인생에 돈은 필요 없다고 주장했다. 그녀는 오직 이전에 아버지 방이었던 곳을 사용하는 조건만 받아들이겠다고 했다. 왜냐하면 아버지 방의 침대는 푹신해서 탱고 레슨 때문에 욱신거리는 그녀의 등을 쉴 수 있게 하기 때문이다. 프렌신은 탱고에 있어서는 매우 진지했다. 그녀는 방바닥에 숫자가 드문드문 쓰인 고무로 된 발 모양 프린트를 붙여 두고 수업 전에 그곳에서 연습했다.

8월 중순쯤 프렌신은 그녀의 탱고 선생 레이먼과 아르헨티나로 떠났다. 그녀는 아버지가 그녀에게 지불한 금액의 일부를 봉투에 남겨 두고 갔다. 나를 두고 갔다고 해서 당신이 그녀를 나쁘게 보지 않았으면 한다. 내가 들은 바로 사랑은 거스를 수 없는 감정들 중 하나이기 때문이다.

나는 그녀에게 친구들과 지낼 수 있다고 말했다. 프렌신은 그 말을 그대로 믿고 곧장 남아메리카로 가는 비행기 표를 끊었다. 내가 초시계를 가진 것은 아니었지만 정말 번개처럼 떠났다.

물론 나는 혼자 아파트에서 지낼 수도 있었다. 그렇지만 수상한 남자가 나를 따라다니기 시작했다는 것을 눈치챘다.

길 건너편을 보았을 때 그는 가로등 아래 서서 무언가 하는 척했다. 그 다음 순간 내가 다시 쳐다보자 그는 사라지고 없었다. 이런 것들이 나를 소름 끼치게 했다.

어느 날 오후, 내가 잘못 본 거라고 애써 태연하게 생각하려 할 때 비토 삼촌에게서 전화가 왔다.

"알렉스니?"

아버지가 말했다.

"창가로 가서 밖을 좀 내다보렴."

무선전화기였기 때문에 그리 힘들지 않았다. 바지도 제대로 입고 있었고.

"창가에 서 있니?"

"네, 비토 삼촌."

"뭔가 수상한 게 보이니?"

길 건너에 모자를 쓴 남자가 가로등 아래 서 있었다. 나는 "누군가 나를 따라다니는 거 같아요."라고 말했다.

아버지는 기침을 했다.

"개인 투자자들 중 일부가 내 근거지를 알아내려고 사람을 고용해 주변 인물들을 살피는 것일 수 있어."

"어떤 사람들이요?"

"소송에 관련된 변호사들 같은."

나는 순간 침묵했다.

"아니면 누군가 조치를 취하기 위해 붙인 사람일 수도 있고."

나는 그 누군가가 빅 개리임을 알았다.

"비토 삼촌? 괜찮은 거예요?"

"아, 그럼."

아버지가 아무 일 없다는 듯한 목소리로 말했다.

"베르니 이모에게 안부 인사할 테니?"

'베르니 이모'는 코니의 호칭이었다. 내가 마지막으로 바랐던 것은 코니와 이야기하는 것이 아니었지만 아버지가 무척 힘들어 하고 있음을 알 수 있었다. 코니와 내가 서로 잘 지내고 있는 것을 보이는 것이 아버지의 기분을 잠시나마 편안하게 만들 것이다.

"바꿔 주세요."

곧 나는 코니의 목소리를 들을 수 있었다.

"안녕, 엘."

"안녕하세요, 베르니 이모. 요즘 손톱은 무슨 색으로 멋을 냈어요?"

"지금은 핫 핑크색이야. 물어봐 줘서 고마워."

더 무슨 말을 해야 할지 생각나지 않았다. 마침내, 나는

"그럼, 손톱 부러지지 않게 조심하세요."라고 말했다.

"그렇게 할게, 귀염둥이야."

그녀는 다시 아버지를 바꾸어 주었다.

"내가 생각한 것보다 점점 일이 더 복잡해지고 있어. 네 전화는 도청되고 있을 거야."

나는 아무 말도 하지 않았고 그러자 아버지는 침묵을 깨며 물었다.

"듣고 있는 거니?"

"네."

"그래. 너 네 목발 손잡이 안쪽이 비어 있다는 거 아니?"

"아뇨."

"그렇게 되어 있단다. 잠깐 짬 날 때 그걸 한번 돌려 빼 봐라. 양쪽 다. 내가 거기에 뭘 좀 숨겨 뒀어."

"비토 삼촌, 우리 어딘가에서 만나는 건 어때요?"

"그건 좋은 생각이 아니야, 알렉스. 너를 따라다니는 그자들은 걱정하지 마라. 그들은 나를 원해. 프렌신은 어떻게 지내니?"

"내 피부 때문에 특수 비누를 사러 밖에 나갔어요. 나 당분간 친구네 집에서 지낼 듯해요. 프렌신이 그래도 된다고 했어요. 그 친구 이름은 윈스턴이에요."

"좋아."

아버지가 말했다.

"프렌신 말 잘 들어, 알겠지?"

"메모 쓸 수 있어요?"

"가능한 빨리 돌아가마."

그러고는 아버지의 목소리가 커졌다.

"이런 젠장! 사랑한다, 아들아. 내 말 들리니?"

"네 들려요, 아버지."

나는 말했다. 그러나 그때 내가 들은 것은 오직 전화가 끊어진 뒤에나 들을 수 있는 다이얼 톤이었다.

나는 침실로 가서 내 스위스 칼을 서랍에서 꺼냈다. 나는 아버지가 내 목발에 숨겨 둔 것이 무엇인지 열어서 확인해 보는 것이 좋겠다고 생각했다. 그곳에 무엇이 있을지 짐작할 수가 없었다.

그 안에는 아주 단단하게 말린 백 달러짜리 지폐들이 들어 있었다. 세어 보니 모두 2천 달러였다. 나는 그것들을 내 셔츠 주머니에 넣고 나머지 한쪽 손잡이도 열어 보았다. 그곳에도 똑같이 지폐들이 들어 있었다. 역시 2천 달러였다. 그리고 메모도 함께 들어 있었다.

네 엄마가 네 목발을 너의 가장 친한 친구라고 말하곤 했던 것 기억하지? 그래, 이제 정말 그렇게 되었다! 그렇지만 아들아, 이것은 네 종잣돈이야. 신중하게 사용해라!

아버지가

내 셔츠 주머니 안에 4천 달러가 들어 있는 것은 자주 일어나는 일이 아니다. 솔직히 말해서 이전에는 결코 이만큼의 돈을 가져 본 적이 없다. 나는 목발 손잡이를 다시 끼우는 동안 그 지폐들을 쳐다보지 않을 수 없었다. 그렇지만 그보다 아버지가 곧 다시 돌아올 거라면 왜 이 돈을 나에게 남겼을까 생각하고 있었다.

매니 크랜들

가끔은 내가 구세주 쉐어우드라는 압박감에서 벗어날 필요가 있다. 내가 방과 후 '바니의 베이글랜드'에 갈 때가 그럴 때다. 그곳에는 만화 속 인물들이 베이글로 무언가 하고 있는 그림이 그려져 있는 벽화가 있다. 요정이 베이글 왕관을 쓰고 있다든지, 서커스에 나오는 힘센 사람이 거대한 베이글을 그의 머리 위로 들어 올리고 있다든지 아니면 유모차 바퀴가 베이글이라든지……. 그 벽화 속에 있는 인물들은 베이글로 이것저것 다양하게 하고 있지만 먹지는 않는다. 원래 베이글에 별 관심 없는 나지만 말이 된다고 생각하게 만드는 그런 벽화이다.

당신은 아마 이렇게 생각할 것이다. 베이글을 좋아하지 않는다면서 왜 바니의 베이글랜드에 가지? 그 이유는 제리와 패거리들은 절대 그곳에 가지 않기 때문이다. 그 근처에 노인 센터와 보건소가 생긴 이래로 바니의 베이글랜드에는 붕대를 감은 사람들이나 크림치즈처럼 머리가 허연 사람들이 가기 때문이다. 오해하지 말길. 나는 나이 든 사람들을 무시하는 게 아니다. 사실, 그들 중 대부분이 목발을 짚고 다니기 때문에 나는 그들 사이에 있을 때가 편하다. 그들은 내 목발을 봐도 이상하게 생각하지 않는다. 그들은 그저 고개를 까딱 하거나 웃어 준다. 내가 마치 그들과 같은 처지인 것처럼.

내게 종종 말을 건네는 노인도 있다. 날마다 꽃무늬 원피스를 입고 오는 할머니다. 우리는 서로에 대해 이름뿐 아니라 다른 어떤 것도 모른다. 우리가 이야기하는 것은 그저 날씨나 어떤 베이글이 할머니가 먹기 좋은지 등에 관한 것뿐이다. 그렇지만 할머니는 언제나 웃으며 젊은 사람들이나 할 법한 농담들을 던진다.

주인인 알빈은 좋은 사람이다. 그는 나에게 종종 공짜로 베이글을 주었다. 왜냐하면 내가 그의 손님들을 터미널의 지나가는 승객쯤으로 취급하지 않는 몇 안 되는 사람 중 하나이기 때문이라고 했다.

나는 그곳이 집처럼 느껴졌다. 그래서 종종 매니와 윈스턴을 그곳에 데려갈까 고려해 보았다. 그렇지만 나는 가끔 꽤 이기적이 되곤 한다. 나는 나만의 비밀 장소를 갖고 싶었다. 그런데 매니와 윈스턴을 데려가면 이곳은 곧 숨겨진 점심 장소가 되고 말 거다. 그렇게 되면 결국 모든 루저들이 이곳에 들끓게 되고 그러면 나만의 공간은 사라지게 될 것이다.

참, 숨겨진 점심 장소라는 것에 대해 조금 설명이 필요하겠다. 숨겨진 점심 장소란 제리나 그 패거리들이 찾기 힘든 학교 주변의 장소들로, 우리에겐 피난처가 되는 곳들이다. 좋은 예로 공연 무대 밑 공간 같은 곳이다. 그곳은 우리 루저들이 한가로이 점심을 먹기 좋은, 매우 인기가 많은 곳이다. 비록 어둡고 먼지 나고 비좁을지라도, 그보다 더 큰 장점이 있다. 제리와 패거리들은 바지가 더러워지기 때문에 기어서 그곳에 들어오려고 하지 않는다. 그래서 당신이 상상하듯 이 좋은 장소는 이미 꽉 차 버렸다.

매니는 항상 아직 잘 알려지지 않은 숨겨진 장소를 찾으려고 하지만 아직 여전히 미숙하다. 하지만 아직 그런 장소를 가지지 못한 루저들도 있다.

여하튼, 며칠 뒤 우리는 학교 식당에서 늦은 오후에 마침내 대면하였다. 윈스턴, 매니, 나는 매니가 '안전한 무리'라고 부르기 좋아하는 곳에 앉았다. 매니는 내가 정확히 그와 제리 패거리들 사이에 앉도록 만들었다. 제리 위트먼이 도넛을 던지는 척할 경우를 대비해서 말이다.

도넛을 던지는 척하는 소리는 생각보다 구분하기 어렵다. 제리 위트먼은 만든 지 오래된 도넛을 던지고는 했다. 종종 우리가 모이는 날이 되면 매니는 우선적으로 그의 목표물이 되곤 했다.

당신은 제리 위트먼에게서 좋은 점을 찾아볼 수 없다고 생각하겠지만 그의 던지기 실력은 가히 메이저리그급이다. 그는 무엇이든 던져 상처를 입힐 수 있었다. 매니는 지금이든 혹은 나중이든 그가 '컵케이크에 맞아 죽는' 엄청난 수모를 겪게 될 것이라고 말했다.

제리 위트먼의 발사체 선택은 무게도 적당한 젤리 도넛이다. 왜냐하면 이 도넛은 늘 만든 지 오래되었기 때문이다. 나는 얼굴에 맞은 적은 없었지만 매니의 말로는 얼굴에 맞으면 생각보다 엄청 아프다고 했다. "절대 그냥 설탕만 발린 도넛이 아니라니까. 계산하려고 기다리며 보니까 이건 거의 돌덩이 수준이었어."라고 말했다.

매니만 그런 일을 겪은 것은 아니다. 불행히도 나도 학교 도넛으로 얻어맞은 적이 있다. 그때 나는 젤리를 채워 넣은 돌덩어리를 팔면 어떨까 하는 생각을 했다.

아무튼 내가 점심시간에 매니를 남겨 두고 화장실에 가서 손을 씻고 있는 동안 제리 위트먼은 시나몬 롤을 매니에게 정확하게 던졌던 것이다. 나중에 윈스턴이 말해 주길, 시나몬 롤이 식당을 죽 가로질러 아주 정확히 매니의 머리를 맞추었다고 했다.

"매니는 시나몬 롤이 날아오는지도 몰랐어. 귀 바로 위쪽으로 날아와서 윗부분이 피클처럼 조금 날아갔어."

그때의 상황을 윈스턴이 말해 주었다.

윈스턴이 말하길 매니가 예상치 못한 폭행을 무시하는 데에는 불과 몇 초 걸리지 않았다고 했다. 매니는 제리 위트먼이 자신의 못난 행동을 보며 만족해하기를 바라지 않았다. 그래서 매니는 그 시나몬 롤을 집어 들고 곧장 입안 가득 넣고 먹어 버렸다.

윈스턴은 내가 식당 안의 그 숨 막히는 정적을 들었어야 했다고 말했다. 그들 중 몇몇 여자아이들은 약간 기분이 상한 듯 보이기도 했다. 그렇지만 매니는 계속 씹어 댔다. 마치 정말 맛을 음미하는 것처럼 말이다.

그리고 진짜 대박은 이 부분이었다. 매니는 입속에 롤이 반쯤 남아 있는 상태로 제리 위트먼을 똑바로 쳐다보았다. 이건 그에게 잊을 수 없는 강한 인상을 남겼다.

"여! 위트먼! 후식으로 딱이네, 고맙다."

우리 사물함으로 돌아와서 나는 매니에게 어떻게 그걸 한 번에 먹을 수 있었는지 물었다. 그는 자신이 좋아하는 일본 공포영화에 나오는 괴물이라고 상상하며 제리 위트먼을 한 방 먹였다고 말했다. 그리고 제리의 패거리들이 주위에 없는지 살핀 뒤 자신의 주먹을 허공으로 추켜올리면서 "뚱보 파워!"라고 외쳤다.

그 작은 행동으로 인해 모두 제리 위트먼이 매니의 주간 상납금 금액을 올릴 거라는 것을 알았지만 그럴 만한 가치가 있었다. 윈스턴은 여태까지 본 루저들의 행태 중 최고로 짱이었다고 말했다. 이 일은 매니를 따르는 루저들이 그는 결코 루저가 아니라고 생각하기에 충분했다. 물론, 루저들은 대체로 다른 아이들보다 마음이 넓다.

매니는 만약 내가 아니었다면 그는 아무것도 아니었을 거라고 말했다. 작년 학기가 끝나갈 무렵 그는 나를 쳐다보며 이렇게 말했다.

"내가 너를 그저 인간 방패막이 정도로만 생각하고 있지 않다는 걸 알아줬으면 해."

그것은 매우 감동적이었다.

또 하나 내가 항상 매니에게 고마워하는 것은 매니의 유머감각이다. "나는 학교 식당을 내 영혼 깊숙이 정말 싫어해.", "이건 마치 다 식어 빠진 피자만 있는 지옥 같아."와 같은 매니의 말들.

어떤 사람들은 매니를 싫어할 것이다. 왜냐하면 그는 매우 뚱뚱한 데다 뉴욕에서 왔기 때문이다. 매니의 진짜 이름은 루퍼트이다. 그러나 그는 맨해튼을 아주 좋아해서 내가 그에게 매니라는 별명을 지어 주었다. 얼마 뒤 그 별명에 익숙해졌다. 제리와 그 패거리들조차 그의 진짜 이름 대신 매니라고 불렀다.

매니는 뉴요커들은 장애를 가진 사람에 대해 조금 더 관대하다고 말했다. 사실, 그는 맨해튼을 그리워해서 가끔 그곳이 얼마나 대단한 곳인지 자랑하고는 했다. 이런 말은 지금 살고 있는 곳을 좋아하는 윈스턴을 거슬리게 했다.

"나도 알아. 뚱보로 산다는 것이 얼마나 끔찍한 일인지. 그렇지만 우리가 가 보지도 않은 곳에 대해 계속 말할 필요는 없어."

윈스턴이 말했다.

매니와 윈스턴 사이에 약간의 긴장감이 흐르는 것을 당신도 눈치챘을 것이다. 그 둘이 서로 비아냥거리며 별명을 부를 때쯤에는 나도 상황이 점점 심각해지고 있다는 것을 알았다. 윈스턴은 매니를 '뚱보'라고 불렀고 매니는 윈스턴을 '난쟁이'라고 불렀다.

매니는 종종 윈스턴을 비난했다.

"너 같은 난쟁이 똥자루들은 뚱뚱하다는 것에 대해 편견을 가지고 있어."

그러면 윈스턴이 매니에게 운동과 자기 관리 같은 것들에 대해 잔소리를 했다.

"매니, 조깅이나 제자리 뛰기를 하든지 조금 덜 먹어 보는 게 어때?"

그러면 매니는 윈스턴을 쏘아보며 대꾸했다.

"나도 언젠가는 살을 뺄 거야. 그렇지만 네가 절대 키가 크지 않듯이 운동으로 살을 빼는 게 얼마나 힘든지 모를 거야."

몸무게와 키 이야기가 나올 때면 점심시간이 얼마나 피곤한지 모른다. 그 예로 여기 윈스턴과 매니(그 사이에는 내가 있고)가 나누었던 대화가 있다.

매니 : 네이츠 델리에서 온 진짜 맛있는 파스트라미(향신료로 양념한 훈제 고기-편집자)를 먹었어.

나 : 네이츠 델리에서 온 파스트라미가 그렇게 맛있어?

매니 : 그럼, 역시 뉴욕 파스트라미가 최고야.

윈스턴 : 겨우 파스트라미?

매니 : 특히 맨해튼의 네이츠 델리에서 만든 것.

윈스턴 : 뭐가 달라? 그냥 파스트라미지.

매니 : 알렉스, 제발 난쟁이에게 그가 키에 대해 알고 있는 딱 그만큼만 파스트라미에 대해 알고 있다고 전해 줘.

윈스턴 : 알렉스, 제발 뚱보한테 호수에 뛰어들어 버리라고 말해 줘.

무슨 말인지 알겠는가? 나는 조용히 있으려고 노력한다. 나는 그 점을 짚고 넘어가고 싶다. 만약 우리가 서로를 의지하지 않는다면 제리 위트먼에게 대항할 기회를 가질 수 있겠는가? 그러나 나이 지긋한 두 친구가 공원 벤치에 앉아 하는 듯한 이 싸움은 쉽게 끝나지 않는다.

개인적으로 나는 윈스턴에게 매니의 어떤 느슨한 부분을 들추어내는 것을 그만하도록 충고한다. 게다가 평균 몸무게가 되기 위해서 매니에게는 해결해야 할 다른 문제들도 있었다. 그의 아버지는 재혼했고 여전히 뉴욕에 산다.

"아버지에게는 깡마른 부인과 뚱뚱한 아기가 있어."라고 매니가 말했다.

"만약 네가 아기라면, 네가 원하는 만큼 뚱뚱해도 상관없어."

윈스턴이 말했다.

매니와 그의 어머니는 매니의 할머니가 있는 이곳으로 이사 왔다. 불행히도 매니의 할머니는 곧 돌아가셨다. 매니는

"그 뒤로, 나는 여자로서 엄마의 삶이 훨씬 더 힘들어질 거라는 걸 알았어."라고 토로했다.

매니의 엄마는 위네키 씨보다 훨씬 더 심한 술고래이다. 나는 매니에게서 그의 엄마는 현재 백수이며 오로지 술에 취해 자고 깨고 한다는 것을 직접 들었다. 매니는 그의 엄마가 '육아맘'이라고 불리는 것을 좋아한다고 말했다. 그리고 침대 속에 누워 있기만 하는 엄마에서 벗어날 수 있는 사람이라고 말했다. 그렇지만 현재 그들은 아버지가 보내 주는 돈에만 의존해서 살고 있다.

"우리 엄마는 자기가 잘빠진 스포츠카 사이에 있는 부서진 낡은 트럭처럼 느껴진대."라고 매니가 말했다. 그러고는 "엄마는 내가 자기를 헌 와이프 주차장에 데려가서 녹이 슬도록 그냥 버려뒀으면 좋겠대."라고 덧붙였다.

이것이 내가 윈스턴이 매니를 괴롭히지 않기를 바라는 이유이다. 그러나 가끔 이것도 소용없을 때가 있다. 어느 날 그들은 위네키 씨와 매니의 엄마 중 누가 더 술주정뱅이인지를 두고 싸운 적이 있었다.

윈스턴은 본능적으로 위네키 씨 편을 들었다.

"월터는 생각보다 스트레스가 많아. 아저씨는 학교에서 관리해야 하는 일들이 많다고."

"어, 그래, 엄마한테는 내가 있어!"

매니가 되받아쳤다.

그가 한 말은 윈스턴을 그날 오후 내내 입 다물고 조용히 있게 만들었다.

이상한 것은 매니와 윈스턴이 속으로는 서로 좋아한다는 것이다. 시나몬 롤로 맞은 일이 있은 뒤, 매니는 정말 우울해했다.

"이제 겨우 10학년 첫 주가 시작됐을 뿐인데."

그가 말했다.

"앞으로 100개도 넘게 도넛을 맞아야 할 텐데, 난 이미 내 히든카드를 써 버리고 말았어."

이 말에 윈스턴의 마음이 움직였다. 그는 매니의 기분을 북돋아 주기로 마음먹었다. 우리가 지리 수업에 필요한 지도를 색칠하고 있는 동안, 윈스턴은 학교에 붙일 엄청난 대자보를 만들었다. 윈스턴의 농담을 듣기 전에 마셜 매클루언 고등학교에는 무기를 소지할 수 없다는 교칙이 있다는 것을 알아야 한다. 여하튼 윈스턴은 대자보에 학교 교칙에 따라 무기로 사용될 수 없게끔, 학교는 양질의 먹을 것을 제공하라는 내용을 썼다.

"학교에서 어떤 행정적인 조치를 취하도록 하기 위해, 누군가 크림 도넛에 맞아 한쪽 눈을 잃어버릴 때까지 기다려야 하는가? 얼마나 더 많은 학생들이 파운드케이크에 그들의 살점이 떨어져 나가야 하는 것인가?"

대자보의 마지막 구절은 정말 좋아서 나는 마음에 새겨넣었다.

매니조차 그 기가 막힌 문구가 우리의 짜증 나는 오후를 끝내기에 충분하다고 생각할 정도였다.

"인정하기 싫지만 저 난쟁이는 다른 어떤 사람보다 나를 웃게 만든단 말이야."

윈스턴과 매니가 서로 물어뜯을 때도 있다. 하지만 이런 일상들이 내가 그들을 신뢰하는 이유이다. 그래서 나는 그들에게 프렌신이 아르헨티나로 떠난 것과 모자 쓴 수상한 남자가 나를 따라다닌다는 것에 대해 말했다. 윈스턴은 내가 코딱지만 한 아파트에서 혼자 살면서 낯선 사람에게 감시당하고 있다는 사실에 매우 안타까워했다. 지난번 윈스턴의 처지를 듣고 내가 먼저 그의 집으로 이사 가겠다고 말했던 것처럼, 그도 같이 살자고 말했다.

매니 역시 동의했다. 하지만 개인적으로 나는 그가 윈스턴의 집으로 이사 가는 것을 조금 질투한다고 생각했다.

"수상한 사람이 너를 감시하는 게 확실해?"

매니가 물었다.

"아마 네 베이비시터가 널 버리고 떠났다는 사실 때문에 예민해져서 그런 생각이 드는 걸 거야."

"우리가 먼저 어른이 될까 봐 저 뚱보가 질투하네."

윈스턴이 말했다.

"난 내년이면 혼자 운전도 할 수 있는 나이야."

매니가 우겼다.

"이미 커다란 자동차를 살 돈도 모아 뒀어."

"대~단한 일이네~."

윈스턴이 비꼬았다.

"어떤 애들은 이미 여덟 살 때부터 농장에서 트랙터를 몰면서 운전한다던데."

윈스턴은 어떤 잡지에서 읽은 기사를 우리에게 전했다.

"아버지가 시내에서 볼일 보는 동안 아버지 농장을 홀랑 태워 먹은 애가 있었대. 그래서 트랙터를 타고 소방서에 갔다던데."

"농장에 전화가 없었어?"

매니가 물었다.

"나도 몰라."

매니가 끼어드는 것을 못마땅해하며 윈스턴이 말했다.

"이 이야기의 요점은 그 아이가 우리보다 훨씬 어렸다는 거고 또 이미 트랙터를 운전하기에 충분했다는 거야."

"우리만 빼고 모두 신 나게 인생을 사는구나."

매니가 말했다.

매니와 윈스턴은 한동안 이야기를 나눴지만 나는 집중할 수가 없었다. 그 수상한 남자가 신경 쓰였기 때문이다. 윈스턴이 트랙터 이야기를 마치고 나를 쳐다보았다.

"너 안색이 안 좋아."

매니는 내 이마를 만져 보았다.

"그동안 베이비시터가 네 남자다움을 망가뜨렸나 보다."

"내 생각에 나 한동안 너랑 같이 지내는 게 좋을 것 같아. 최소한 내 안색이 원래대로 돌아올 때까지 말이야."

윈스턴에게 내가 말했다.

"좋았어!"

윈스턴이 말했다.

내가 마치 그를 배반하기라도 한 것처럼 매니가 침울해 보였다.

"이제 너를 부잣집 도련님이라고 불러야겠구나."

"왜 이래, 매니."

내가 말했다.

"아무렴요, 도련님."

매니는 냉소적으로 굴려고 애썼다. 사실은 그도 외로웠던 것이다.

윈스턴네 집으로

이틀 뒤 일요일 오후, 나는 택시를 타고 윈스턴의 집으로 갔다. 윈스턴은 내가 곧 도착한다는 사실에 매우 들떠서 밖에까지 나와 나를 기다리고 있었다. 그는 내 가방을 대신 들고 현관문을 열기 위해 비밀번호를 누르기 시작했다. 네빌 형은 노래자랑 투어를 떠나기 전에 새로 설치된 보안 경비 시스템에 대해 윈스턴에게 매우 자세히 설명해 두었다.

"긴장할 필요 없어, 친구. 우리는 이 경비 시스템 안에서 안전해."

그는 마지막 번호를 누르면서 말했다.

"그 괴물에게서 보호해 달라고 해야 하지만."

"괴물?"

내가 물었다.

"우리가 안전하게 안에 들어가고 나서 말해 줄게."

윈스턴이 말했다.

나는 전에 윈스턴의 집에 와 본 적이 있었다. 그러나 네빌 형의 노래 연습 소리가 들리지 않는 그곳은 매우 크고 공허

해 보였다. 나는 복도를 훑어보았다. 전에 유일하게 보았던 입구는 공항만큼이나 더 커다랗게 보였다.

윈스턴은 내 가방을 현관 입구에 내려놓았다. 우리 머리 위로 커다란 샹들리에가 놓여 있었다. 대리석 바닥 위에서 들리는 내 자그만 목발 소리는 학교에서 들리는 것보다 더 으스스했다.

윈스턴은 고개를 숙이고 인사하며 "누추한 우리 집에 오신 것을 환영합니다."라고 말했다.

도베르만종 콜라가 우리를 향해 달려왔다. 몇 초 뒤, 나는 그 녀석이 나를 때려눕히려 한다고 생각했다. 하지만 녀석은 곧 세상에서 가장 슬픈 개처럼 슬금슬금 돌아갔다.

"콜라는 네빌 형이 저 문으로 들어올 거라고 생각해. 콜라는 형을 너무 그리워해. 계속 형의 침대 신발 옆에서 잠을 잘 정도야."

윈스턴이 설명했듯이 네빌 형이 있었을 때 콜라는 매우 온순한 녀석이었다.

"언젠가 제리 위트먼이 돈을 상납하라고 집에 찾아왔을 때 콜라는 녀석을 보고 꼬리를 흔들기만 했어."라고 윈스턴이 말했다.

"하물며 제리 위트먼이 녀석의 머리를 쓰다듬어 줬어."

네빌 형이 떠나고 난 뒤부터 콜라는 우울증에 빠져 버렸다.

나는 복도 의자에 앉아 신발을 벗었다. 윈스턴은 함께 지내게 되어 기쁘다고 말했다.

"딱 두 가지만 지키면 돼. 사실상 안전에 관한 것뿐이야. 첫째, 절대 네빌 형의 신발을 콜라에게서 뺏으면 안 돼. 그럼 아주 사납게 굴 거야."

"두 번째는 뭐야?"

내가 물었다.

나는 윈스턴이 콜라의 물그릇에 걸려 넘어지지 않게 조심하라 할 줄 알았다. 그러나 그는 불길하다는 듯이 말했다.

"절대 옆집 근처엔 가지 마."

"왜 그 집에 가지 말라는 거야?"

"특별한 건 아니야. 옆집 사람은 매일 미친 사람처럼 굴거든. 그뿐이야."

"윈스턴, 너 아무래도 텔레비전을 너무 많이 본 것 같다."

윈스턴은 내 말을 무시했다.

"나는 그 사람 진짜 이름도 몰라. 그렇지만 이 주변 애들은 그를 괴물이라고 불러."

"이마 한가운데 눈을 달고 있기라도 해?"

"평범한 사내처럼 보이지 않는다고. 그는 마치 자신의 집이 동굴이라도 되는 듯이 그 주위만 어슬렁거려. 더 큰 문제는 그 괴물은 소음을 싫어해."

"그래서?"

"그래서 아주 성능 좋은 잔디 깎기 기계를 죽여 버렸지."

"잔디 깎기 기계를 죽이다니, 어떻게?"

"기계가 아직 잔디를 깎는 중일 때 거대한 망치로 부수어 버린 거지. 근처 몇몇 불쌍한 정원사들이 타격을 받았지."

"너무했네."라고 나는 말했다.

윈스턴은 단지 잔디 깎기 기계뿐만이 아니라며, 그것은 시작에 불과하다고 했다.

"그 괴물은 이런 것들도 싫어해."

"예를 들면?"

"개똥."

"개똥은 누구나 싫어해."

내가 대꾸했다.

"그 괴물처럼은 아니지. 그 괴물은 개똥을 없애 버리는 게 자신의 삶에 주어진 의무라고 생각할 정도로 싫어한다고."

윈스턴은 콜라가 마치 그 괴물의 뒤뜰이 자신의 소유지인 것처럼 그곳에 볼일을 본다고 말했다.

"콜라는 볼일 보는 문제에 관해서는 조금 독보적이지. 나도 그 습관을 고치게 하려고 여러 번 시도해 보았지만 여간 고집스러워야 말이지."

그에 대한 앙갚음으로, 그 괴물은 잠겨 있지 않은 윈스턴네 헛간에서 챙 가족의 물건을 훔쳤다. 혼자 테니스 연습할 때 쓰는, 공을 쏘아 올려 주는 기계를 말이다.

"테니스공을 쏘아 올릴 때 쓴다면 상관 안 했겠지만 그는 그 용도로 사용하지 않았어."

대신에 그 이웃은 콜라가 그의 마당에 남겨 둔 흔적들을 다시 윈스턴의 집으로 돌려보내는 데 그 기계를 사용했다.

"괴물은 그 기계를 개똥 발사포라고 불러. 진짜 역겨워. 담장 너머로 개똥이 날아오는 기분을 넌 모를 거야. 더구나 계속 각도를 바꿔서 날린다고. 그래서 그게 어디에 떨어져 있는지도 알 수 없어. 마치 계속 개똥 공격을 받는 기분이야."

"한번 이야기해 보려고 시도해 봤어?"

내가 물었다.

"그 괴물과 대화를? 차라리 미친개한테 물리는 게 낫지."

"정상은 아닌 것 같네."

나도 동의했다.

"맞아, 만약 '비정상'이라는 말의 뜻이 '미쳤다'라는 뜻이라면…….”
윈스턴은 이어 말했다.
“그의 눈은 매우 사납게 생겼어. 그리고 늘 집에만 있어. 집 밖으로 나올 땐 오로지 애들한테 조용히 하라고 소리칠 때뿐이야. 신문 배달하는 타이티 소년에겐 저주를 퍼부었다니까.”
“설마……. 어떻게 사람이 그런 짓을 할 수 있어?”
“왜냐하면 그의 정신 상태가 그러니까.”
윈스턴이 충고했다.
“신문 배달하는 소년 말로는 그 사람이 총을 갖고 있대.”
윈스턴이 말하길, 그 주변 어린 여자아이들 사이에서는 고무줄놀이를 할 때 그 괴물에 관한 노래를 만들어 부를 정도로 꽤 악명이 높다고 했다. 윈스턴은 그 노래를 내게 불러주었다. 아주 고소하다는 듯이.
“그는 머리도 다듬지 않아. 그리고 주머니에는 언제나 총을 지니고 있지.”
윈스턴이 노래 부르는 모습은 네빌 형이 노래하는 장면을 떠올리게 했다.
“얼마나 많-은 시-체가 지하에 있지? 하나, 둘, 셋, 넷…….”

나는 웃기 시작했고 윈스턴은 웃는 건 적절한 반응이 아니라고 했다.

"나는 네게 이 사이코에 대해 경고하려는 거야."

그는 무척 흥분하며 말했다.

"그래서 그가 하는 일이라고는 하루 종일 주변의 개똥을 모으거나, 신문 배달하는 소년을 저주하거나, 잔디 깎기 기계를 부수는 것뿐이야?"

내가 물었다.

"그는 작가야."

윈스턴은 그 괴물을 다른 시각으로 봐야 할 것 같다는 식으로 말했다.

"그는 아마도 그의 이웃들 덕에 꽤나 괜찮은 작가일 거야."

윈스턴은 전혀 웃고 있지 않았다.

"그 사람은 그 집을 아기처럼 돌보고 있는 거야."

몹시 짜증난다는 톤으로 윈스턴이 말했다.

"내 진짜 평범한 이웃은 작년에 유럽으로 떠났어. 단언컨대 그 괴물은 정말 정상이 아니야. 그 집 지하실에서 시체가 나온다고 해도 전혀 놀랍지 않아."

내가 아무 말도 하지 않자 윈스턴은 어깨를 으쓱했다.

"내가 어떻게 그 이상한 것들을 너한테 다 설명할 수 있겠어. 어쩌다 우리가 이런 이야기를 하고 있지? 이런 시간 낭비가 있을까?"

윈스턴은 내가 집 안에서 길을 잃어버리지 않도록 그의 집 구석구석을 보여 주기로 했다. 그가 '일반적인 주거 공간'이라고 부르는 곳에 도착하기까지는 무척 시간이 걸릴 것 같았다. 일반적인 주거 공간은 내가 사는 아파트보다 세 배 이상 컸다. 아무것도 깨트리지 않고 축구공을 패스할 수 있을 정도였다.

다음에 우리는 당구대와 셔플보드 그리고 볼링장이 있는 게임 룸을 보았다. 거기서 우리는 커다란 텔레비전을 보면서 운동을 할 수 있는 방으로 갔다. 마지막으로 우리는 부엌으로 갔다. 그곳은 거실만큼이나 컸지만 제일 처음 눈에 들어오는 건 너저분하게 어지럽혀져 있는 광경이었다. 접시와 컵들이 여기저기 널브러져 있었다. 먹다 남은 음식들에선 고약한 냄새가 났다. 윈스턴은 나를 그 냄새가 나는 곳으로 불필요하리만큼 친절하게 안내했다.

"자기 전에 먹기에는 식은 피자만 한 게 없어."

우리 앞에 놓여 있는 것들로 봐서 그건 정말 명백했다. 커다란 식탁에 놓인 피자 상자는 기름에 찌든 벽돌처럼 쌓여 있었다. 또 피자 상자와 비등한 양의 중국음식과 햄버거 상자가 또 다른 집을 짓고 있었다. 모든 것이 정말 완벽하다 싶을 정도로 말이다. 당신이 이 구역질나는 광경을 본다면 어쩜 그렇게 잘 만들어진 집처럼 이 상자들이 뒤엉켜 산을 이루고 있는지 혀를 내두를 것이다.

"언제부터 이런 거야?"

"네빌 형 있을 때부터 같이 만든 거야."

윈스턴이 향수에 젖어 말했다.

"어떻게 생각해? 우린 포장 도시라고 불렀어."

"그래, 매우 인상적이네."

나는 바퀴벌레가 나올 것 같은 그 상자들을 보며 고개를 끄덕였다.

"누가 여기에 한몫했는지 알아? 바로 매니야."

내가 벌레처럼 보이는 것에 가까이 갔을 때, 그것이 커다란 올리브 조각이라는 것을 알았다.

"네 생각에 그 뚱보가 내 스케일에 감동받을 거 같지 않니?"

"물론."

나는 그 오래된 페퍼로니 피자 냄새 때문에 코를 킁킁대며 대답했다.

"다른 방도 좀 보여 줘."

"내 정신 좀 봐. 네가 지낼 방을 보여 줄게."

윈스턴은 내 가방을 들고 잘 닦인 난간을 잡고 계단을 올라갔다. 그가 내 가방을 들고 계단을 오르기에 그는 너무 작았다. 몇 번은 오히려 내가 먼저 올라가게 되었다.

난 내가 지낼 방을 보았다. 입이 쩍 벌어졌다. 치과에서 기다리는 동안 본 잡지에나 나올 법한 그런 침실이었다. 직접 보는 건 처음이었다. 놀라 움직일 수가 없었다. 카펫은 엄청 두꺼워서 내 목발 소리는 잘 들리지도 않았다. 게다가 그 위에서 잠을 자도 될 정도로 큰 책상이 있었다. 커다란 벽장 안에 텔레비전과 깊숙이 기대어 앉을 수 있는 팔걸이의자도 있었다. 한쪽 벽면에는 벽난로가, 그 옆에는 밤하늘 별을 볼 수 있는 커다란 창문과 망원경이 있었다.

"커튼을 항상 쳐 두도록 해. 그 창으로 바로 괴물의 집이 보여. 그리고 그는 잔디 깎는 소리가 나지 않는 밤에 일하는 것을 좋아해."

윈스턴이 충고했다.

나는 창밖을 쳐다봤다. 울타리가 있었지만 울타리 너머 옆집의 방 안까지 보였다. 그 방 안에는 많은 책들과 커다란 오크로 만든 책상이 있었다. 책상 위에는 흑백영화에나 나올 법한 구식 타자기와 담배꽁초가 가득한 재떨이가 있었다. 그렇지만 그 괴물은 보이지 않았다.

여하튼 나는 옆집에서 나를 볼까 봐 신경 쓰지 않았다. 내 방은 넓었고 뒤로 한 발짝만 물러나 숨으면 보이지 않을 정도였다.

카펫 한가운데에는 내가 본 적 없는 커다란 침대가 있었다. 윈스턴이 사이드 탁자에 앉아 리모컨 버튼을 누르자 침대가 반쯤 세워졌다. 그는 내가 원하는 대로 각도를 조절하다 보면 텔레비전 보기에 적절한 각도를 찾을 거라고 했다.

"이 방은 손님 접대 방 중 작은 편이야."

윈스턴이 미안해했다.

"그렇지만 나는 네가 이 방을 썼으면 해. 왜냐하면 나는 아직 이 방을 어지럽혀 본 적이 없거든."

그는 내 전용 욕실 문을 열었다.

"이 욕실에는 비데가 있어. 비데는 프랑스 사람들이 휴지 대신 사용하는 거야."

그는 버튼을 눌러 가며 비데가 어떻게 작동하는지 어떤 기능이 있는지 등을 보여 주었다.

"학교 화장실에 비데가 없다는 건 안타까운 일이야. 제리 패거리들이 우리를 그 속에 처박을 때 그렇게 깊숙이 구부리지 않아도 될 텐데 말이야."

그는 웃으며 재미있다는 듯이 나를 쳐다봤다.

"뭐가 잘못됐니, 알렉스? 너는 비데를 쓸 필요 없어. 차고 넘칠 만큼 휴지가 많거든."

"그런 게 아니야. 이런 걸 기대한 게 아닌데."

윈스턴은 태어날 때부터 부유한 환경에서 자라 내가 뭘 말하는지 알지 못할 거다. 그래서 나는 화제를 바꿨다.

"배고프지 않니?"

"여기서 기다려. 뭐 먹고 싶어? 12층짜리 피자 타워를 만들고 싶지 않아?"

"냉장고에는 뭐가 있어?"

내가 물었다.

"들여다본 적 없어. 네빌 형이 음식을 만들어 주었거든."

"한번 보자. 어쩜 내가 저녁 만드는 데 전부 써 버릴지도 몰라."

윈스턴은 내가 세 번째 손을 가졌다고 말하기라도 한 것처럼 충격에 빠졌다.

"설거지할 세제는 있니?"

내가 물었다.

"잘 몰라. 네빌 형이 설거지를 했어."

"빨래는?"

"형은 절대 빨래를 나한테 맡기지 않아. 형은 내가 형의 속옷을 전부 보라색으로 만들어 버린다고 했어."

"그럼 옷을 어떻게 세탁해, 윈스턴?"

"더러워지면 다른 옷을 사지."

"빨래하는 게 더 쉽지 않을까?"

윈스턴은 어깨를 으쓱해 보였다.

"네빌 형이 돌아오면 할 거야."

나는 그때서야 왜 네빌 형이 캘리포니아에 그렇게 오래도록 머무르는지 알 수 있었다. 나는 윈스턴에게 내가 하게 두라고 했다. 그는 학교에서 자 보려고 애썼지만 그럴 수 없어 피곤하다며 그의 방으로 갔다.

아래층 부엌 빈 병들 뒤에서 나는 설거지용 세제를 발견했다. 나는 더러운 그릇들을 닦기 위해 식기세척기를 켰다. 그리고 냉장고에서 유통기한이 지난 음식들과 곰팡이 핀 음식들을 버렸다. 냉장고 문을 열었을 때가 차라리 나았다. 냉동실은 얼린 스테이크와 닭고기로 가득했다.

솔직히 말해서 나는 그다지 뛰어난 요리사가 아니다. 내 실력은 결코 그 누구로부터 메달을 받거나 할 만한 것이 아니었다. 하지만 간단한 요리를 싫어하지 않는다면 내 음식도 먹을 만할 것이다. 그렇기 때문에 얼린 스테이크를 전자레인지에 돌렸을 때 조금 자신이 있었다. 그리고 먹어도 될 것 같은 감자 몇 알과 절반은 괜찮은 채소들을 찾을 수 있었다. 살짝 시든 것은 그리 큰 문제가 아니었다.

전문 요리사가 된 것처럼 커다란 주방을 휘젓고 다니며 요리하는 것은 꽤 재미있었다. 나는 널찍한 앞치마를 찾아서 "세계 최고의 요리사입니다."라고 말했다. 실내에서는 한쪽 목발만 짚고서 돌아다닐 수 있었다. 그래서 한 손으로 요리하는 것이 가능했다. 만약 중심을 잃게 되면 가구를 붙잡을 수 있기 때문이다.

나는 스토브의 비싼 그릴에서 스테이크를 구웠다. 윈스턴에게 이 냄새가 좋았나 보다. 윈스턴의 포장 도시가 식탁의 너무 넓은 부분을 차지하고 있어서 편하게 만찬을 즐길 수는 없었다. 자리에 앉자, 윈스턴은 내가 앞치마 벗는 것을 깜빡한 것을 지적했다.

"너 설마 나한테 바가지 긁는 아내처럼 굴려는 건 아니지, 그렇지?"

"절대 아니야."

나는 앞치마를 벗어 내 옆 의자에 걸어 두었다.

윈스턴은 으깬 감자를 한 번 집어 먹고는 괜찮다는 뜻으로 고개를 끄덕였다.

"뭐, 가끔은 그렇게 구는 것도 나쁘지 않겠다."

"내일은 닭고기 요리를 해 줄게."

우리는 밥을 먹고 내가 디저트로 준비한 아이스크림을 먹기 시작했다. 윈스턴은 더 없이 행복해했다. 마치 내가 그만을 위해 새로운 요리를 선보인 것처럼 느껴진다고 했다.

"이제 렉킹 공을 꺼낼 시간이 된 것 같아."

윈스턴이 웃어 보였다.

렉킹 공은 콜라가 물어뜯기 좋아하는 테니스공이다. 윈스턴은 포장 도시 앞에서 이 공을 들고 섰다. 그리고 나에게 공을 던졌다.

"나는 네가 이 영광을 누려야 한다고 생각해."

나는 피자 상자 타워로 공을 세게 던졌다. 곧 엄청 시원한 소리와 함께 다른 건물들도 함께 무너졌다. 이제 포장 도시는 예전의 그 위용을 잃고 잔재만 남았다.

"좋았어!"

윈스턴이 말했다.

"운이 좋았지."

내가 말했다.

윈스턴은 그것들을 살펴보기 위해 가까이 다가갔다. 실내화를 신은 윈스턴이 걸을 때마다 쩍쩍 소리가 났다.

"바닥이 더러워진 거 봤어?"
그가 물었다.
"청소하기 위해 누군가 불러야 할 거 같아."
"친절한 도우미 서비스를 이용했었어."
윈스턴은 유니폼을 입은 여자 두 명이 웃고 있는 사진의 브로슈어를 보여 주었다.
"하지만 내가 그만 오라고 했지."
"왜 그랬어?"
"실제로는 친절하지 않은 도우미들을 보냈단 말이야. 나는 성격 나쁜 여자들에게 솔직하게 말하지 못한다고."
나는 마침내 우리가 학교에 있는 동안 도우미를 부르는 것에 윈스턴의 동의를 얻어 냈다. 그런 뒤 나는 윈스턴에게 그의 생애 첫 세탁기 사용법 수업을 시작했다. 나중에 우리는 커다란 텔레비전 앞에서 빨래를 함께 접었고 그러고 나서 나는 숙제를 하기로 했다.
윈스턴은 "나도 너의 훌륭한 학교생활에 함께하고 싶지만 이건 절대 내 스타일이 아니야."라고 말했다. 대신에 윈스턴은 콜라를 잠깐 산책시키기로 했다. 나는 이것 또한 그에게 엄청난 활력소가 될 거라고 생각했지만 그는 그저 두렵기 때문에 하는 것뿐이라고 설명했다.

"만약 네빌 형이 돌아왔을 때 콜라가 뚱뚱하고 느려 터진다면 나는 형한테 정말 버림받을지도 몰라. 형한테 날마다 콜라를 산책시키겠다고 약속했어. 콜라는 천천히 걷는 편이야. 그 녀석은 덤불 속에서 네빌 형을 계속 찾아."

그리고 "신기해. 형에게서 오는 전화는 콜라가 알아. 벨소리에서조차 형이 콜라에게 '나야.'라고 말하는 것처럼 말이야."라고 덧붙였다.

윈스턴이 콜라와 산책하는 동안 나는 내 방으로 갔다. 벽난로에 불을 지피고 책상 위에 내 책을 폈다. 곧 숙제를 끝내고 조용한 가운데 마음껏 목욕을 즐겼다. 나는 한동안 이 말할 수 없는 자유로움에 흠뻑 젖어 있었다.

내가 침대로 향할 때쯤 불꽃이 사그라지고 있었다. 시계를 일곱 시에 맞추어 두었다. 왜냐하면 윈스턴은 주말을 빼고는 매일 수위 아저씨 위네키 씨의 방에서 아침 여덟 시에 그와 함께 아침을 먹는다고 했기 때문이다. 내가 어떻게 매일 그렇게 일찍 일어날 수 있느냐고 물었더니 이렇게 대답했다.

"월터 아저씨는 내가 매일 웃음으로 그의 하루를 시작하게 해 준다고 믿어."

자는데 이상한 소리가 들려 한밤중에 깼다. 그러고는 내가 커튼을 치지 않았다는 것을 알았다. 별이 빛나는 평범한 밤이었고 나는 내 몸으로 큰 창문을 밀고 있음을 알았다. 9월 초는 아직 따뜻하다고 느낄 것이다. 모든 것이 다 그대로였지만 나는 멀리서 들려오는 음악 소리를 들을 수 있었다. 누군가 오케스트라 앞에서 색소폰을 연주하고 있었다. 달콤하고 아름다우면서 동시에 슬펐다. 밤하늘에 별이 가득한 밤과 같은 소리였다.

그 음악이 괴물의 집에서 흘러나오고 있다는 것을 알아채는 데에는 그리 오랜 시간이 걸리지 않았다. 그의 방 블라인드는 걷혀 있었고 방 안은 환했다. 창문은 열대과일 무늬가 그려진 보기 흉한 하와이안 셔츠를 입고 있는 그의 뒷모습을 보여 주기에 딱 알맞았다. 가끔씩 그의 덥수룩한 머리가 오래된 타자기 위에서 리듬을 타고 있었다. 담배 연기로 도넛을 만들어 띄우기도 했다.

나도 왜 내가 망원경을 이용해 더 자세히 보려고 했는지 모르겠다. 아마도 그 괴물만의 세계가 궁금했기 때문일 테다. 여하튼 나는 망원경의 초점을 그의 집에 맞추었다.

윈스턴의 망원경 덕에 나는 더 자세히 볼 수 있었다. 여러 개의 '오! 헨리!' 사탕 껍질이 바닥에 떨어져 있었다. 나를 놀라게 한 것은, 그곳에 그의 방과 어울리지 않을 것 같은 그루초 막스의 커다란 포스터가 걸려 있다는 것이었다. 그 방에는 또 내가 어떤 건축학 책에서 본 것과 같은 거대한 크라이슬러 빌딩 모형이 있었다. 대충 보기에도 꽤 커 보였다.

평소 같으면 거대한 모형과 그루초 포스터를 보느라 정신없었을 테지만 책상 위에 놓여 있는 총이 눈에 들어오자 정신이 번쩍 났다. 그 총은 흑백영화 속 벽장에 진열해 놓은 것 같은 엽총이었다.

나는 계속 보고 싶었지만 다시 침대로 돌아가기로 했다. 다시 잠을 청했다. 하지만 그 괴물에 대해 생각하지 않을 수 없었다.

루저 클럽 출범

며칠 동안 숙제를 마치고 나면 망원경으로 그 괴물을 지켜보았다. 첫째 날 밤에 그는 뭔가 쓰느라 바빴고 둘째 날에는 타자기를 치기 시작했다. 잠시 뒤 그는 책상 스탠드를 켜고 손으로 얼굴을 감싸 쥐었다. 담배 연기도 음악도 없이 한 사내가 어둠 속에 아무것도 하지 않은 채 앉아 있었다.

나는 그 괴물을 지켜본 걸 윈스턴에게 말하지 않았다. 그저 속으로 그 사람을 계속 지켜봐야겠다고 생각했다. 왜냐하면 여차하면 그가 자신의 총으로 자살해 버릴지도 모르기 때문이다.

나는 도덕적인 사람이므로 그 괴물을 지켜보는 일을 잠깐 동안 멈추고, 윈스턴과 좀 더 활력 넘치는 독립된 남자들의 생활을 즐기기로 했다. 우리는 함께 테니스, 포켓볼, 셔플보드를 즐겼다. 미니 볼링도 함께하곤 했다. 늦게까지 비디오를 보거나 최신 컴퓨터게임을 하면서 지냈다.

윈스턴과 내가 재미있게 지내는 동안 매니는 그의 엄마와 지내야 했기 때문에 정말 불행했다. 매니의 질투는 내가 이

사한 뒤 첫 용돈 상납일 특히 더했다. 매니는 그날 오후 내내 나를 부잣집 도련님이라고 불렀다.

제리와 패거리들은 몇 년째 똑같은 방식으로 돈을 뜯어내고 있다. 다만 돈 뜯어내는 날을 화요일 또는 목요일로 바꾸곤 했다. 하지만 제리는 거의 금요일에 걷어 들이는 걸 즐겼다. 왜냐하면 주말 동안 쓸 돈을 만들 수 있기 때문이다.

제리 위트먼은 스스로 여자들에게 인기 있는 남자라고 생각하는 것 같다. 그는 늘 전시용으로 여자 친구들을 데리고 다녔다. 당연히 금전적인 문제가 따를 수밖에 없었다. 게다가 남자로서의 위상을 세우기 위해서 여자 루저들에게는 돈을 빼앗지 않았다. 생각하기에 따라서 몇 안 되는 제리 위트먼의 좋은 면이라고 볼 수도 있지만 매니는 남자 루저들에게 더 큰 모멸감을 안겨 주기 위한 또 다른 방편에 불과하다고 말했다.

한편 제리 위트먼은 남자아이들에게서 필요한 돈을 뺏는 일에는 전혀 거리낌이 없었다. 그런 까닭에 루저들에게 이런 상황은 되풀이되었다. 매니는 이 딜레마를 정확하게 표현했다.

“돈이 없으면 영화를 보거나 비디오게임을 하거나 읽을거리들을 뒤적거리거나 하는 것 따위는 절대 할 수 없어. 그저 멍하니 앉아서 내 자신이 태생적 루저라는 것을 되새김질하는 것 외에는 말이야."

윈스턴 역시 돈 뺏기는 금요일에 대해 분개했다.

"왜 꼭 금요일이어야 하는 거야?"

매주 목요일에 상납하던 그는 이 사실에 매우 불쾌해했다. 금요일은 '곧 가질 수 있는 휴식의 전초전'과 같다.

상관없다면 제리 위트먼의 일을 뒤로 하고 윈스턴은 주의 나머지 날은 편하게 지낼 수 있었다. 사실 윈스턴은 내가 아는 한 가장 쉬는 것답게 쉬는 사람이었다. 그러나 편안한 사람이라고 해서 그 자신만의 규칙이 없는 것은 아니다.

여하튼 윈스턴이 먼저 상납하는 것이 금요일 데드라인을 아직 맞지 않은 다른 루저 친구들에게 악영향을 줄 것이라는 걸 예감했다. 그래서 상황이 더 악화되기를 바라지 않는 다른 루저들을 실망시키지 않기 위해 그는 마지못해 그의 상납일을 원래대로 되돌리기로 했다.

"나는 운이 좋아. 불쌍한 뚱보처럼 돈에 쪼들리지는 않으니까."

금요일 상납일이 다가오면 매니는 더 힘들어했다. 왜냐하면 그는 일주일 용돈을 모두 잡다한 것들을 사 먹는 데 써버리기 때문이다.

"항상 잘해 봐야지 하고 일주일을 시작해. 그렇지만 항상 트윙키(우리나라의 초코파이같이 유명한 스펀지케이크-편집자) 자판기 앞에서 무너져 버려. 자판기 안의 트윙키는 신선도 유지를 위해 항상 진공 포장되어 있어."

학교 식당의 도넛과 비교해 이렇게 말했다. 자신만을 위해 자판기 안에서 누군가 바로 구워 내오는 것 같은 맛이라고 말이다.

나는 언제든 매니가 돈이 부족하면 그를 도와주었다. 왜냐하면 제리와 패거리들은 절대 돈을 내놓으라고 나를 때릴 일은 없기 때문이다. 사실 나는 여자아이들을 제외하고 제리의 상납 대상에서 제외된 유일한 존재이다. 이것은 매니를 헷갈리게 만들기에 충분했다.

"너는 어디를 봐도 루저인데 제리 위트먼의 자금 충당 대상에선 제외야. 내게 이건 이집트 피라미드보다 더한 세계의 불가사의 중 하나라고."

처음에 윈스턴은 제리 위트먼이 나를 배려할 만한 연민을 가졌다고 생각했다.

"너는 중립국인 거야. 너는 루저들의 스위스 같은 존재야."

그리고 곧 위트먼이 잔혹한 녀석이라는 것을 다시 상기했다. 마침내 우리는 왜 내가 돈을 빼앗기지 않는지 기억해 냈다. 나를 제외시킴으로써 그가 얻을 수 있는 것은 눈속임이 가능하다는 것이다.

"제리에게 연민이란 없지만 네겐 있어. 그게 네가 다른 아이들이 제리에게 괴롭힘 당하는 걸 참지 못하는 이유야."

루저들은 상납할 돈이 떨어지면 더욱더 괴롭힘을 당했다. 한 푼이라도 부족하면 제리는 경고를 날린 뒤 지갑을 뺏어 대신 가져갈 게 있는지 또 숨겨 둔 돈은 없는지를 확인했다. 만약 아무것도 건지지 못하면 월요일부터 금요일까지 계속 괴롭혔다. 5일 동안 내내 그 삶 자체가 지옥이 되는 것이다.

교실에서 벗어난다는 것은 더 큰 고통을 불러일으키고 만다. 그들이 부르는 '최악의 고통'으로 벗어나 숨을 곳은 아무 데도 없다. 도서관 구석 조용한 곳으로 몰아넣고는 숙제를 모두 망가트릴 것이다. 체육 수업을 기다리는 동안 연약한 엉덩이를 수건으로 세차게 때릴 것이다. 만약 샤워실에 혼자 있다 걸리고 만다면 머리채를 잡아 변기에 처박고 마치 담뱃재를 털듯이 흔들어 댈 것이다. 이런 일이 일주일 동안 계속되면, 대부분의 루저들은 기꺼이 더 많은 돈을 가져다 바치게 된다.

가끔 어떤 아이가 고집을 피우거나 돈이 없을 때가 있다. 그럴 때 제리는 '워터탱크'에게 데려가 돈을 받아 내곤 했다. '워터탱크'의 진짜 이름은 듀엔 월러톤이지만, 듀엔이 워낙 거대해서 모두 워터탱크라고 부른다. 워터탱크는 제리의 충직한 행동 대장이다. 워낙 그 방면에 뛰어나서 항상 정확한 금액만큼 수금을 해 왔다. 물론 루저들에게 눈을 부라리거나 상처를 주거나 할 때도 있다. 그런 일을 당한 아이들은 다음 금요일에는 꼭 돈을 가져와야 했다.

말하기 부끄럽지만 초등학교 때 나는 듀엔 월러톤의 친한 친구였다. 6학년이 되던 날, 나는 워터탱크의 목숨을 구해 준 적이 있다. 매니는 종종 만약 그때 내가 아니었다면 듀엔은 지금처럼 거대한 몸집을 가질 수 없었을 거라고 말한다.

그때 듀엔은 학교 식당에 앉아 혼자 핫도그를 먹고 있었다. 나는 그의 옆에 앉아서 누구나 할 법한 역겨운 주제의 농담을 하고 있었다. 그때 갑자기 듀엔이 켁켁거리기 시작했다. 숨쉬기조차 힘들어했다. 그때 난 텔레비전에서 본 장면을 떠올렸다. 목에 음식이 걸린 사람 뒤로 가서 팔로 안고 명치 아래를 힘껏 누르고 나서 여러 번 밀어 올려 주는 것이다. 그래서 나는 그대로 했다. 보기에는 좀 민망할 수 있다. 내 목발을 생각 못하고 듀엔에게 꽤 많이 기대고 있었기 때문이다.

실제로 텔레비전에서 보고 따라한 것이 통했다. 조그마한 크기의 핫도그 조각이 듀엔의 목에서 튀어나와 다른 아이의 수프 그릇 옆으로 떨어졌을 때 아이들은 "엄마!" 하고 소리쳤다. 곧 아이들의 비명 소리가 멈추고 다들 내 행동이 얼마나 영웅적이었는지 이야기했다. 내 선행을 칭찬해 주기 위해 학교에서는 회의가 열렸다.

그러나 그보다 더한 것은 듀엔의 반응이었다. 학교 회의 뒤에, 그는 나를 구석으로 데려가서 심각하게 말했다.

"우리는 평생 단짝 친구가 될 거야."

그리고 한 번 더 강조해서 덧붙였다.

"평생 동안."

물론 그때는 듀엔이 제리 패거리 중 주요 인물이 될 거라고는 꿈에도 생각하지 못했다. 어둠의 시간 속에서 매니는 그때 듀엔의 목에 걸린 핫도그가 빠지지 않았다면 우리가 얼마나 살기 수월했을지 추측하곤 했다. 매니는 "죽기를 바라는 게 아니야. 다만 덩치가 지금처럼 크지 않았거나 그랬을 거란 말이야."라고 설명했다.

매니가 무슨 말을 하는지 안다. 듀엔은 10학년 중에서 단연코 가장 거대한 녀석이었다. 듀엔의 커다란 덩치는 주변을 잠잠하게 만들었다. 효과적으로 협박하는 법을 잘 알기 때문에 그는 꽤 수완 좋은 깡패 중 하나였다. 사실, 그 무리들과 비교하자면 괴롭힘 당하는 게 덜 힘들다는 이유로 듀엔과 대면하기를 더 선호하는 아이들도 있었다.

완벽한 루저인 데비 스와니건이 그의 상납금이 한참 밀려 얼굴을 맞을 상황이었다. 마침 그때 데비는 영어 수업 연극 〈줄리어스 시저〉에서 매우 중요한 역할을 맡고 있었다. 그는 계속 "제발 탱크, 얼굴만은 때리지 말아 줘. 로마인 역할은 매우 늠름하고 전사 같아 보여야 해. 멍든 얼굴로 나갈 수는 없어. 나 때문에 우리 그룹 모두 낮은 점수를 받게 될 거야."라고 사정했다.

이 예술적인 이유 때문에 듀엔은 데비의 어깨를 대신 때리기로 했다. 그 주먹은 무척 심한 멍을 남겼지만 로마인 토가(고대 로마의 남성이 시민의 표적으로 입었던 옷-편집자) 속에 어깨를 숨길 수 있었다. 매니는 듀엔의 행동이 매우 품격이 있다고 말했다.

"게다가 워터탱크의 괴롭힘은 길지 않아. 최악의 괴롭힘 단계보다는 나아."

제리와 패거리들이 하는 짓을 그저 지켜보고만 있어야 한다는 것은 괴로운 일이다. 윈스턴은 제리 위트먼에게 내가 상납금을 바치는 것보다 큰 괴롭힘을 겪고 있다고 했다.

"그 녀석은 네가 우리 루저들을 동정하고 있다는 걸 알고 있어. 너처럼 감성적인 사람들의 마음을 괴롭혀 줄 방법을 고안한 거야."

나는 다른 아이들과 달리 상납금을 받치지 않아도 된다는 사실에 죄책감을 느꼈다. 그 사실은 나를 무척 괴롭혔기에 나는 정기적으로 매니와 다른 루저 친구들에게 돈을 빌려주고 있다. 어떤 때에는 한번에 서너 명의 아이들에게 동시에 빌려 준 적도 있다. 상납금 바치는 그룹에 새로 들어오게 된 아이들이 가장 먼저 하는 말이 무엇인지 아는가?

"구세주 쉐어우드에게 가자. 쉐어우드는 항상 돈을 빌려줘."

윈스턴은 이것은 정말 아이러니한 일이라고 말했다.

"위트먼에게 얼마나 달콤한 제안이야. 네게서 직접 뺏는 돈보다 더 쥐어 짜낼 수 있는 거잖아."

비록 내가 도와주는 아이들은 언제나 돈이 부족한 이들이지만 그들은 어떻게든 약속한 때에 돈을 갚았다. 윈스턴이 말하기를, 그것은 그들이 그렇게 해야 다른 아이들에게도 도움을 줄 수 있다는 걸 알기 때문이라고 했다.

언젠가 제리 위트먼의 희생양 중 한 명이 내게 돈을 갚지 않았다. 이 일이 일어났을 때 다른 루저 친구들이 조용히 그를 처치해 주었다. 나는 어떤 처벌도 종용하지 않았다. 그러나 매니가 말했듯이 "제리 위트먼 펀드를 대적하려면 우리는 쉐어우드 은행을 안전하게 지켜야 해."였던 것이다.

여전히 제리 위트먼의 희생양 중 한 명이 되는 것은 즐거운 일이 아니다.

금요일, 그날 분위기는 위네키 씨의 쇠톱 중 하나로 자르기에 충분할 정도로 무거웠다. 제리 위트먼은 조용히 돈을 걷고 있었다. 어떤 아이들은 책 속에 돈을 넣어 가져다줄 것이다. 또 다른 아이들은 돈을 돌돌 말은 펜을 그에게 빌려줄 것이다. 제리 위트먼은 내가 아는 사람 중 그 어느 누구보다 많은 펜을 가졌다.

매니는 왜 제리 위트먼이 악마인지를 종종 잊어버리곤 한다고 말했다. 그는 위트먼 가족이 그래놀라 상자에 그려져 있는 것 같은 가족이라는 사실에 당황해했다. 위트먼 가족은 당신이 건전하다는 말을 쓸 수 있을 법한 사람들이다. 그의 할머니는 미스 태평양 출신이었다. 그리고 그의 아버지는 8년 동안 마을 내 최우수 부동산 중개인이었다. 내가 이런 것들을 어떻게 아냐고? 위트먼의 아버지 얼굴이 붙어 있는 광고판이 버스 정류장 의자마다 있기 때문이다. 사진 속에서 그는 하얗게 빛나는 이를 드러내고 있다. 그 밑에는 이렇게 적혀 있다. '8년간 최고 판매 왕!'

제리 위트먼은 자신의 아버지를 무척 존경해서 아버지의 말을 종종 인용하곤 했다. 예를 들면 복도에서 누군가에게 말할 때, "우리 아버지가 말씀하시길 '둘'이라는 말에는 두 가지 의미가 있다고 했어."라든가, 학교 식당에서 들은 말 중에 기억할 만한 것은 "아버지는 이 세상에는 두 가지 종류의 인간이 있다고 했어. 다른 이의 엉덩이를 걷어차는 사람과 걷어차이는 사람이야." 그러고는 언제나 마지막에 이 말을 덧붙였다. "세상에, 우리는 어떤 쪽에 속할지 궁금하군."

위트먼은 그의 아버지에 대해 말할 때 다른 것들은 쳐다보지 않았다. 매니는 이것을 '제리 위트먼 씨 안전지대'라고 불렀다. 교실에서 위트먼은 항상 아버지와 함께 무엇을 했는지 이야기한다. 예를 들면 낚시라든가 함께 오래된 차를 수리하는 것과 같은 다양한 일들이다.

윈스턴은 언젠가 위트먼의 엄마가 고급 식료품 가게에서 고급 치즈를 사는 것을 보았다고 말했다.

"엄청난 미식가일 뿐 아니라 하이패션 모델 같았어."

매니가 말했다.

"위트먼은 잘생기고 여드름 투성이도 아니지만 키가 작잖아."

윈스턴이 말했다.

"완벽하기만 한 건 재미없잖아."

"왜 그의 지루함을 덜어 내기 위해 우리가 괴롭힘을 당해야 하지?"

매니가 물었다.

이것은 우리가 루저 클럽의 존재 이유를 조금 더 부각시켜야 하는, 귀찮은 질문이었다. 9학년 초 매니와 윈스턴과 나는 윈스턴의 집 근처를 배회하고 있었고 제리와 패거리들이 얼마나 우리 삶을 지옥으로 만들고 있는지에 대해 불평하고 있었다. 그러다가 매니는 구미가 당기는 어떤 일에 대해 제안했다.

"우리가 위트먼에게 복수할 수 있는 방법이 있으면 좋겠어. 제리 위트먼이 그려진 다트 판이 있어서 그의 이마 한가운데 정확히 펀치를 날렸으면 좋겠어."

당신은 아주 사소한 것이 얼마나 큰 반향을 불러일으킬 수 있는지 절대 알지 못할 것이다. 윈스턴이 매니의 생각을 듣고 왔을 때가 그랬다. 윈스턴은 제리 위트먼의 그림이 가득한 무언가를 들고 왔다. 그가 가지고 온 것이 무엇이냐고? 그것은 제리 위트먼 죽이기 다트 판이었다. 나는 내가 악의적인 사람이라고 생각하지 않는다. 그러나 나는 제리 위트먼에게 화살을 날릴 때 솔직히 기분이 좋았다.

어느 날 오후 우리가 윈스턴의 집에 있을 때 매니는 다트 판을 때렸다. 상납금을 바친 다음 날인 토요일이었기 때문에 이 행동은 그에게 좀 더 큰 만족감을 주었다.

"이 좋은 걸 우리만 누린다는 것은 이기적인 생각이야. 다른 루저 친구들에게도 무척 좋은 스트레스 해소법이 될 거야. 제리 위트먼 갱생회같이 말이야."

이것이 루저 클럽이 출범하게 된 경위이다. 처음에는 그저 제리의 희생양들이 비밀스럽게 목요일 오후에 윈스턴의 집에 모여 유쾌하게 제리 위트먼의 사진 위로 다트를 던지는 모임이었다.

그때 매니가 제리 위트먼의 부두 인형을 들고 왔다. 제리 위트먼 부두 인형은 중고품 가게에서 산 오래된 남자아이 인형이었다. 그런데 매니는 제리 위트먼의 머리 모양과 그가 신는 신발과 비슷한 신발을 신겨 조금 손을 보았다. 그리고 제리 위트먼과 똑같은 겉옷을 입히자 실제로 그와 비슷해 보였다.

매니는 터번처럼 보이는 모자를 쓰고 텔레비전에 나오는 점쟁이처럼 굴었다. 그리고 인형의 매우 민감한 부위에 뾰족한 핀을 꽂았다. 그런 뒤 그는 신비스런 표정을 지으면서 "너는 어디에 있지, 제리 위트먼?"이라고 신음소리를 내듯 말했다. 그러고는 "긴장하고 있는 게냐? 그 부분에 알 수 없는 고통이 느껴지지?"라고 말했다.

매니의 행동에 우리는 웃지 않을 수 없었다.

제리의 희생양이 아닌 사람에게는 이런 행동들이 매우 유치하다고 느껴질 것이다. 그러나 고등학교에 진학한 이래 늘 얻어맞고 빼앗기는 루저로 사는 것에 익숙한 우리에게는 해방감을 안겨 주었다. 제리 위트먼으로 인한 두려움을 날려 버릴 수 있었다. 개인적으로 나는 이런 행동이 유치하거나 바보스러워 보인다 해도 문제가 되지 않는다고 생각한다. 우리는 어차피 이미 루저들이니까. 더 이상 잃을 게 뭐가 있을까?

다트 판과 부두 인형은 제리의 희생양들 사이를 전에 없이 돈독하게 해 주었다. 그 의식은 그리 길지 않았고 우리는 마음 편히 서로의 메모를 돌려 가며 보기 시작했다. 마침내, 그의 반평생 팔찌를 차고 다니는 틴 페이스 파셀이 고무적인 발언을 했다.

"나는 처음 마샬 매클루언에 왔을 때 제리와 그 패거리들에 대해 조금 더 알았더라면 했습니다. 그랬더라면 그런 엄청난 혼란을 피하고 상황을 악화시키지 않을 수 있었을 것입니다."

틴 페이스는 루저들이 오직 경험을 통해서만 얻을 수 있는 것들을 알고 있었다. 예를 들어 제리 위트먼이나 듀엔이 때릴 때에는 조금 큰 교과서를 말아 벨트 안에 넣고 있으면 중요한 그 부분을 보호할 수 있다는 것, 들키지 않으려면 두꺼운 스웨터를 입는 게 최상이라는 것과 같은 사실이다.

모든 종류의 교과서가 효과적으로 사용될 수 있는 것은 아니다. 어떤 것들은 너무 두꺼워서 듀엔이 배를 강타할 때 알아챌 수 있다. 너무 얇은 것은 잘 구겨져서 제대로 방어 효과를 내지 못한다. 틴 페이스는 학교 도서관에서 방어용으로 아주 효과적인 책을 찾아냈다. 그것은《인테리어의 역사》라는 책이었다. 이것은 두께와 넓이 면에서 아주 적절했다.

첫 번째 희생자가 자신의 차례가 끝나면 다음 사람이 그것을 건네받았다. 도서관 사서 맥컬레인 양은 이 책이 마샬 매클루언 학교 전체 내에서 가장 너덜너덜한 책이라고 말했다. 워낙 너덜거려서 그녀는 같은 책을 몇 권 더 주문해야 했다. 그러나 어떤 이유에서인지 책이 돌아올 때마다 여전히 너덜거리는 채로 반납되기 일쑤였다.

물론 가끔 어떤 종류의 책을 사용하느냐는 것은 문제가 되지 않았다. 틴 페이스는 안타깝다는 듯이 고개를 저었다.

"경험이 아직 부족한 많은 이들이 윗옷에다 책을 감추려고 시도했습니다. 그러나 당신이 커다란 스웨터를 입고 있지 않는 한 이 모든 것들은 소용이 없게 될 것입니다."

이 말은 제리의 신입 희생양들이 저지르기 쉬운 실수에 대한 이야기로 이어졌다. 신입 희생양들은 최대한 피하려고 애썼지만 경험 부족으로 제리와 그의 패거리들과 하루에도 몇 번씩 마주쳤다.

한편 선배 루저들은 제리와 패거리들이 선호하는 장소를 알고 있기 때문에 되도록이면 그곳에서 멀리 떨어져 있어야 한다는 것을 알고 있었다.

제리의 희생양 3년 차에 접어드는 하워드 빌은 제리와 패거리들의 행적을 기록한 주간 편성표를 갖고 있었다. 그는 관대한 사람이어서 아버지의 복사기를 이용해 그 표를 복사해 나누어 주었다. 매니는 매우 훌륭하다며 액자에 걸어 놓아야 할 정도라고 했다. 하지만 우리는 그냥 가지고 있는 것으로 만족하기로 했다. 게다가 이미 다트와 부두 인형이 전시되어 있었다.

틴 페이스의 발언은 제리의 희생양 선배들이 얼마나 똑똑하고 경험이 많으며 영리한지를 생각하게 만들었다. 서로를 위해 정보를 공유하는 일이 바보 같은 일은 아니지 않은가?

그런 면에서 신입 루저들은 선배 루저들의 값진 경험에 의한 지식을 받아 갈 수 있었다. 나는 곧 다른 루저 친구들에게도 우리의 모임에 대해 알렸고 윈스턴 집에서 열리는 목요 모임은 곧 거의 모든 루저들이 참석하게 되었다.

루저 클럽의 성장은 많은 것들을 가능하게 했다. 나는 모임을 통해 제리 위트먼의 감시를 염려하지 않고 더 많은 루저 친구들에게 돈을 빌려 줄 수 있게 되었다. 그리고 제리 위트먼을 피해 너무 자주 구석지고 더러운 곳을 찾아 기어다니느라 바지 무릎이 닳아 없어질 지경인 이들에게도 도움이 되었다.

회원이 점점 더 늘어나 우리는 들키지 않기 위해 예방책을 마련해야 했다. 목요일마다 우리 모두가 같은 방향으로 하교하게 된다면 들키는 것은 순식간이었다. 우리는 제리 패거리들이 우리를 따라오지 않는지 조심하며 모임에 참석해야 했다.

눈에 띄는 행동은 하지 말고 곧장 집으로 갈 것, 그것이 첫 번째 규칙이었다. 매니는 우리 중 그 누구도 들키지 않기 위해 이런 요구에 순순히 응한다는 사실에 놀라워했다. 그러나 내게는 그다지 놀라운 일이 아니었다. 우리가 비록 루저일지라도, 우리에게는 서로가 있었다.

제리와 패거리들에게서 안전하다는 사실에 무척 고마워하는 바질 위팅은 9학년 때 목판에다 우리를 위해 팻말을 만들었다. 바질은 다섯 살 때부터 우드 버닝 도구를 가지고 있었고 디자인에 일가견이 있었다. 그가 공들여 옛글체로 '루저 클럽'이라는 이름을 새겨 넣을 때 우리는 아름다운 작품이라고 감탄했다. 윈스턴은 무척 좋아하면서 즉시 하워드의 차트 다음에 그 팻말을 걸어 두었다.

이에 영감을 받은 매니는 윈스턴의 컴퓨터를 빌려 특별한 문체로 '루저들의 독립 선언문'을 작성해 왔다. 이 선언문은 이렇게 시작한다.

"우리에게 당신의 지질함을, 괴짜스러움을, 그리고 제리 위트먼의 압제에서 자유롭고 싶다는 어처구니없는 야망을 주시오!"

우리는 즉시 이 선언문을 루저 클럽 팻말 밑에 걸었다.

다음에 매니는 제리와 패거리들이 희망 없는 바보들처럼 보이는 삽화를 그렸다. 나는 위대한 그루초 막스의 말을 인용해 "나는 내 생애 이렇게 훌륭한 모임에 참석해 본 적이 없소."라고 보탰다. 곧 머지않아 우리의 벽은 루저들의 필수품들로 꽉 들어찼다.

목요일이면 윈스턴의 집은 첫 대면으로 인한 불안함에서

벗어나거나 안정을 취하기 위한 루저들로 북적거렸다. 그래서 마침내 매니는 신규 지원자가 정말 불쌍한 그들과 같은 부류인지 인터뷰를 진행해야 했다.

올해에는 학기 시작 2주 뒤 새로운 지원자들이 생겨났다. 매니는 이제 그의 수많은 경험을 동원하여 어떤 지원자가 진짜 불쌍한 우리와 같은 부류인지 판단해야 했다. 그들은 먼저 간단한 질문을 받았다.

"지금까지의 모으기 취미 중에 어떤 것이 제일 만족스럽습니까?"라고 매니가 물을 것이다. 그리고 그 지원자가 '새 둥지'나, '불가리아 우표'와 같은 대답을 한다면 그는 우리의 모임을 함께할 만한 충분한 자질을 지녔다고 판단했다.

가끔은 매니가 질문할 필요조차 없을 때도 있었다. 어떤 지원자는 콧물을 계속 훌쩍거리며 말하기 시작했다. 그러면 매니는 바로 이렇게 말했다.

"다음 주 목요일에 봅시다."

우리 학교에는 많은 루저들이 있다. 그래서 나는 왜 줄리 스펜서가 그 많은 아이들 중에서 나를 주목하는지 알 수 없었다. 최근에 느꼈던 것처럼.

어느 날 아침 나는 수업이 시작하기 전 복도에 서 있었다. 뭔가 특별한 일이 있었던 것은 아니었고 학교 게시판에 붙어 있던 전파상 광고를 보고 있었다. 빛의 축제로 알려져 있는 대회를 엘비라 멈포드 기구에서 주최한다는 것이었다. 내용은 이러했다.

고교생 여러분 주목하세요!
팀워크와 계획성을 배울 기회입니다!
크리스마스 정신으로 가족들을 모두 모으세요!
크리스마스 전구로 집을 장식해 보세요.
그리고 모든 아이들을 기쁘게 해 봐요!
상품! 상금! 장학금!
당신의 참여는 푸드뱅크에 기부됩니다.

포스터 마지막 부분에 누군가 검은 펜으로 이렇게 낙서해 놓았다.

"집중, 모든 루저들!"

이에 또 누군가 붉은 펜으로 덧붙였다.

"지질이들 경보!"

누군가 1천 달러 상금 액수에 밑줄을 그어 두고 "상금도 있다, 이 머저리들아!"라고 써 놓았다. 그리고 그 밑에 누군가 푸드뱅크에 기부된다는 부분에 작은 글씨로 "너희는 바보 같아!"라고 써 두었다.

이런 것들은 그저 일상이었다. 줄리 스펜서가 내 옆에 다가오기 전까지는. 그녀는 내 옆에 서서 나를 불편하게 만들었다. 그리고 우울한 목소리로 "크리스마스 전구 좋아해?"라고 물었다.

"전에는 그랬어."

나는 웅얼거리며 말했다.

"어렸을 때는……."

"나도. 나도 많이 좋아했어."

부끄러운 일을 고백하듯 줄리 스펜서가 대답했다.

"대부분의 아이들이 크리스마스 전구를 좋아해."

나는 줄리 스펜서가 무안하지 않도록 애쓰며 말했다.

"그래. 그때는 모든 것이 정말 단순했는데. 벙어리장갑이 흘러내리지 않게 소매에 붙여 두고 말이야. 코코아를 마시고……. 크리스마스 전구가 최고였는데. 기억나?"

"그럼, 기억나."

갑자기 나는 우리가 대화를 하고 있음을 알아차렸다. 나는 그녀에게로 고개를 돌렸다. 그녀 눈 주위의 검은 마스카라가 그녀를 슬픈 너구리처럼 보이게 했다.

"아이였을 때가 그립니?"

내가 물었다.

"꼭 그렇지는 않아. 경험이 너무 많아. 그래서 좀 지루해."

"무슨 말이야?"

"철없던 아이였던 시절이 그립다는 거야."

그녀가 말했다. 그녀는 잠시 말을 멈춘 뒤, 눈을 크게 뜨고 말했다.

"그때의 즐거움은 무척 순수했어. 크리스마스 전구처럼 말이야. 지금은 절대 그때로 돌아갈 수 없지만……."

"누가 그래?"

"뭐라고?"

줄리 스펜서가 눈을 깜빡였다.

"누가 그때로 돌아갈 수 없다고 했냐고?"

내가 이상하다는 듯이 줄리 스펜서는 살짝 웃었다. 그 순간 줄리 스펜서가 그녀의 검은 코트 위로 작고 까만 벙어리장갑을 끼고 크리스마스 전구를 보며 신 나하는 모습을 상상할 수 있었다.

듀엔이 복도로 나오지 않았다면 조금 더 진도가 나갔을지도 모른다. 갑자기 줄리 스펜서는 이상한 행동을 하기 시작했다. 먼저 그녀는 진짜 나중에 볼 것처럼 "나중에 보자, 알았지?"라고 말했다. 그러고는 아주 자연스럽다는 듯이 몸을 기대 내 볼에 뽀뽀했다. 그리고 사라졌다.

나는 얼어붙은 채 서 있었다. 듀엔조차 충격에 휩싸였다. 나는 윈스턴과 매니가 코너에서 보고 있었음을 알았다.

"오, 이런!"

윈스턴이 말했다.

"아까 그건 뭐야?"

"상납일 트윙키 자판기에 돈을 다 써 버린 것보다 더 심각한 일이야."

매니가 말했다.

"훨씬 더."

윈스턴이 말했다.

생키 씨와의 대화

나는 아버지에게 무슨 일이 일어나지 않았을까 걱정하는 대신, 그날 하루 일에 집중하려고 노력했다. 그것은 아버지가 사기죄로 감옥에 가지 않았을까 하는 생각에서 벗어나게 해 주었다. 나는 종종 늦은 밤 윈스턴의 커다란 자쿠지에 몸을 담그고 생각에 잠겼다. 그 순간 나는 윈스턴 집에서의 내 생활이 얼마나 기이한 일인지 깨달았다. 그리고 오래된 텔레비전 쇼에서나 볼 수 있을 법한 종류의 가족 같다는 생각이 들었다. 아버지는 늦게까지 사무실에서 일하다 집에 와서는 자기 바쁘고, 엄마는 특별한 이유도 없이 항상 청소하고 밥하기에 바쁜.

매니는 내게 술에 취해 침대에만 누워 있는 엄마가 없다는 사실에 감사해야 한다고 말했다.

"엄마가 술주정뱅이인 것처럼 속 뒤집어지는 일은 없어. 돈 문제만 해도 그래. 나는 텅 빈 주머니로 제리 위트먼 펀드에 가야 해."

매니는 엄마의 상황에 대해 매우 힘들어했다. 맨해튼으로 옮겨 가 아버지와 살고 싶다고 말했다. 하지만 아버지의 새 부인 바렛은 매니와 함께 살기를 바라지 않는다.

"바렛은 부서지기 쉬운 현대식 가구에 투자해. 불행히도 내 뚱뚱한 몸은 그 가구들에 어울리지 않아."

윈스턴은 부모님에 관한 이야기에 관심이 없다. 윈스턴의 아버지는 윈스턴의 9학년 성적표를 보고, 윈스턴에게 보고서를 보냈다. 그것은 열 장 분량의 재정 지출에 관한 것으로, 윈스턴이 태어난 뒤부터 얼마나 많은 돈을 쏟아부었는지에 대한 것이었다. 모든 것이 다 아버지의 손에서 나왔다. 윈스턴조차 그가 얼마나 많은 돈을 썼는지 보고 놀랄 정도였다.

그 보고서의 끝에 '비용 분석 현황'이라는 칸이 있었다. 챙 씨는 "우리는 아들 윈스턴에게 투자한 것을 다시 거두어들이고 싶을 만큼 몹시 후회한다. 해결책은? 더 나은 성적뿐이다!"라고 적었다.

그럼에도 여전히 윈스턴과 매니는 부모님에 대해 확실히 부드러운 면을 지니고 있다.

매니에게 가장 최고의 악몽은 엄마가 집 바닥을 영구적으로 못쓰게 만든 것이었다. 그는 엄마를 소파까지 끌고 가야 하는 상황을 '술 취한 부모를 이용한 운동'이라고 농담 삼아 말했다. 그러나 매니에게는 농담이 아니었다. 매니가 얼마나 엄마를 걱정하고 있는지 알 수 있었다.

또한 매니는 엄마가 화풀이를 해 대는 것을 참을 수 없다고 했다. 그럼에도 그는 엄마와 지낼 수 있다고 말한다. 한번은 매니의 엄마가 그에게 "거지 같은 정원에 핀 유일한 장미!"라고 말했다. 그것에 매니는 "우리 엄마는 시를 썼어. 지금은 그저 내뱉기만 하지만."이라고 말했다.

윈스턴은 자신이 아버지의 유머를 그리워한다는 사실을 숨기려고 했다.

"우리 아버지가 나를 안아 주었던 때는 내가 A플러스를 받았을 때뿐이었어. 하지만 성적 때문에 기뻐했던 건 아주 잠깐이었어."

윈스턴이 비록 그의 부모님에 대해 농담을 하기는 하지만 그 역시 부모님의 영향을 받았다는 사실을 무시할 수 없었다. 윈스턴이 말하는 '교양 있는 독특한 동양 문화 방식'이란 게 그렇다. 윈스턴이 말하길 아시아 문화권에서는 아이가 혼자 큰 집에서 살도록 하는 것이 그리 큰 문제가 아니라는 것이다. 그때 매니는 자신의 상황이 결코 최악이 아니라는 것을 느꼈다.

"우리 엄마는 술주정뱅이지만 최소한 나랑 같은 집에 살면서 술을 마시잖아."

매니가 이 말을 한 뒤, 윈스턴은 조용해졌다. 나는 윈스턴이 부모님에 대한 분노를 숨기고 있다고 생각했다. 그는 우리에게 아시아 문화권에서는 공부를 잘하느냐 못하느냐 따지는 것이 최악이라고 했다.

윈스턴은 부모님에게 정신적인 괴로움을 주어 복수하려는 것이 아니다. 죄책감을 느끼는 한편 퍽 감정적인 것이다.

"우리 부모님은 이것이 가족의 대재앙인 것처럼 내가 죄책감을 느끼게 해. 단언하건데 아버지는 그렇게 만드는 재주를 타고난 게 분명해."

그 누구의 부모도 완전하지 않다. 비록 우리 엄마는 완벽에 가까웠지만. 엄마는 거의 모든 것을 잘 돌보아 주었다. 엄마는 "네 아버지는 몽상가야. 이것이 네 아버지의 장점이자 단점이지."라고 말하곤 했다. 엄마는 아프고 난 뒤 이렇게 말했다.

"네가 가족 중에서 유일하게 현실적인 사람이야. 그걸 감당해 낼 수 있겠지?"

나는 모든 것을 잘해 낼 수 있다고 믿고 싶었다. 비록 내가 쇼핑 카트를 밀면서 동시에 걷지 못하더라도 집안에 필요한 것들을 잘 정리해 낼 수 있었다.

가정 경제를 관리하며 아버지가 돈을 주면 제일 먼저 월세를 내는 데 사용했다. 건물 관리자 생키 씨는 모든 세입자가 나와 같다면 자신의 속이 훨씬 편안할 거라고 말했다.

비록 지금은 윈스턴의 집에 머물고 있지만(벌써 2주가 되었다.) 나는 부재를 의심받지 않도록 애쓰고 있다. 하교 후 종종 아파트로 가서 우편물과 메시지를 확인했다. 일부러 생키 씨와 마주치기 위해 세탁실에서 빨래를 하기도 했다.

생키 씨는 최근에 왜 세입자들이 들락날락하는지 전혀 눈치채지 못했다. 왜냐하면 그가 '슬레이브 드리버'라고 부르는 새 건물주 때문에 건물 수리를 시작했기 때문이다. 슬레이브 드리버는 생키 씨에게 아파트 내부, 외부를 수리하도록 시켰다. 몇몇 비어 있는 아파트는 리모델링되었고 빌딩의 외관은 보기 좋게 바뀌었다.

"슬레이브 드리버는 내가 일당백이라고 생각해."

생키 씨는 매우 분주해졌다. 그는 내가 집에서 지내고 있지 않다는 사실과 아버지와 프렌신 모두 보이지 않는다는 사실을 눈치채지 못했다. 이것은 내가 현재 처한 상황을 고려하면 매우 고무적인 일이었다.

나는 생키 씨가 좋다. 그는 세탁실에 자신의 연장을 보관한다. 나는 가끔 세탁할 일이 없어도 그곳에 내려가곤 했다.

생키 씨는 아내가 살아 있던 때 지하에 온갖 종류의 자잘한 것들을 보관하고 있었다. 그의 수집품은 바깥에 걸어 두는 크리스마스 장식품을 비롯해 쓸데없는 골동품과 온갖 잡동사니들이었다. 체리코 플라스틱 루돌프와 크리스마스 요정 그리고 특이한 것들이 더 많이 있었다.

나는 개인적으로 생키 씨가 일할 때 사용하곤 했던 커다란 '뚱뚱해서 행복한 칠면조' 간판이 좋았다. 그것은 온 가족이 부엌 식탁에 둘러 서 있는 그림이 그려진, 매우 구식인 간판이었다. 식탁 위에는 먹음직스러운 통통한 칠면조가 올려 있다. 아버지는 입을 크게 벌린 채 칠면조 샌드위치를 씹고 다른 가족들은 행복한 표정으로 칠면조를 바라보고 있다. 그림에는 두 줄로 반짝거리는 글씨가 이렇게 쓰여 있다.

"뚱뚱해서 행복한 칠면조의 직원들이 즐거운 휴일 보내기를 바라면서……."

생키 씨는 또한 '하와이에서 메리 크리스마스'라고 쓰인 해변 모래사장에서 훌라 춤을 추고 있는 커다란 마네킹 소녀도 갖고 있었다. 그 마네킹은 진짜 하와이안 파인애플 회사의 크리스마스 장식품이었다고 했다. 생키 씨는 자신의 모든 장식품을 좋아했지만 나는 그가 커다란 훌라 소녀를 제일 좋아한다고 생각한다.

가장 최근 세탁실에 내려갔을 때, 생키 씨는 오래된 건조기를 수리하고 있었다. 건조기 부속품이 널려 있었고 "기계 안에서 발견된 모든 동전은 세제를 구비하는 데 사용됩니다."라는 문구 아래, 그의 엉덩이만 보였다.

생키 씨는 건조기에서 나와 뒤를 돌아봤다. 그러고는 나를 보곤 안심하는 듯했다.

"나는 네가 슬레이브 드리버인 줄 알았어. 이제 이곳이 내가 유일하게 쉴 수 있는 곳이야."

생키 씨는 피곤해 보였다. 내가 건조기에 무슨 문제가 있느냐고 묻자 그는 장황하게 설명했다.

"우리 때에는 빨랫줄이 있었어. 하지만 이제 아무도 자신의 옷을 내놓고 말리고 싶어 하지 않아. 다른 사람들이 보는 게 싫은 거지. 세상이 점점 각박해지고 있어."

그는 자신을 '감수성이 풍부한 사람'이라고 부르기를 좋아했다.

나는 건조기 부품이 생키 씨 발 주변에 어질러 있는 것을 쳐다보았다.

"복잡해 보이네요."

"그다지, 뭐. 가장 까다로운 기계가 뭔지 아니?"

나는 고개를 저었다.

생키 씨는 손가락을 공중에 들어 올리며 내가 보고 있는지 확인했다.

"인간의 심장이야. 그게 고장 나면 다른 부분은 아무짝에도 쓸모없어."

생키 씨는 다시 한 번 설명하기 전에 "물론 은유적인 표현이야."라고 덧붙였다.

나는 고개를 끄덕이며 아무 말도 하지 않았다. 종종 이것이 생키 씨와 함께 있을 수 있는 가장 좋은 방법이었다. 그러면 그는 이야기를 계속 듣고 싶다는 뜻으로 받아들였다.

"넌 여태까지 만나 본 다른 어떤 아이들보다 세탁에 대해 더 많이 알고 있다고 생각해. 이건 칭찬이야."

"고마워요."

"이제 말해 봐. 아버지는 어디 갔니? 못 본 지 한참 된 거 같은데."

"아버진 다른 발명품을 연구 중이에요."

나는 거짓말을 했다.

"그러고 보니 프렌신을 본 지도 한참 됐구나."

"그녀에게 새 남자 친구가 생겼어요. 그 둘은 춤추는 걸 좋아해요."

생키 씨는 고개를 끄덕였다. 순간 나는, 그가 내가 무언가 숨기고 있다고 말하려는 줄 알았다. 내가 더러워진 옷을 세탁기에 넣고 있을 때 그가 주머니에서 무언가 꺼냈다.

"구세주 하나?"

그가 물었다.

이제 사탕이 단 한 개만 남아 있었다. 밝은 초록색 사탕이 주머니 속에서 훤히 들여다보였다. 나는 고개를 저었다.

"싫다면야……."라고 말하며 그는 도로 주머니에 사탕을 넣었다.

"이렇게 말해도 될지 모르겠지만 네가 왠지 긴장한 것처럼 보이는구나. 프렌신이 너를 힘들게 하니?"

나는 고개를 가로저었다.

"운동을 조금 더 해야 할 것 같아요. 그렇지만 올해에는 낙엽이 너무 많이 떨어져서 걸을 때마다 조심해야 해요."

생키 씨는 고개를 끄덕였다.

"있잖아. 네가 생각하는 것보다 인생은 더 살아 볼 만하단다. 너만 한 나이 때에는 지금보다 훨씬 웃을 일이 많아야 해."

나는 세제를 넣고 세탁기를 돌렸다. 곧 물이 차오르더니 요란한 소리를 내며 돌아갔다. 동시에 나는 어떤 사실을 말하기 부끄러워 숨긴다면 그와 더 이상 친구가 될 수 없다고 생각했다. 그래서 나는 문득 "잘생기지는 않았죠?"라고 말을 꺼냈다.

"그게 무슨 말도 안 되는 소리야."

그가 소리쳤다. 나는 그를 쳐다보고 웃었다.

그는 "나는 연장자야. 그 말은 내가 하고 싶은 말이 있으면 얼마든지 할 수 있다는 뜻이야. 하나만 묻자. 내가 잘생겼다고 생각해?"라고 물었다.

결단코 그가 잘생겼을 리 없다. 불친절한 사람은 그가 못생겼다고 말할 것이다. 그의 얼굴에는 주름이 가득했고 머리카락은 반곱슬이라 늘 이리저리 말려 있었다. 그렇다고 해서 마지막 사탕을 양보하려 했던 사람에게 어떻게 그런 말로 상처를 줄 수 있겠는가? 그래서 나는 그의 눈을 쳐다보며 "정확히 그렇지는 않죠."라고 말했다. 생키 씨는 여태껏 들어 본 농담 중에 가장 웃기다는 듯이 크게 웃었다.

"흠, 이렇게 말해 보지. 너의 엄마는 너를 멋진 사람으로 낳아 주었고 지금은 주님 품에서 쉬고 있어."

생키 씨는 그의 지갑을 꺼냈다. 나는 그가 내게 용돈을 주려는 줄 알았다. 그 대신 그는 조심스럽게 사진을 꺼내 보여 주었다.

사진에는 젊은 시절 생키 씨가 아름다운 여인에게 한쪽

팔을 두르고 있었다.

"나와 내 아내 일리노어야."

그가 말했다. 그러나 나는 생키 씨가 어떤 말로 내게 조언하려는지 알 수 없었다.

"충격이지? 그렇지? 나처럼 생긴 남자가 이렇게 예쁜 여자를 만났다는 게?"

이것은 이미 답이 정해져 있는 쉬운 질문이었다.

"생키 씨, 난 지금껏 이렇게 놀라 본 적이 없어요."

결코 완전 거짓말은 아니었다. 당신은 내 대답에 나이든 생키 씨가 얼마나 기뻐했을지 눈치챘을 것이다.

"설마 나보다 놀랐겠니? 나보다는 아니야, 그렇지?"

"맞아요."

나는 예의 바르게 대답했다. 그러자 생키 씨의 목소리가 부드러워졌다.

"내 아내는 암으로 아팠단다. 그래서 나는 더 이상 묻지 않기로 했지. 나는 '일리노어, 당신은 내가 성형수술하는 것 외에는 잘생겨질 방법이 없다는 것을 인정해야 해.'라고 말했어."

"아주머니가 뭐라고 했어요?"

"그녀는 이렇게 말했지. '레오나르, 이제부터는 그 사실을 우리 둘만의 비밀로 해요.'라고."

생키 씨는 사진 속 아내를 잠시 들여다보고는 계속 말을 이어갔다.

"그래서 내가 바로 되물었지. '일리노어, 왜 나와 결혼했소? 내 생각에 우리는 잘 안 어울리는 커플 같아 보였을 텐데.'라고."

생키 씨는 나를 쳐다보지 않고 눈을 몇 번 깜빡였다.

"그녀는 '레오나르, 내가 성형수술로 예뻐진 거라고 말해줄래요?'라고 대답했단다."

생키 씨는 먹먹해져 말을 이어가기 힘든 듯 보여 내가 먼저 물었다.

"그래서 뭐라고 하셨어요?"

"그리고 그녀가 또 물었어. '내가 항상 아름다웠다고 말해줄래요?' 하고."

긴 침묵이 흘렀다.

"그러겠다고 했나요?"

내가 물었다.

생키 씨는 고개를 끄덕였다. 그러고는 거의 속삭이듯이 말했다.

"레오나르, 나도 그렇게 생각해요, 사실 당신과 다르게 나는 미모 전문가잖아요."

생키 씨가 내 눈을 보며 말했다.

"그리고 그녀는 내 손을 잡으며 '그게 얼마나 부질없고 의미 없는 것인지 당신은 잘 알잖아요.'라고 했지."

나는 생키 씨가 지갑 속에 다시 사진을 넣는 것을 바라보고 있었다.

"여자들은 지구 최고의 미스터리한 존재야. 특히 예쁜 여자들은. 내 경험에 의하면 너는 결코 예쁜 여자들이 어떤 행동을 할지 예측할 수 없을 거야. 예쁜 여자를 만나게 되면 이 사실을 꼭 기억해라."

"생키 씨, 왜 이런 이야기를 내게 해 주는 거죠?"

내 물음에 그가 웃으며 말했다.

"아마 네 스타일을 좋아하나 보지."

"내가 스타일이 있어요?"

"당연하지. 한 가지 더. 너는 세탁실의 우수생이야."

"그런 게 있는 줄 몰랐네요."

"세탁실에서의 행동을 보면 그 사람에 대해 말할 수 있어. 네가 건조기 안에서 5달러를 찾아냈던 거 기억해? 너는 그 돈을 어떻게 했지?"

나는 기계를 쳐다보았다.

"세제 구매 기금함에 넣었어요."

생키 씨가 고개를 끄덕였다.

"바로 그거야. 너는 한순간의 망설임도 없이 그렇게 했지. 세탁기에서 건진 돈을 슬쩍 가져가지 않는 사람은 그리 많지 않단다."

생키 씨는 내게 가볍게 윙크했다.

"그들 중 어떤 이들은 잘생기기까지 했다고."

나는 세탁기 안의 내 옷을 확인해 보았다.

"올라가 있으렴. 끝나면 내가 건조기 안에 넣어 주마."

"감사합니다."

"별말씀을. 그리고 편하게 생각하렴, 알겠지? 즐겁게 지내고! 세상의 모든 고민을 짊어진 듯이 혼자 집에만 있지 말고. 무슨 말인지 알지?"

"네, 그럼요."

"그래, 그렇게 하는 거야. 넌 얼간이가 아니야."

생키 씨와의 대화가 나를 휘저어 놓았다. 그날 밤 나는 평소처럼 자쿠지에서 목욕을 즐겼지만 잠을 청할 수 없었다. 그래서 정말 오랜만에 윈스턴의 망원경으로 옆집 괴물을 지켜보았다. 그의 방은 책상 램프를 제외하곤 모든 불이 꺼져 있었다. 그가 의자를 옆으로 돌려 두고 있어서 계속 지켜볼 수가 있었다. 그의 담배가 꺼져 갈 때까지.

그러다 갑자기 그는 책상 위에 놓인 총을 집어 들고 자신의 얼굴 가까이에 댔다. 내 인생 최대로 긴장된 순간이었다. 나는 그 광경을 똑바로 쳐다볼 수 없었다. 아무것도, 아무 말도 할 수 없었다. 숨을 쉴 수도 없었다. 그저 바라보기만 했다.

괴물은 방아쇠를 당겼고 작은 불꽃이 총구로 튀어나왔다. 담배에 다시 불이 붙었다. 잠시 엄청나게 큰 안도감이 밀려왔다.

다시 나는 괴물의 표정을 보았다. 붉게 타오르는 담배 불 속에서 그의 얼굴은 무척 슬퍼 보였다.

그 순간 나는 그 괴물 또한 루저라는 것을 알았다. 우리보다 알아보기 조금 힘들었을 뿐이다. 뚱뚱하거나 키가 작거나 목발을 짚고 걷지도 않았지만……. 그의 루저 기질은 그의 내면 어디에선가 나오는 것 같았다. 그가 무슨 생각을 하는지 모르겠지만 엄청난 양의 사탕으로도 해결할 수 없는 것임을 나는 꽤 확신할 수 있었다.

엄마와 크리스마스

내가 직면한 모든 문제들을 뒤로 하고, 오직 하나만을 위해 기도했다. 나는 계속 아버지가 왜 공룡도 앉을 수 있을 만한 양의 종잣돈을 내게 남기고 갔는가 하는 생각을 멈출 수 없었다. 우리 둘 다 은행 계좌가 없었다. 인스타 염색약 때문에 문제가 생겼을 때 아버지는 모든 계좌를 정리하고 내게 말했다.

"이게 우리가 남은 돈을 지킬 수 있는 가장 최선의 방법이야."

새 계좌를 개설할까 잠시 생각했지만 그냥 그대로 내 목발 안에 4천 달러를 보관하기로 결정했다. 결국 그 돈은 제리 위트먼에게 돈을 바쳐야만 하는 아이들에게 들어가 사라져 갔다. 내게 그보다 더 큰 문제는 이 정도의 돈을 남겨 둔 것은, 한동안 아버지가 돌아오지 못할 것을 예상하고 준비해 두었으리라는 점이었다. 그래서 아직 9월이었지만 나는 크리스마스쯤에는 아버지를 볼 수 있을까 염려하기 시작했다.

엄마가 살아 있을 때, 크리스마스는 우리 가족 최대 중요한 행사였다. 우리는 캐럴을 부르고 에그노그(미국인들이 연말 시즌에 즐겨 먹는 전통 음료-편집자)를 마시며 매해 장식용 반짝이를 사고는 했다. 엄마는 아파트 곳곳에 크리스마스 휴가 철임을 알 수 있는 장식품들로 치장해 두었다. 엄마는 축제를 아주 좋아하는 사람이었다. 엄마가 가장 좋아하는 크리스마스 장식품은 해마다 크리스마스트리 맨 위에 올랐다. 그것은 정성 들여 만든 한쪽 날개를 잃은 천사였다. 내가 엄마에게 왜 한쪽 날개를 잃은 천사를 사는 데 많은 돈을 쓰냐고 묻자 엄마는 이렇게 대답했다.

"어느 한쪽이 완벽하지 못하다고 해서 다른 한쪽도 완벽하지 않으리라는 법은 없단다."

엄마가 또 좋아했던 것은 문밖을 장식하는 크리스마스 전구였다. 엄마가 살아 있을 때 우리는 전구로 차를 장식하고선 이웃들의 장식을 보기 위해 돌아다녔다.

의사가 무리하지 말라고 했지만 우리가 함께한 마지막 크리스마스 때까지 엄마는 세 곳에서 일을 했다. 내가 왜 그렇게 열심히 일하냐고 묻자 엄마는 이렇게 말했다.

"언젠가 우리도 좋은 집에서 커다란 크리스마스 장식을 할 수 있기를 바라서지."

이 놀이는 해마다 되풀이되었다. 우스운 이야기지만 그래도 엄마를 즐겁게 해 주기 때문이었다. 얼마나 큰 크리스마스 장식을 할 거냐고 물으면 엄마는 "제일 큰 것! 사람들이 여기저기서 우리 장식을 보기 위해 차를 타고 올 정도로. 우리 집 앞거리가 교통 체증이 일어날 정도로! 이웃들이 불평하지 않는다면 정말 멋진 일이 될 거야."라고 했다.

엄마는 크리스마스 장식 전구를 떠올리면 잠시나마 현실에서 벗어날 수 있었다. 나는 가끔씩 그걸로 엄마를 놀리곤 했다. 그때마다 항상 이렇게 말했다.

"누구에게나 꿈은 있어. 그리고 이게 내 꿈이란다."

당신은 내가 9월에 크리스마스를 생각하는 것이 조금 이상하다고 여길지 모른다. 그러나 사실대로 말하자면, 나는 어느 때든지 크리스마스를 떠올릴 수 있다. 이건 내가 엄마를 추억하는 방식이다. 그래서 나는 다른 사람들보다 더 자주 크리스마스 휴가 철을 맞이한다.

하지만 아버지는 정반대다. 엄마가 세상을 떠난 뒤 아버지에게 크리스마스는 세상에서 그 무엇보다 가장 차가운 것이었다. 그러다 작년에 다시금 크리스마스 휴가 철을 느껴 보려 노력했다. 아마도 코니가 그러기를 바랐던 것 같다.

코니는 월마트 한 곳에서 크리스마스 쇼핑을 끝내는 스타일의 여자이다. 그녀의 취향은 그다지 세련되지 않았다. 지난 크리스마스에 그녀는 내게 산타 그림이 그려진 양말 한 켤레를 선물했다. 나는 그런 것에 크게 신경 쓰지 않았다. 그리고 아버지는 딱 절반만 행복해 보였다.

코니는 왜 크리스마스트리 위에 한쪽 날개를 잃은 천사로 장식하는지 자꾸 물었다. 아마 거기에 놓인 것이 계속 신경이 쓰였나 보다. 그러다 마침내 그것을 빼 버리자 아버지가 말했다.

"만지지 마요. 그건 그 자리에 있어야 해."

그런 뒤, 아버지는 화장실에 다녀오겠다고 말했다. 아버지는 한동안 나오지 않았다. 화장실에서 나왔을 때 아버지는 다시금 힘을 내는 듯 보였다. 그러나 자세히 보면 여전히 우울한 것을 알 수 있었다. 나도 같은 기분이어서 금방 눈치챌 수 있었다.

크리스마스를 나와 함께 보낸다는 것이, 아버지에게는 엄마가 살아 있었을 때를 되새김질하게 만드는 것 같았다. 그래서 올해에는 크리스마스 분위기를 내지 않음으로 코니에게 그 사실을 숨기려 하지 않을까 싶었다. 나는 그러고 싶지 않았지만 엄마가 말했듯이 나는 분별력 있게 행동할 필요가 있었다. 아주 분별력 있는 행동은 아니었지만, 나는 어쨌든 나무를 사고 그 위에 한쪽 날개를 잃은 천사를 올려 두었다. 이건 우리 가족의 전통이다. 비록 우리 모두 뿔뿔이 흩어졌을지라도.

크리스마스 기분을 다시 느끼게 되었지만 나는 매니와 윈스턴에게 이를 말하지 않았다. 대부분의 루저들은 대체로 정상적인 가정의 아이들이 아니었기 때문에, 크리스마스 무렵이 가장 견디기 힘든 시기이다.

크리스마스는 텔레비전에서 눈 내리는 영화를 보는 것 같은 그런 모습이어야 한다. 그렇지 않은가? 어디서든 모든 사람들이 행복하게, 사랑하는 사람들과 따뜻한 에그노그를 마시면서 말이다. 아마도 이때쯤 당신은 스키를 타러 가거나 여자 친구를 위해 특별한 선물을 마련하거나 그럴 것이다. 당신과 같은 평범한 사람들은 아마도 크리스마스 휴가 철에 다시 어린아이처럼 그 기분을 즐기고 있을 것이다.

하지만 대부분의 루저들은 결코 그렇지 않다. 몇몇 루저 친구들은 가족과 크리스마스를 보내지 않는다. 루저들에게 크리스마스는 반짝반짝 빛나는 것이 아니라 그들의 삶을 더 괴롭게 만드는 대표적인 것이다. 그들은 여자 친구도 없고, 스키를 타러 갈 형편도 안 되고, 에그노그를 마시면 두드러기가 난다. 내 말이 무슨 뜻인지 알겠는가?

윈스턴은, 크리스마스는 부모님이 그에게 선물을 주며 (서로 다른 나라에 살아서 함께하지 못하는) 죄책감을 덜어내는 좋은 핑계거리라고 했다.

매니는 크리스마스 휴가 철은 바가지 씌우기 딱 좋은 시기라고 말했다. 그리고 그는 매우 냉소적으로 말했다.

"나는 내가 깨어났을 때 날씬해져 있거나 길거리에서 모델처럼 예쁜 여자들이 나를 따라다니는 날이 올 거라고 믿는 것만큼, 산타클로스와 치아 요정도 믿어."

자, 내가 왜 크리스마스에 대해 이야기하기를 꺼리는지 알겠는가? 매니는 이미 충분히 기분이 상해 있었다. 왜냐하면 윈스턴이 대저택에서의 삶이 얼마나 좋은지를 계속 자랑하고 있었기 때문이다. 루저 모임 때마다 매니는 루저들의 뒤치다꺼리로 바빠 누릴 시간이 없다.

윈스턴은 매우 기꺼이 내가 자신의 집에서 더 오래 지낼 수 있도록, 불편한 것은 없는지 살폈다. 학교가 쉬는 날, 그는 매니에게 두 총각이 서로 한 집에서 독립적으로 살아가는 것이 얼마나 재미나는지 이야기했다. 어느 누구도 우리에게 무엇을 하라고 명령하거나, 어떤 것을 먹어야 한다고 간섭하지 않았다. 어떻게 된 일인지 그 전날 밤 나는 내내 노트가 젖는 것도 모른 채 자쿠지에서 숙제를 했다.

어느 날 기하학 수업 시간에, 윈스턴은 매니에게 더 많은 케이블 채널을 주문할까 생각 중이라고 말했다. 윈스턴은 내게 물었다.

"너 자동차경주 좋아해? 왜냐하면 하루 종일 거의 모든 채널에서 하거든."

마침내 매니는 더 이상 견딜 수 없었는지 다른 일에 집중하려고 애를 썼다. 그는 윈스턴에게 눈을 굴리며 분명히 말했다.

"그냥 트림이나 해 대는 사람이 되지, 그래?"

다른 아이들에게 들릴 정도로 엄청 큰 목소리였다. 그것은 루미스 기하학 선생님이 교실의 평온 속에서 우리를 주목하게 만들었다. 선생님은 안경을 코 아래로 슬쩍 내리고 눈을 치켜뜨며 쳐다보았다. 그리고 "루퍼트?"라고 불렀다.

학교에서 매니의 진짜 이름을 부르는 사람이 없어진 지 꽤 되었다. 그래서 그는 쳐다보지 않았다. 루미스 선생님은 매니를 쳐다보며 "루퍼트, 너는 아마도 다른 아이들에게 기하학보다 더 중요한 것을 말하고 싶은가 보지?"라고 말했다.

매니는 루미스 선생님에게 가장 잘 통하는 방법은 항상 정직하게 말하는 것이라고 생각했다. 그래서 그는 진심으로 "케이블 채널에 대해 이야기하고 있었습니다."라고 말했다.

그리고 그는 당황하며 덧붙였다.

"그렇지만 제한된 비율이나 다른 것에 대해 이야기하지는 않았습니다."

루미스 선생님은 코 위로 안경을 더 내려 썼다. 그러고는 동정 어린 눈길로 매니를 보며 말했다.

"공상하지 말고 좀 더 집중하렴."

루미스 선생님은 수학에 대해 이야기할 때에는 '내 인생의 가장 큰 열정'이라 묘사하고는 했다. 우리를 다시 3학년으로 되돌아간 것처럼 느끼게 할 만큼. 나는 선생님이 비꼬는 건 아니라고 생각한다. 그것보다 선생님 생각에 우리가 아직 귀엽다고 여기는 것 같다. 우리 중 그 누구도 그렇게 여겨지길 바라지 않지만. 가끔 선생님은 도가 지나칠 정도로 옷을 따듯하게 입는 것과 아침을 잘 먹는 것이 얼마나 중요한지 당부할 정도였다. 루미스 선생님의 이런 잔소리는 3학년 때부터 계속되던 것이다.

선생님이 수업 시간에 기하학에 대해 설명할 때는 아무도 알아듣지 못해 연거푸 책상 위에 놓인 물을 들이켰다.

"머리를 쓰란 말이야!"

루미스 선생님이 소리치면 우리는 열심히 생각하는 듯이 답을 말하고는 했다. 매니는 루미스 선생님의 아침 수업 시간은 그의 뇌가 여전히 잠자고 있는 시간이라고 말했다. 지난번 루미스 선생님이 매니에게 그의 뇌를 깨우라고 말했을 때 그는 신음 소리를 내며 말했다.

"맘대로 되지 않아요. 아마도 내 머리를 깨우기 위해서는 뚜러뺑이 필요한 것 같아요."

한심하기 그지없는 농담이지만 웃겼다. 그러나 그런 웃음도 루미스 선생님의 기하학에 대한 사랑을 방해하지는 못했다. 선생님은 매니를 내려다보았다.

"어서 해 봐. 넌 할 수 있어! 자, 달려 봐!"

매니가 마치 경주마라도 되는 것처럼 격려했다. 윈스턴은 루미스 선생님의 수업 시간 내내 계속 답을 얻기 위해 애써야 했다. 매니가 말하길, 루미스 선생님이 그의 점심시간을 줄이려는 것 같다고 했다. 루미스 선생님은 매니, 윈스턴, 나를 불렀다. 왜냐하면 우리는 언제나 함께였기 때문이다. 이 상황이 매니를 미치게 만들었다. 루미스 선생님이 비록 우리 셋의 이름을 다 호명했지만 이것은 그의 마음을 진정시키는 데 그다지 큰 도움이 되지 못했다.

"세 명의 병사라고 나에게 말하면 나는 캔디바 외에는 아무것도 생각할 수 없어. 내 교과서가 너무 젖어 버려서 방정식을 알아보기도 힘들어."

윈스턴은 가끔 루미스 선생님을 그럴듯하게 흉내 냈다. 그는 네빌 형의 백 달러나 하는 선글라스를 코끝에 걸쳐 쓰고 말한다.

"우리는 집중하길 원해."

그러나 몇몇 아이들은 수업 시간에 루미스 선생님을 힘들게 만든다. 어쨌든 루미스 선생님은 좋은 선생님이다. 어떤 학생이 질문을 하더라도 시간이 얼마나 걸리든 상관없이 이해할 때까지 늦게까지 학교에 남아 도와줄 것이다. 또한 아픈 학생들의 집을 방문해 그들이 어떻게 지내고 있는지 그리고 기하학에 대해 조금씩 이야기하고는 했다.

윈스턴조차 루미스 선생님은 좋은 교육자임을 인정한다. 루미스 선생님은 작년에 대수학 시간에 윈스턴을 가르쳤고 항상 그에게 어려운 고민거리를 만들어 주었다. 왜냐하면 루미스 선생님은 그가 지금 받는 성적보다 훨씬 더 잘할 수 있으리라는 것을 알기 때문이었다.

한번은 루미스 선생님이 윈스턴에게 특별한 수학에 대해 이야기해 주려 한 적이 있었다. 윈스턴은 루미스 선생님이 계속 똑같은 이야기를 했다고 말했다. 결국 선생님이 지쳐서 그에게 말했다.

"네가 노력하고 있다고 말하면서 아무것도 하지 않는다면 그건 거짓말이야!"

매니는 윈스턴에게 마치 벙어리가 된 듯이 가만히 있어 보라고 하면서, 루미스 선생님에게 그의 작은 뇌로 수학을 공부한다는 것은 너무나 힘든 일이라고 말하는 것이 어떻겠냐고 했다.

"너도 수업 시간 내내 루미스 선생님의 애완견이 되고 싶지 않잖아. 선생님은 결코 네가 답을 알아내기 전까지는 멈추지 않을 거야."

그러나 윈스턴이 말한 그 방법이 통하려면 그가 멍청하다는 듯이 연기해야 했다.

"나는 게을러. 그렇지만 바보는 아냐."

"뭐가 달라?"

내가 물었다.

윈스턴은 우리에게 그의 학교생활 방식이 흡사 마라톤과 비슷하다고 말했다.

"나는 장거리달리기를 하고 있는 거야. 타성에 젖은 듯 지내는 것은 사람들이 생각하는 것보다 훨씬 더 많은 에너지가 소모돼."

매니는 무슨 말인지 이해할 수 있었다.

"심각한 일을 외면하는 것에 대해서라면 나와 알렉스도

뒤지지 않지."

윈스턴이 살짝 고개를 끄덕이며 찬사를 보냈다.

"길게 살아남으려면 그렇게 해야지. 해결책은 부모님, 선생님 또는 다른 간섭할 만한 사람들이 보기 전에 봉투를 살짝 열어 보는 거야."

"잠시라도 네 기하학 점수를 올려 보는 게 어때? 너도 알잖아. 루미스 선생님은 다른 대상이 나타날 때까지 주시한다는 거."

내 제안에 윈스턴은 눈을 흘겼다.

"루미스 선생님은 평범한 선생님이 아니야. 만약 성적이 오르면 더 많이 다그칠 거야."

매니는 정말 그럴 거라고 동조했다. 루미스 선생님의 남편 또한 다른 고등학교의 선생님이라고 들었다.

"부부가 저녁 식탁에 둘러앉아서 수학 이론에 대해 이야기한대. 수학에 관해서 그들이 최고라는 것은 사실이야."

루미스 선생님이 전문적으로 가르치는 일에 있어서 광적이라는 것은 공공연한 사실이었다. 매니는 루미스 선생님에게 자녀가 있는지 물어봤다. 선생님은 분필로 교실을 가리키며 "나한테는 매 시간마다 서른 명의 아이들이 생긴단다."라고 말했다.

매니가 웃었다.

"루미스 선생님이 얼마나 실없는지 알겠지? 아주 심각하게, 하지만 매우 자랑스럽게 그랬단 말이야."

유머를 아는 선생님이었지만 루미스 선생님의 수업은 여전히 긴장된다. 우리는 여전히 선생님이 안경 너머로 윈스턴을 주시하고 있음을 알 수 있었다. 그리고 윈스턴을 주시한다는 것은 매니와 나 또한 주시한다는 이야기였다. 우리 둘은 이유 없이 윈스턴과 친하다는 이유로 같이 감시 대상이 되었다. 그러나 이번에는 이상하게도 우리가 조금 더 나은 자원들인 것처럼 매니와 나를 먼저 쳐다보았다. 매니는 이것을 '경우에 따라 쓸 수 있는 자원들'이라고 불렀다.

"한번 봐."

매니가 말했다.

"윈스턴 차례가 끝나자마자 루미스 선생님은 우리를 주시하기 시작할 거야."

그 말은 다음 몇 시간 동안 우리를 조용히 앉아 기하학에 집중하는 척하도록 만들기에 충분했다.

윈스턴은 계속 혼자 사는 남자들의 삶이 얼마나 재미있는지 떠들어 댔다. 그리고 매니는 점점 더 부러워했다. 나는 윈스턴에게 매니를 집에 조금 더 자주 초대하는 게 어떠냐고 물었다. 그러나 윈스턴은 공식적으로 루퍼트 크랜들을 그렇게 자주 손님으로 초대해야 하는지에 대해 확신이 없다고 말했다.

"자신의 지난 삶이 얼마나 대단했는지에 매여 사는 맨해튼 씨는 필요 없어."

그는 어느 날 저녁을 먹으며 확실히 못 박았다.

"사실 나는 그가 얼마나 뉴욕과 옥수수 고기를 그리워하는지에 대해 듣는 것에 신물이 나."

"매니가 그리워하는 것은 뉴욕 파스트라미야. 옥수수 고기가 아니고."

나는 정정해 주었다.

"그게 뭐? 나는 캐나다 베이컨이 매우 자랑스러워. 그렇지만 5분마다 그렇게 말하진 않아."

"그것과는 달라, 윈스턴."

"어찌됐든 말이야. 내가 루미스 선생님으로부터 벗어나려 애쓰는 동안 맨해튼 씨가 계속 올 필요는 없어."

윈스턴이 말했다.

'맨해튼 씨'는 윈스턴이 '뚱보' 다음으로 부르기 좋아하는 매니의 별명이다. 윈스턴은 만약 매니가 자기 자신에게만 몰두한 나머지 상납이 늦어진다면 진짜 폭행을 불러일으키고 말 거라고 고백했다.

"'나'는 뚱보가 늘 하는 말이야. 그의 가장 큰 관심사는 자기 자신이야."

나는 윈스턴의 생각이나 마음을 바꾸려 애쓰지 않았지만 그는 두 명의 병사에 대한 생각이 옳지 않다는 것을 인정해야 했다. 그리고 점심시간이 끝난 어느 날 매니는 "우리 엄마는 낮잠 자기 세계 챔피언이야. 아마도 밥 먹는 시간 전에 잠깐 짬을 내서 갈 수 있을지도 몰라."라고 말했다. 그래서 윈스턴과 나는 매니가 집으로부터 도망칠 공간이 필요할 때면 언제든 윈스턴의 집으로 오는 것에 동의했다.

일단 매니의 방문에 대한 문제가 마무리되자 나는 윈스턴의 집에 진짜로 정착할 수 있었다. 그것은 내가 우리 집에서 자던 것처럼 잘 수 있게 되었다는 뜻이다. 사실, 나는 지난 사흘간 잠을 설치며 이상한 꿈을 꾸었다. 이상했지만 한편으로 재미있는 일이기도 했다. 그중 하나는 실제인 것처럼 만지고 말할 수 있었다. 그 꿈은 무언가 당신이 결코 어떤 것이 진짜 중요한 일인지 확신할 수 없는 일에 대해 중요한 것을 말하는 그런 꿈이었다.

꿈에서의 그날은 크리스마스였고 범상치 않은 장식을 한 집을 구경하기 위해 차와 사람들이 멈추어 섰다. 엄마가 꿈

속에 있었다. 더구나 나는 엄마가 "이게 바로 크리스마스야."라고 말하는 소리를 들었다. 엄마는 신 나서 내가 더 잘 볼 수 있도록 고개를 숙였다. 그러나 내가 가까이 가려고 하면 엄마는 점점 더 멀어져 불빛 속으로 사라졌다. 하지만 그게 전부가 아니었다. 엄마는 사라졌지만 어떤 집이 선명하게 보였다. 그것은 윈스턴의 저택으로 변해 있었다. 나는 어둠 속에서 빛나고 있는 내 방 창문을 볼 수 있었다.

제리 위트먼에게 내민 도전

나는 매번 수업 후 다른 아이들보다 5분 먼저 나올 수 있다는 사실에 감사하는 법을 배웠다. 그 5분은 윈스턴이 사물함에 갇혀 있거나 잠깐 돈을 빌리기 위해 루저 친구가 나를 찾지 않는 한, 내 생각을 정리할 수 있는 조용한 시간이었다.

나는 영어 시간이 끝나 먼저 교실을 나오고 있었다. 그 5분 동안 지난밤 크리스마스 꿈과 줄리 스펜서의 정신 나간 행동에 대해 생각하려고 애썼다.

나는 줄리 스펜서가 문학 시간에 나를 쳐다보는 것을 몇 번 알아챘다. 물론 그저 내 상상일지도 모른다. 사물함으로 가면서 골몰해 보려 했는데 내 집중을 방해하는 일이 일어났다.

복도에 먼저 나와서 좋지 않은 것 중 하나는, 수업을 빼먹은 누군가와 가끔 마주치게 된다는 것이다. 보통 이 누군가를 보지 않는 것이 낫다. 오늘처럼 듀엔이 진짜 얼떨떨하다는 듯이 윈스턴의 사물함 앞에서 나를 쳐다보고 있는 것을 보게 되는 경우와 같이.

내가 전에 말했듯이, 듀엔과 나는 초등학교 시절 친한 친구였다. 그때 그는 보통 또는 그보다 약간 통통한 편이었다. 거대한 몸집의 듀엔은 6학년이었던 그때를 생각하며 우리가 오랫동안 헤어졌던 친구라도 되는 듯이 향수에 젖을지도 모른다. 나는 그가 제리 패거리가 되었을 때 그와 절연한 사실이 자랑스러웠다. 담담하고 간단한 일이었다.

언제든 내가 따듯한 기분을 느끼던 때는 예전 내가 듀엔의 집으로 가서 그와 함께 비디오게임을 하던 때이다. 나는 다른 그림을 그려 보려 애썼다. 그것은 듀엔이 엄청 긴 스프레이 클리어 병을 들고 있는 그림이다. 제리 위트먼은 듀엔을 버스 정류장에서 어떤 루저가 제리 위트먼의 아버지가 하얀 이를 드러내며 환하게 웃고 있는 간판에 콧수염, 악마 뿔 따위를 그리지 못하게 감시하도록 했다. 낙서를 지우는 것이 듀엔의 일이었다. 그래서 제리 위트먼의 아버지는 항상 다시 말끔해졌다.

간판의 제리 아버지 얼굴에 흠집 내는 것이 마셜 매클루언 고등학교 루저들이 즐겨 하는 활동이 된 것은 그리 놀라운 일이 아니다. 매니는 그 일에 열정적으로 달려들어서 단기간에 학교 내 최고 기록을 세웠다. 방법은 간단했다. 제리의 희생양들이 무리 지어 펜을 가진 루저를 방패처럼 보호해 주는 동안 아주 재빨리 낙서하는 것이다. 대부분은 그 짧은 시간 동안 그다지 많이 낙서하지 못한다. 그 정도는 듀엔이 스프레이로 몇 초 안에 금방 지울 수 있다.

듀엔은 그가 낙서를 지우는 동안 다른 간판에 또 낙서한 것을 발견하면 매우 화를 냈다. 루저들은 이 일을 '인기 있는 기계' 또는 '미국 과학의 발견'과 같은 이름으로 위장하고, 몸집이 거대한 도우미처럼 그가 지우는 동안 쳐다보지 않는 척했다. 그러나 숨겨진 더 큰 재미는 여러 사람들 앞에서 듀엔을 물 먹인다는 점이다.

나는 왜 듀엔이 그렇게까지 자신을 하찮게 대하며 제리 패거리에 끼려 하는지 알 수 없었다. 매니는 우리가 잠깐이라도 쿨해 본 적이 없기 때문에 쿨한 무리에 속한다는 것이 얼마나 중요한 일이지 이해하지 못한다고 설명했다. 나는 매니에게 만약 제리 위트먼의 노예가 되어야 한다면 쿨하지 못한 그룹에 속하는 것과 쿨한 그룹에 속하는 것 중 어느 것이 좋은 것인지 물어보았다. 매니는 내가 너무 철학적이 되어 간다고 대꾸했다. 다만 듀엔과 같은 부류에게 중요한 것은 제리의 편에 서 있는 것이라고 말했다. 인기와 힘을 동시에 얻을 수 있기 때문이라고 했다.

"게다가 워터탱크는 네가 생각하는 것과 같은 친구가 아니야. 드물긴 하지만 수모 당하는 순간을 즐길걸?"

내 생각에도 매니 말이 맞다. 그러나 그 사실을 인정하기 싫다. 그래도 여전히 아주 조금이나마 내 옛 친구가 한심하게 행동하는 것을 보기 싫은 마음이 남아 있었다. 아마도 그것이 내가 최대한 듀엔을 피하고 싶어하는 이유일 것이다. 불행히도 항상 듀엔을 피할 수는 없었다. 특히 내 사물함이 윈스턴의 사물함 바로 옆에 있은 이후로는 말이다.

듀엔이 말을 걸었다.

"여, 쉐어우드."

나는 어떤 말이든 대꾸해야 했다.

"안녕, 듀엔. 낙서는 많이 지웠니?"

듀엔은 계속 윈스턴의 사물함을 쳐다보았다. 그가 꽤 오랫동안 쳐다보았기에 나는 "윈스턴이 그 안에 있는 건 아니지, 그렇지?"라고 물었다.

듀엔은 자신의 큰 머리를 내저었다.

"그 녀석은 상납금을 아주 잘 내고 있어."

그는 수납 기록을 보며 이렇게 말했다.

"아주 바람직한 몇 안 되는 협조적인 고객 중 한 명이지."

그는 나를 똑바로 쳐다보며 말했다.

"내가 보기에 그 녀석은 이 안에 있는 걸 좋아하는 것 같단 말이야."

나는 윈스턴의 집 크기를 떠올리며 대답했다.

"아마도 공간의 신선한 변화 때문일 거야."

내 말에 듀엔은 혼란스러워 보였지만 바로 사라지지 않았다. 내가 내 사물함을 열었을 때 그가 말했다.

"요즘은 기분이 정말 좋지 않아."

"그다지 놀랍지 않은걸."

"너 때문에 기분이 나쁘다는 거야. 네 여자 친구 때문에 말이지."

듀엔이 말했다.

"나는 여자 친구가 없어."

내가 말했다.

"확실해?"

"확실해. 내게 여자 친구가 있다면 나 자신이 알고 있을 거라 생각하지 않아? 그리고 만약 여자 친구가 있다 해도 그게 제리와는 상관없는 일이잖아?"

"글쎄, 네가 없다고 말하는 그 여자 친구가 제리가 관심 있어 하는 애거든."

"어떻게 존재하지도 않는 여자 친구에게 관심을 가질 수 있지?"

내가 물었다.

"그게 그렇단 말이야. 그 녀석이 그렇다고 말했거든."

듀엔이 말했다.

"누가?"

"줄리 스펜서!"

듀엔이 좌절을 느끼듯 소리쳤다.

"그 애 말로는 너희 둘이 사귀기로 했다며? 둘이 영화를 보러 가거나 아트 갤러리에 간다더군."

"아트 갤러리?"

"그렇게 말했어. 아트 갤러리. 게다가 나는 그 애가 너한테 뽀뽀하는 걸 봤어. 그건 너도 그 애를 여자 친구로 인정한다는 확실한 증거야."

"난 줄리 스펜서에 대해 아는 것이 없어. 같이 영어 수업을 듣는 것뿐이야."

듀엔은 머리를 긁적이며 말했다.

"제리가 농담했을지도 모르지. 그렇게 멋진 여자애가 너 같은 것 따위와 사귈 일 없다고 말이지."

나는 "너희 둘이 실컷 웃었기를 바라."라고 말했다.

"진심이야. 줄리 스펜서는 설득력 있는 이야기꾼이구나."

그가 기침했다.

"나는 그저 너한테 말해 주려던 것뿐이야. 이 모든 일들을 제리가 절대 인정하지 않는다는 것 말이야."

"왜 그렇게 줄리 스펜서에게 관심을 갖는 건데?"

"제리는 도전을 좋아하거든. 그 마스카라와 문상복 그리고 눈에 거슬리는 태도 아래 가려진 귀여운 아가씨의 모습을 제리는 찾아 줄 수 있단 말이지."

그는 잠시 말을 멈췄다.

"너는 제리가 맞다고 생각해?"

나는 "내가 어떻게 알겠어?"라고 짜증 내듯이 말했다.

"그녀에게서 멀리 떨어져 있는 것이 신상에 이로울 거야."

듀엔이 말했다.

"나는 늘 떨어져 있어. 가까이 가 본 적도 없고."

"좋아, 계속 그렇게 하도록 해."

"그래."

나는 여전히 짜증 내며 말했다.

"절대 이 사실을 말하지 마, 알겠지? 수금에 관련된 사항이 아니라면 나는 그 어떤 루저와도 말을 섞지 않아."

"네 비밀은 안전해."

내가 대꾸했다.

듀엔은 자리를 떠나려는 듯 보였지만 조심스레 복도에 아직 아무도 없는지 두리번거리며 살펴볼 뿐이었다.

"눈꺼풀을 자주 뒤집어 대는 그 애 이름이 뭐라고 했지? 운동장에서 여자아이들을 쫓아다니며 겁주는 녀석 말이야."

"더우드. 더우드 멜버니."

"그래! 그런 이상한 이름을 어떻게 잊어버릴 수가 있지? 미친 더우드, 그 녀석 지금은 뭐 하고 있는지 궁금하군."

나는 "아마 운동장에서 미친 듯이 뛰고 있겠지. 돈을 뜯어내고 있지는 않을 거야."라고 말했다. 그리고 "어쩌면 점심 먹을 돈을 전부 점심 먹는 데 써 버리는 것처럼 미친 짓을 하고 있을 거야."라고 덧붙였다.

"왜 그래? 나는 그저 제리로부터 너를 보호해 주려는 거뿐이야."

"그게 문제야, 듀엔. 나는 내 눈꺼풀을 뒤집어 까서라도 지금 여기서 일어나고 있는 이 거지 같은 상황을 마주하고 싶지 않아."

듀엔은 아무 말도 하지 않았다. 나는 듀엔이 나 혼자만의 조용한 시간을 방해하는 것이 싫었는지도 모른다. 아니면 줄리 스펜서의 이해할 수 없는 행동에 조금 화가 났는지도 모르겠다. 여하튼 나는 계속 쿨한 편에 속하지 않기로 작정

했다. 나는 "오늘은 누가 털릴 차례지? 오늘은 누구를 어린 애처럼 울 때까지 변기에 처박을 거지?"라고 물었다.

"너는 내가 그래야 할 때 말고는 절대 그러지 않는다는 걸 알잖아."

듀엔이 말했다.

"나는 네가 학교에서 진짜 일어날 수 없는 일들 따위로 얼마나 삶을 절망적으로 만드는지 보아 왔어. 한 번도 팔 부러진 적 없지, 듀엔? 네가 사고라고 부르는 체육관에서 고디 헤프넌이 당한 것처럼 말이야."

"그건 내가 한 게 아니야."

"헤프넌은 제리의 희생양 중 한 명이야. 네가 아니면 제리가 그런 거야?"

내가 물었다.

듀엔은 낮은 소리로 말했다.

"그냥 일일 뿐이야, 쉐어우드. 개인적인 원한이라고 생각하지 마."

그 말에 나는 더 이성을 잃었다. 그래서 "이건 나 같은 애들이나 할 법한 이야기야."라고 말했다.

"나는 네게 친절을 베풀려는 거야."

듀엔이 말했다.

"친절?"

듀엔은 얼굴이 빨개졌다.

"그 있잖아, 나는 네가 핫도그 사건 때 날 구해 준 대로 되돌려주고 싶었어."

"너는 이게 나한테 돌려주는 거라고 생각해?"

"나도 몰라. 하지만 이게 시작일 수 있지."

나는 "듀엔, 내 부탁을 들어줘. 나한테 어떤 친절도 베풀지 마."라고 말했다.

내 사물함을 잠그고 학교 식당으로 가려고 할 때 제리 위트먼이 다가왔다. 언제나 그렇듯 최신 유행 패션인 야구점퍼를 입고 비싼 로퍼와 디자이너 청바지를 입었다. 그의 외모와 치장하는 스킬은 그를 광고에 나오는 멋진 모델처럼 보이게 했다.

당연히 듀엔은 불안해했다. 왜냐하면 내가 그와 꽤 오랫동안 이야기하고 있었기 때문이다. 나는 "워터탱크는 윈스턴을 찾고 있었어."라고 말했다.

"녀석의 상납일은 아직 멀지 않았나?"

위트먼이 듀엔에게 물었다.

듀엔은 "그저 잠깐 재미 좀 본 거야."라고 대답했다.

위트먼은 "너, 곧 상납일이 다가오는 녀석들에게 집중해야 할 거야. 뭐, 일단 재미부터 봐라." 하고 말했다.

대체로 제리 위트먼은 잘생겨 보였다. 그러나 그의 썩은 미소는 그 외모를 가려 버렸다. 제리 위트먼이 웃을 때는 꼭 흰 담비 같아 보였다.

"너 진짜 재미가 뭔지 알아? 너희 둘이 같이 있는 걸 보는 거야. 다리가 몇 개나 있지, 탱크? 나를 제외하고 말이야. 나는 6까지밖에 못 세거든."

나는 "목발 유머보다 재미있는 농담은 없어. 오늘도 역시 그렇군."라고 말했다.

"기운 내, 포스터 보이. 내가 얼마나 네 머리털을 뽑아 버리고 싶어 하는지 알지?"

듀엔은 제리 위트먼을 흘깃 내려 보며 물었다.

"왜 일찍 나왔어?"

제리 위트먼은 "가끔은 나도 내 농노가 어떻게 일하는지 살펴볼 필요가 있거든."라고 말했다.

그 말에 "좋은 일이군. 나는 네 사회학 점수가 높지 않다는 게 놀랍다."라고 나는 말했다.

"나는 기업가 타입이거든. 맞지, 탱크?"

"맞아."

듀엔이 대답했다.

"너 그게 무슨 뜻인지는 알기나 하는 거야?"

제리 위트먼은 비열한 미소를 띠며 듀엔을 쳐다봤다.

나는 "그도 그게 무슨 뜻인지는 알아. 덩치가 큰 것뿐이지, 바보는 아니야."라고 말했다.

제리 위트먼은 내게로 돌아섰다.

"쉐어우드, 너는 탱크와 내가 어떤 관계인지 이해하지 못해. 우리는 축구를 같이하는 사이야."

제리 위트먼은 그가 무대에 서 있기라도 하는 것처럼 그의 손을 허공에 휘저으며 말했다.

"오, 이런! 내가 절름발이 앞에서 운동 이야기를 하다니. 얼마나 생각 없는 짓이야. 쉐어우드, 너도 한 번쯤은 축구를 해 본 적 있지?"

"아니."

"그럼 하키나 농구는? 그런 운동도 역시 재밌어."

"아니, 해 본 적 없어."

나는 대답했다.

"너는 회계사 같은 타입이구나. 아니면 은행가나. 맞지, 쉐어우드?"

제리 위트먼이 물었다. 그때 듀엔이 끼어들었다.

"이제 갈까, 제리?"

제리 위트먼은 듀엔의 말에 귀 기울이지 않았다. 그러고는 나를 쳐다보며 이렇게 말했다.

"네가 루저들에게 돈을 빌려 준다는 걸 내가 모른다고 생각하지?"

나는 "내가 뺏기는 것과 뭐가 달라?"라고 말했다.

"역시 넌 뭘 좀 안단 말이야, 쉐어우드?"

제리 위트먼은 지금 철저히 나를 갖고 놀고 있다.

"너는 생각이 제대로 박혔다. 문제는 너 같은 애들의 생각이 우리 일에 별 도움이 되지 않는다는 거야. 그건 바로 루저들이 자신들을 전혀 루저라고 생각하지 않게 만들거든."

"그래서?"

"그래서 루저들이 그렇게 생각하기 시작하는 순간 그들은 더 이상 루저가 아닌 거야. 그럼 내가 원하는 걸 얻기 위해서 더 많이 압박해야 하잖아. 더 많은 압박이란 더 많은 수고와 더 많은 패거리를 필요로 해. 누가 알아? 2년 안에 우리가 루저들의 반역에 당하게 될지."

"너는 우리가 받을 만한 거래를 안겨 줬어."

"그만 가자 제리."

듀엔이 말했다.

"잠깐만."

제리 위트먼의 눈은 이미 차갑게 변해 있었다.

"먼저, 여기 내 장애인 은행가 친구에게 운동 이야기로 기분 상하게 한 것에 대해 사과해야겠어. 쉐어우드, 내 사과를 받아 줄 거지?"

하지만 그는 더 이상 웃고 있지 않았다.

"물론, 아무 문제없어."

나는 말했다.

"그거 잘됐군."

제리 위트먼이 다시 웃어 보이며 말했다.

"악수라도 청하고 싶지만, 보아하니 네 양손 모두 바쁜 것 같구나."

"가자, 제리."

듀엔이 말했다.

벨이 울리고 아이들이 복도로 쏟아져 나오기 시작했지만 제리 위트먼은 떠나고 싶어 하지 않는 것 같았다. 진작부터 주변에 몇몇 무리가 이제 곧 무슨 일이 일어날지를 기대하며 지켜보고 있었다.

"있잖아, 쉐어우드. 나는 언제나 네게 묻고 싶은 게 있었는데 말이야. 여자애랑 서 있을 때 말이야. 네 팔을 그 애한테 두르고 싶다면 어떻게 넘어지지 않고 그렇게 할 수 있지?"

나는 내 얼굴이 벌겋게 달아오르는 것을 느꼈지만 "앉아 있다면 가능하겠지."라고 말했다. 이 말은 제리 위트먼을 박장대소하게 만들었다.

"내가 왜 그동안 네가 재미있는 놈이라는 걸 몰랐는지 모르겠군, 쉐어우드. 그렇지만 이제 알겠어."

그리고 그때 그가 내 머리를 토닥거렸다. 이제껏 제리 위트먼은 내 머리를 백 번은 넘게 토닥거렸다. 그러나 오늘은 이전과 달랐다. 나는 내 자신이 점점 'Big. C'로 변해 가는 것을 느낄 수 있었다. 내가 전에 말했듯이 대립은 루저들이 늘 피하고 싶어 하는 일이다. 그러나 이번에는 나 자신을 통제할 수 없었다.

"그러지 마. 위트먼."

크지 않은 소리로 그러나 모두 들을 만큼 충분한 소리로 말했다. 그곳에는 내 편이 될 만한 매니와 윈스턴 같은 루저 무리들이 있었다. 줄리 스펜서는 약방에 감초처럼 그 무리 뒤에 서 있었다.

제리 위트먼은 손을 들고 과장되게 뒤로 물러서며 말했다.

"너무 화내지 마, 쉐어우드. 나는 그저 네가 뛰거나 다른 운동을 하거나 경기 같은 것에는 나갈 수 없으니까 친절하게 설명해 주려 했던 것뿐이야."

나는 "어떤 분야에서는 내가 너를 눌러 버릴 수도 있어."라고 말했다.

"어떤 분야라……."

제리 위트먼은 나를 놀려 먹는 것을 즐기고 있었다.

"너무 범위가 넓잖아. 그렇지 않아, 쉐어우드? 조금 좁혀 보는 게 어때?"

"내가 좁혀 본다면?"

내가 반항하듯이 물었다.

"한번 말해 봐, 쉐어우드. 뭐든지……."

"안 될 게 뭐가 있어. 뭐든지 널 눌러 버릴 수 있어."

만약 내가 여기서 물러났다면 아무 일도 일어나지 않았을 것이라 확신한다. 내가 뒤로 물러서지 않기를 바란다는 것을 제외하고 말이다. 그때 내 눈에 크리스마스 전구 불빛 축제 포스터가 들어왔다.

"저게 바로 내가 너를 눌러 버릴 수 있는 종목이야."

제리 패거리 중 한 명이 그곳으로 가서 그 포스터 내용을 큰 소리로 읽었다. 그리고 비웃음 사는 데에는 몇 초도 걸리지 않았다.

"크리스마스 전구 경쟁이라니! 이런! 도대체 넌 어떻게 된 거야, 쉐어우드? 우유랑 과자를 너무 많이 먹어서 머리가 어떻게 된 거 아니야?"

제리 위트먼이 말했다.

내가 대답할 때까지 그들은 크게 웃었다.

"나한테 뭐든 이길 수 있다고 했잖아. 꼬리 내리는 거야?"

그때 놀랍게도 줄리 스펜서가 거들었다.

"너 설마 질까 봐 겁내는 건 아니지, 제리?"

"나는 내 수하들을 이용할 거야. 게다가 누구든 내가 원하면 데려올 수 있지."

제리 위트먼은 이 일을 정말 진지하게 생각한다는 듯한 표정을 지어 보였다.

"그래, 공평하게 들리는군."

내가 말했다.

"넌 누굴 데려올 거야?"

듀엔이 물었다.

"나는 네가 원하지 않는 사람들을 데려올 거야."

나는 말했다.

"루저들을 가리키는 말이겠지?"

듀엔이 내 눈을 들여다보며 말했다. 내가 내 무덤을 파고 있으니 말리려는 듯 보였다.

"조용히 해, 탱크. 이거 흥미진진한걸."

제리 위트먼은 소름 끼치는 미소를 다시 지었다.

"텔레비전에 출연도 하고 돈도 벌고 나쁘지 않겠어. 네 도전을 받아 주지."

아이들이 벌 떼처럼 웅성거리자 그는 "한 가지 조건이 있어."라고 말했다.

"어떤 조건?"

내가 물었다.

"나도 아직 몰라. 그렇지만 내가 산타클로스 역할을 하게 되지는 않을 거야. 내가 참가하는 동안 일을 망치지 않는다면 말이지."

나는 그게 무엇인지 생각해 내려고 했지만 그럴 틈도 없이 "좋아. 그 조건이 뭐든 동의하지."라고 내뱉고 말았다.

구경꾼들은 사라졌다. 매니와 윈스턴만 내 옆에 남았다. 매니는 뒤로 빠지며 웅얼거렸다.

"넌 내가 크리스마스를 어떻게 생각하는지 알잖아. 이건 학교 식당 음식을 먹는 거나, 내 생일 아니, 학기말고사를 치르는 것보다 더 거지 같은 일이야."

매니가 너무 우울해하기에 나는 트윙키 사 먹을 돈을 그에게 주었다. 그러나 이것도 그의 걱정을 멈추게 할 수는 없었다.

"이제 우리는 루저에, 난쟁이가 되고 말았어. 이보다 더 큰 재앙이 있겠어?"

그때까지 조용히 있던 윈스턴은 원망의 눈빛으로 나를 쳐다봤다.

"제리 위트먼은 뭔가 교활한 것을 생각하고 있을 거야."

그가 시무룩하게 말했다.

"네 맘대로 해 봐."

세부 계약 조건

제리 위트먼은 자기 자신에게조차도 잔인하게 여겨지는 조건을 생각해 냈다. 영어 시간에 그의 패거리 중 한 명이 내게 쪽지를 건넸다. 만약 우리 팀이 이긴다면 지금처럼 그냥 두겠지만 만약 제리 팀이 이긴다면 나는 쉐어우드 은행의 문을 닫아야 했다. 세부 계약 조건은 어떤 방식으로든(금전적으로든 다른 방법으로든) 내가 내 친구들을 돕지 않겠다고 맹세하는 것이었다. 이것은 루저 클럽의 해산을 뜻했다. 모든 것이 끝나는 것이다.

제리 위트먼은 이기기 위해 수단과 방법을 가리지 않을 것이다. 미치지 않고서야 어떻게 이런 조건을 내걸 수 있지? 나조차도 충격을 받았지만 제리 위트먼이 내가 휘갈겨 쓴 추가 조건을 받아들였기 때문에 어쩔 수 없었다. 그는 만약 우리 팀이 이기면 그의 강탈을 일체 그만두겠다고 했다. 졸업할 때까지 절대 어느 누구도 괴롭히지 않겠다고 했다.

나는 쪽지에 "우리 루저들을 대표해 이 도전을 받아들인다."라고 쓰고 서명했다. 그리고 "비밀을 지키지 않으면 협상은 없었던 것으로 한다."라고 적었다. 나는 쪽지를 제리 패거리에게 넘기고 더 이상 나빠질 건 없다고 생각했다.

저녁 식사 때 나는 그 도전에 대해 윈스턴에게 이야기를 꺼냈다. 이것은 잠시나마 내가 만든 로스트 치킨에서 그의 관심을 돌렸다. 하지만 윈스턴은 다 씹고 삼키고 나서 확고하게 말했다.

"뚱보 말로는 제리 위트먼은 그 어떤 교활한 뱀보다 더한 녀석이래. 그 녀석은 돈을 뺏어서 즐거운 게 아니라 그 모습을 지켜보는 게 즐거운 거래."

그는 감탄하며 고개를 흔들었다.

"와, 감자를 어떻게 이렇게 보기 좋은 갈색을 띠게 만들 수 있는 거지?"

나는 내 생각을 정리한 뒤 물었다.

"내기에 대해 어떻게 생각해?"

"네가 그 조건을 받아들인 건 그 괴물보다 더 미친 것이었다고 생각해."

윈스턴은 입 한가득 치킨을 씹으며 말했다.

"그렇지만 내 생각에 이건 위험을 감수할 만한 값어치가 있어. 게다가 나는 물러서고 싶지 않아."

"왜? 우리는 루저야. 물러서는 일이 우리가 하는 일이야."

"이 모든 걸 덮어 버리고 싶지, 그렇지?"

나는 물었다. 그리고 대답을 기다리지 않고 이미 거래는 성사되었다고 덧붙였다.

"넌 이상주의자야."

윈스턴은 늘 있어 보이는 듯 어려운 단어를 사용하며 스스로 만족해했다.

"너는 필연적으로 모든 루저들을 위해 그래야만 했을 거야."

"잘 모르겠어. 다만 중요한 일이라고 느꼈어. 이 일을 계기로 뭔가 달라질 수 있을 것처럼."

"전환점이라……. 너는 우리를 달빛 아래서 산타의 도우미를 자처하며 혼자 있기를 바라는 얼간이 단계로 전환시켰어. 이건 분명히 엄청 바보 같은 짓이야."

"제리와 패거리들도 역시 산타의 도우미가 되는 거야."라고 나는 지적했다.

"우선, 제리와 패거리들은 루저들이 아니야. 녀석들이 가끔 얼간이 짓을 할 수 있어. 그렇지만 녀석들은 무시당할 염려 따윈 하지 않아도 돼. 두 번째, 위트먼은 이 크리스마스 콘테스트가 아주 수지맞는 장사라는 걸 알 만큼 영리해."

"무슨 뜻이야?"

내가 물었다.

"간단해. 학교 사람들은 이미 제리 위트먼이 대단한 아이라고 생각해. 녀석이 이 크리스마스 불빛 축제에서 이기면 모두 그의 이름을 성인으로 거론하기 시작할 거야."

윈스턴은 이제 감자에 대해 잊어버릴 만큼 완전히 심취해 있었다.

"어쩔 수 없는 사실이지만 그가 우리보다 우위에 있는 것은 분명해."

"그것까지 생각하진 못했어."

나는 말했다.

"물론 넌 그렇지 않았겠지."

이렇게 말한 뒤 윈스턴은 잠시 침묵했다.

"개인적으로 나는 줄리 스펜서가 네 머리를 마비시켰다고 생각해."

나는 "어쩌면 그녀 역시 어렴풋이 나와 같은 생각을 했는지도 모르지."라고 고백했다.

"내가 너한테 아래층에서 탈출하는 법을 보여 줬던 게 생각나는구나."

윈스턴이 말했다.

"왜 방에서 탈출하는 것이라고 말해?"

내가 물었다. 나는 윈스턴이 지금이든 나중이든 줄리 스펜서 이야기를 다시 꺼낼 것이라는 걸 알았다.

"그건 우리 엄마가 아빠와 싸우고 나면 아버지한테서 벗어나기 위해 가던 곳이니까. 홍콩에도 그런 방이 있어. 그렇지만 여기엔 그 방보다 더 큰 책상이 있어."

윈스턴은 말하는 것을 멈추고 조금 더 먹었다. 마침내 나는 호기심에 물었다.

"커다란 책상은 무슨 용도야?"

"그 책상은 엄마가 타지마할에서 사 온 5000피스짜리 퍼즐을 맞추는 데 쓰는 거야. 그 퍼즐은 여태껏 내가 본 것 중에 가장 복잡하고 커다란 퍼즐이야."

윈스턴은 매우 천천히 다음 말을 이어 갔다.

"그리고 말이야, 줄리 스펜서는 그 퍼즐과도 같아."

"왜 여자애들은 그렇게 복잡한 걸까?"

내가 물었다.

"그건 비단 여자애들뿐만이 아니야. 인간이란 원래 그런 거야."

윈스턴은 불안한 듯 나를 쳐다보며 물었다.

"비밀을 지킬 수 있겠어?"

"아마도."

“이건 월터에 관한 거야. 월터의 수위실에는 작은 냉장고가 있어.”

“그런데?”

내가 물었다.

“그 냉장고 안에는 루트비어가 잔뜩 들어 있지만 실은 그건 진짜 루트비어가 아니야.”

“그럼 뭐야?”

“진짜 맥주.”

“어떤 종류의?”

내가 물었다.

“나도 몰라.”

윈스턴은 황급히 말했다.

“마시지는 않았거든. 냄새만 맡아 봤어.”

“네가 거기 가지 않는 게 좋겠어.”

“그건 정말 루트비어처럼 보였어. 나는 목이 말랐고. 월터는 자신만의 맥주병에 맥주를 만들어. 아주 정교하게. 라벨에는 ‘루트비어’라고 써 있지. 병이 갈색이라 속이 보이지 않아.”

“얼마나 열어 봤어?”

내가 물었다.

"몇 번. 내가 몇 개 긁어 봤는데 그중에 몇 개는 진짜 루트비어였어."

"친구, 누구나 다 위네키 씨가 술을 마신다는 걸 알아, 그렇지?"

"그래. 최근 그는 손을 더 많이 떨기 시작했어. 어제 그는 베이컨을 굽다 손을 데었어."

"어쩌면 사실대로 누군가에게 말하는 것이 나을지도 모르겠네."

내가 제안했다.

"그렇게 하면 아저씨는 해고될 거야."

윈스턴이 대답했다.

"투덜대긴 하지만 사실 월터는 자신의 일을 사랑해. 그가 아침에 일어나는 유일한 이유는 학교를 깨끗하게 유지하는 게 그에게 기쁨을 주기 때문이야."

윈스턴은 그의 머리를 흔들며 말했다.

"나는 어느 누구에게도 말하기 싫어."

"그렇지만 그는 네 친구야."

"그 말은 내게 결정권이 있다는 거야?"

우리는 꽤 오랫동안 내가 "들어 보니 위네키 씨가 매니의 엄마보다는 덜 심각한 것 같다."고 말할 때까지 침묵 속에 있었다.

“월터는 아직은 서 있을 수 있어. 최근 대걸레에 기대기 시작했지만.” 하고 윈스턴이 말했다.

“매니에 대해 걱정해 본 적 있어? 왜냐하면 난 그렇거든.”

“나는 월터에 대해 걱정하고 있어. 그리고 이제는 콜라가 걱정돼. 콜라가 네빌 형을 너무 그리워해서인지 최근 평범한 개 사료를 먹기 시작했어.”

바로 그때 전화벨이 울렸다. 전화를 받은 윈스턴의 얼굴이 잔뜩 부었다. 한동안 듣고만 있더니 “세 번째 장소에. 형은 강도야.”라는 말을 내뱉었다. 그때 콜라가 부리나케 달려오더니 윈스턴을 마치 커다랗고 먹음직스런 스테이크를 보듯 쳐다봤다.

“언제 돌아올 거야?”

윈스턴이 물었다. 그러고는 “그녀를 여기 데리고 오는 게 어때?”라고 말했다.

“문제없어.”

윈스턴은 기운을 내려는 듯이 말했다.

“알렉스가 나와 함께 지내고 있어. 녀석은 요리도 하고 뭐든지 잘해.”

윈스턴은 다시 듣고 있다가 “나는 괜찮아. 정말.”이라고 대꾸했다. 잠시 정적이 흘렀다.

콜라가 계속 짖었다. 윈스턴은 "그래, 나도 조심히 지내고 있어. 알았어, 더 조심할게. 잠시만."이라고 말하고는 전화기를 잡고 콜라 귀에 대어 주었다. 나는 네빌 형이 애기 같은 목소리를 내는 것을 들을 수 있었다. 콜라의 꼬리가 부엌 바닥을 치기 시작했다. 그러고는 이내 전화기 너머 소리가 들리지 않았다. 윈스턴은 전화기를 귀로 가져갔지만 이미 끊긴 뒤였다. 그는 우울한 듯 전화기를 제자리에 내려놓고 콜라가 네빌 형 방으로 가는 것을 바라보았다.

"형이 캘리포니아에서 어떤 여자와 사랑에 빠졌대."

윈스턴이 말했다.

"그렇구나. 그래서 언제쯤 집에 돌아온대?"

"확실하지 않대. 자기들은 이제 막 시작해서 연약한 단계에 있대."

윈스턴은 충격에 빠진 듯 보였다.

"그냥 돌아오라고 해. 그는 네 형이야. 형은 그래야 하는 거야."

"그렇지만 형 목소리가 정말 행복하게 들렸어. 코카가 살아 있던 때 이래로 형이 이토록 행복해하는 건 처음이야."

"코카? 그게 누구야?"

내가 물었다.
"콜라의 형이야."
윈스턴이 말했다.
"네빌 형한테 개가 두 마리였어?"
윈스턴이 고개를 끄덕였다.
"형이 나한테 용돈을 주고 산책시켜 달라고 했어. 형은 콜라를 수의사에게 데려가야 했거든. 나는 내가 어디로 가는지 신경 쓰고 있지 않았어. 그러다 코카는 나한테서 도망치려다 차에 치어 죽었어."
"형이 무척 충격을 받았겠구나."
"형은 사려 깊은 사람이라 나를 위해 괜찮다는 듯이 굴었어. 그렇지만 나는 언제나 형에게 빚을 지고 있는 기분이 들어. 그러니까 이번 일로 빚을 갚은 거야."
"그래서 형은 언제 돌아오겠다는 말은 없었고?"
윈스턴은 여전히 바닥을 쳐다본 채 어깻짓을 했다.
"누가 신경 쓴다고."
"윈스턴, 너희 부모님은 크리스마스 때까지 돌아오시지 않을 거야. 아직 석 달이나 남았어."
"어쩌면 우리끼리 파티를 열 수 있겠다."
윈스턴이 갑자기 화제를 바꾸었다.

나는 흐름을 따르기로 했다.

"누구를 초대하면 좋을까? 매니?"

"그게 우리가 할 수 있는 최선이야? 그 뚱보가?"

나는 다른 손님들을 생각했다. 그렇지만 윈스턴은 낙심한 듯 보였다.

"모든 루저들. 내가 장담하건데 절대 루저로서의 자질을 갖춘 사람만 우리 파티에 올 수 있는 거야."

"스탠리 호튼?"

"천식."

"루디 자넷은 어때?"

"아토피."

"모리스 리베르만?"

"말더듬이."

"여자아이 옆에 있을 때만."

내가 덧붙였다.

"여자애들은 파티에 부르지 않을 거지?"

"꿈도 꾸지 마."

윈스턴이 말했다.

"기분 가라앉는다."

"야뇨증을 앓았던 애들도 몇몇 있어."

윈스턴이 덧붙였다.

“야뇨증 정도는 낄 수 없어. 그건 그저 어떤 목적을 가지고 대화에 끼려고 꺼내 드는 마지막 카드야.”

“그렇다면 그들은 제외겠구나.”

“어쩌면 파티는 제리 위트먼 같은 녀석들에게만 어울리는 걸지도 몰라.”

윈스턴이 말했다.

“그 얘기를 들으니 더 기분이 가라앉는다.”

윈스턴은 파티를 열 계획에 대해 계속 이야기하고 싶어 하는 것처럼 보였다.

“일단 가능한 메뉴부터 짜 보자. 루디와 모리스는 세 가지 음식 알레르기가 있어.”

“스탠리는 유당에 과민반응을 일으켜.”

내가 말했다.

“우리는 그냥 둘러앉아 물이나 마셔야겠다.”

윈스턴이 웃으며 말했다.

“얼음 없이! 틴 페이스는 차가운 얼음을 먹으면 이가 시리다고 했어.”

“우리는 그냥 둘러앉아 얼음이 들어 있지 않은 물만 마시겠구나.”

윈스턴이 말했다.

갑자기 머릿속에 그림 하나가 떠올랐다. 루저들이 우리가 아는 평범한 재미라는 것을 파티에서 가져 보려고 하는 그림이다. 가려움에 초조해하고, 빵빵이 안경을 끼고 우스꽝스러운 짧은 바지를 입은 사내들이 모여 앉은 모습이었다. 윈스턴 또한 비슷한 그림을 그리고 있었던 게 분명하다. 왜냐하면 우리는 동시에 웃기 시작했기 때문이다. 일단 웃기 시작하자 멈출 수 없었다.

윈스턴은 계속 "어릴 때처럼 도둑 주머니를 만들자." 같은 말을 했다.

"어떤 걸 주머니에 넣을까?"

"천식약!"

"여드름 연고!"

"주머니용 연필 케이스!"

"아가일 무늬 양말!"

"보조 교재!"

우리는 이렇게 계속 더 이상 웃을 수 없을 때까지 주고받았다. 밖은 이미 어두웠지만 나는 피곤하지 않았다.

"좀 더 미친 짓을 해 보자!"

내가 말했다.

우리는 둘 다 여자아이에게 전화를 건다든지, 네빌 형 없이 노래방에 간다든지 하는 것들을 두려워했다. 그래서 윈스턴과 나는 따뜻한 풀장에서 수영을 해 보기로 했다. 가을 밤 수영복을 입고 야외 풀장에서 노는 건 재미있을 것 같았다. 물론 몹시 추웠다. 그러나 일단 물속에 들어가고 나니 따듯해져 왔다.

수영은 언제나 엄마를 추억하게 한다. 왜냐하면 엄마가 내게 수영하는 법을 가르쳐 주었기 때문이다. 물의 도움을 받아야 다리를 포함해서 내 몸 전체가 가볍게 느껴진다고 했다. 나는 엄마를 생각하며 물 위에 떠다녔다. 기분이 좋은 동시에 서글픈 기분이 들었다. 윈스턴의 풀장 주변 불빛이 어둠 속에서 모든 것을 이상하게 빛나 보이게 했다. 우리는 등을 대고 물 위에 누워 머릿속에 생각나는 대로 말했다.

"우리가 남은 평생 루저로 살게 될 거라고 생각해?"

윈스턴이 물었다. 이것은 진실이 요구되는 질문이었다.

"나도 잘 몰라. 성인이 되면 나아질 수도 있지."

"그렇지 않을 수도 있고."

나는 맑고 조용한 하늘을 올려다보며 말했다.

"우리는 긍정적으로 생각해야 해."

윈스턴은 잠시 동안 조용히 물 위를 노닐었다. 그리고 그때 나는 "네 생각에 형이 진짜 사랑에 빠진 것 같아?"라는 질문을 들었다.

"내가 어떻게 알겠어?"

"너는 경험이 있잖아. 줄리 스펜서 말이야."

"윈스턴, 너도 그게 사실이 아니라는 걸 알잖아."

"너는 내가 친한 사람 중 유일하게 경험이 있는 사람이야. 그리고 그만하라고 말하지 마. 왜냐하면 나는 그저 긍정적으로 생각하려는 것뿐이니까. 여하튼 상황은 나빠질 대로 나빠졌어. 우리는 이제 정기적으로 제리 위트먼에게 괴롭힘을 당하게 될 거야. 여기서 더 나빠질 게 뭐가 있겠어?"

나는 "어쩌면 네 말이 맞을지도 몰라."라고 동조했다. 그에게 상처 주고 싶지 않았다. 왜냐하면 제리와 나의 비밀 조약에 따르면 상황은 얼마든지 더 나빠질 수 있기 때문이었다.

"당연히 내 말이 맞지. 새벽이 오기 전에는 항상 어둠이 다가오기 마련이야. 우리 아버지가 말한 것처럼 행운은 비처럼 어느 순간 갑자기 오는 것이니까."

그리고 그때 우리는 영화 속에서 괴물이 내는 것 같은 소리를 들었다. 윈스턴은 그 소리가 뭔지 바로 알아채고 소리쳤다.

"안으로 들어와!"

그 소리는 괴물이 개똥 대포를 쏘는 소리였다. 무언가 우리 머리 근처 물속에 떨어졌다.

"제기랄!"

반대편에서 거친 목소리가 담장 너머로 들려왔다.

윈스턴과 나는 풀에서 빠져나와 마당 의자 위로 올라갔다. 나는 밝게 빛나는 불빛 아래로 풀장 바닥에서 비치는 검은 물체를 보았다.

"별로 좋은 징조 같지는 않군."

내가 말했다.

우리는 정말 숨쉬기 힘들 정도로 크게 웃기 시작했다.

"최소한 맞지는 않았어."

윈스턴이 한숨 쉬며 말했다.

"친구, 우리는 이 마당에서 가장 운 좋은 두 사내일세."

나는 꽉 끌어안으며 말했다.

괴물과의 만남

다음 날 게임 룸에서 시간을 보내고 있을 때, 의자에 털썩 주저앉은 윈스턴이 어제 있었던 수영장 사건에 대해 이야기를 꺼냈다. 윈스턴은 괴물의 배설물 폭탄에 열 받아 하지 않았다. 대신에, 그는 철학적으로 말했다.

"운명적이었던 우리의 지난밤을 기억해 보자."

그가 어깻짓을 하며 말을 이었다.

"길을 얼마나 잘 닦아 놨든지 간에 모든 길은 루저 타운으로 향하게 되어 있어."

언젠가 영어 시간에 무엇이든 삶에 비유될 수 있다고 미스터 와이 씨가 말한 적 있다. 나는 우리를 둘러싼 모든 일들을 설명하기에 괴물로부터의 작은 선물이 완벽했다고 생각했다. 한 순간은 올림픽경기를 치를 수 있을 정도로 큰 수영장에서 삶을 만끽하다가 다른 순간에는 동물 배설물을 얻어맞을 수 있다는 사실을 말이다.

물론 한편으로는 웃겼다. 그러나 난 웃음을 멈추고 생각하기 시작했다. 그 똥 덩어리 대포는 내가 남은 삶 동안 계속 루저로 살아갈 수 있음을 보여 주는 단편이었다. 그러다 문득 나는 뭔가 대단한 결정을 했다. 설사 이 결정이 내 인생 최대의 실수가 될지라도 나는 우리의 이웃에게 정면 대응하기로 했다.

당신은 내가 'Big. C'에 중독되고 있다고 여길 수도 있다. 그러나 내 일격은 크리스마스 불빛 축제에 루저 클럽을 끌어들인 것에 대한 죄책감 때문이었다.

어제 받은 모욕에 대해 맞서는 것. 그것이 내가 나의 루저 친구들을 위해 할 수 있는, 어쩌면 조금이나마 루저 친구들에게 보상하는 길이라고 생각했다. 그래서 윈스턴이 저녁 먹기 전 콜라를 산책시키는 동안 나는 괴물의 집으로 가서 초인종을 눌렀다. 초인종 바로 옆에 이런 문구가 있었다.

글 쓰는 중.
내가 필요로 하지 않는 이상 방문판매원, 배달원, 종교인들은 절대 방해하지 말 것.

조금 더 밑에 "나는 어느 누구에게도 방해받지 않기를 바란다."라고 휘갈겨 쓰여 있었다.

괴물은 초인종에 바로 답하지 않았다. 그러나 나는 개의치 않고 계속 벨을 눌렀다. 마치 내가 제리의 패거리 중 하나라도 되듯이.

결국 괴물이 밖으로 나와 내가 그 안을 들여다보기에 충분할 만큼 문을 확 열어젖혔다. 그를 가까이에서 보는 것은 처음이었다. 그의 머리카락은 덕지덕지 붙어 있었고 면도를 하지 않은 듯 얼굴은 검은 수염으로 덥수룩했다. 그는 세탁 바구니 안에서 손가락을 빼내려고 애쓰고 있었다. 그는 잠옷 바지에 커다란 침실용 실내화를 신고, 내가 전에 망원경으로 보았던 파인애플 무늬가 그려진 셔츠를 입고 있었다. 그리고 거의 다 피운 담배가 그의 입에 대롱대롱 간신히 매달려 있었다.

가까이에서 본 괴물의 모습에 조금 실망스러웠다. 전혀 괴물처럼 보이지 않았던 것이다. 게다가 구부정한 자세와 지저분한 옷차림, 수북한 털은 오히려 그를 평범한 사내처럼 보이게 했다. 나는 그를 잘 안다고 느낄 만큼 죽 지켜보았기 때문에 용기를 냈다.

괴물은 일반적인 인사나 알은척을 하지 않았다. 다만 나를 배달원이나 종교인보다 낫다는 듯이 쳐다보았다.

"읽을 줄 몰라?"

그가 물었다. 그가 말할 때 입에 문 담배가 위아래로 움직였다. 그의 목소리는 거친 표면에 모래가 지나가는 것 같았다. 그가 거의 말을 하지 않았다는 뜻이다.

"물론 읽을 수 있어요."

내가 말했다.

"그럼 무시한 거네."

"그렇겠죠."

"전부 다 무시한 거야?"

"아니요."

나는 대답했다. 그는 내가 조금 더 설명하기를 바라는 것 같았다. 그래서 나는 덧붙여 "'이 담장에는 전기가 흐릅니다.'라는 식의 문구라면 좀 더 신경 썼겠죠."라고 말했다.

"그래서 네 생각에 경고문이란 더 위험하거나 중요한 일일 때에나 써야 한다는 거냐?" 하고 괴물이 물었다.

"위급함은 항상 필요하죠."

나는 그가 쓴 경고문을 무시하기 위해 이렇게 말했다.

그는 끄덕였다.

"좋아. 하나만 질문을 받도록 하지. 네 이야기를 그 이상 더 듣게 될지는 네게 달렸어."

"몇 살이세요?"

내가 물었다.

이런 종류의 질문은 예상하지 못했던 것 같았다. 그가 나를 외면하고 문을 닫아 버릴 거라 생각했지만 잠시 뒤 나는 "서른둘."이라고 말하는 것을 들을 수 있었다.

"나이가 더 들어 보이네요."라고 내가 말했다. 그리고 그때, 어제의 개똥 대포가 생각나서 나는 무례하게 "조금 더 똑바로 사는 게 좋을 거예요."라고 말했다.

그는 커다랗고 슬픈 눈과 그보다 더 슬퍼 보이는 담배를 물고 몸을 굽힌 채 나를 쳐다보았다. 그러고는 "넌 누구지? 가짜 경찰?" 하고 물었다. 그러고는 살짝 웃어 보이며 말했다.

"꼭 우리 준 이모처럼 말하는구나. 네 나이에 우리 이모 같다는 소리를 듣는 건 좋은 일이 아니야."

그는 새로운 담배를 꺼냈다.

"우리 이모는 골칫덩어리거든."

나는 왜 내가 그의 골칫덩어리 이모 같은지 충분히 설명할 수 있을 만큼 조용히 서 있었다.

"그녀는 '인간 물음표'라고 불렸지. 이모는 '해리, 구부정한 자세는 네 마음이 심란하다는 몸의 표시야. 만약 네가 벨 타워에 살거나 노처녀로 살 때 말고는 아무짝에도 도움이 안 된단다.'라고 말했지."

그 괴물은 잠시 생각에 잠겼다.

"만약 네가 내게 벨 타워에 살거나 노처녀로 사는 것이 그렇게 나쁜 삶은 아니라고 묻는다면 말이야……."

"노트르담의 꼽추처럼 말이에요?"

괴물이 혼자 떠들고 있다고 느끼지 않도록 나는 물었다.

그는 놀라며 눈썹을 치켜떴다.

"그 책을 읽은 적 있니?"

"텔레비전에서 오래된 영화로 봤어요. 꼽추 연기를 한 사람이 꽤 연기를 잘했어요."

"찰스 랭스턴"

문을 조금 더 열며 괴물이 말했다.

"고전 영화를 좋아하거든요."

"예를 들면?"

그가 물었다.

"막스 형제가 만든 것이라면 어떤 것이든."

"그루초! 역사에 단연코 남을 만한 이들이지."

힘이 났는지 그는 키가 그대로 드러날 만큼 똑바로 섰다.

"이모 말에는 늘 요점이 없었어. 나쁜 몸가짐은 불행히도 종종 정신을 몽롱하게 만들지."

담배가 그의 입에서 거의 떨어져 갔지만 그는 마지막까지 꽉 물고 있었다.

"당신은 준 이모에게 골칫거리라고 했나 보군요."

"사실, 너도 골칫덩어리일 수 있어. 왜냐하면 네가 하는 말이 맞기 때문이야."

괴물의 뺨이 붉게 물들었다.

"너 혹시 시를 읊을 수 있니?"

그가 희망에 차서 물었다.

"외우고 있는 것이 없어요."

나는 솔직히 말했다.

"괜찮아. 그 자세라면 됐어."

뭔가 더 말을 잇고 싶었다. 그러나 괴물은 침묵을 전혀 신경 쓰지 않는 것 같았다. 그저 빤히 계속 나를 쳐다보았다. 그리고 말했다.

"뇌성마비 맞지?"

괴물의 짐작에 조금 놀랐다. 그래서 나는 나도 모르게 냉소적으로 "정확하시네요."라고 말했다. 하지만 그는 눈치채지 못한 것 같았다.

"제발 네가 어젯밤 풀장에 있었다고 말하지 마라!"

나는 고개를 끄덕였고 그는 낄낄대며 웃었다. 이 소리는 마치 바람 속에서 나뭇잎들이 굴러가는 소리 같았다.

"내가 만든 몇 안 되는 작품 중 하나지. 내 목적은 영감을 받는 것이야."

"당신의 재미를 망치고 싶지 않군요. 그렇지만 이제 그런 유치한 짓을 그만두라고 해야겠어요."

"내가 도울 수 있으면 좋겠구나."

괴물이 말했다.

"문제는……. 그 개 이름이 뭐지? 펩시?"

"콜라에요."

"펩시콜라라……."

"아니, 그냥 콜라예요."

"그 개 이름이 닥터페퍼라고 해도 상관없어. 아무튼 그 개가 계속 내 마당에다 볼일을 본단 말이지."

괴물이 말했다.

"집을 돌보는 사람으로서 나는 집을 지켜야 할 의무가 있어."

"그렇다고 당신이 우리에게 개똥을 던지는 게 정당화될 수는 없어요."

"나는 그저 개똥을 원래 있던 곳에 돌려놓는 것뿐이야."

괴물은 자신의 재치에 스스로 만족한 듯 보였다.

"이런 걸 시적 정의라고 하는 거네, 친구."

"더러운 걸 퍼뜨리는 게 재미라고 생각하나 보군요."

나는 화났다는 것을 표출하려 애쓰며 말했다.

"당신이 지금 하는 짓은 매우 비위생적인 일이에요."

그리고 그때 좋은 생각이 떠오른 나는 "게다가 윈스턴네 집 테니스공 대포를 훔쳤잖아요."라고 말했다.

"한 번도 바깥 구경을 해 보지 못한 부자의 장난감을 자유롭게 해 준 것뿐이야."

괴물이 분명하게 말했다.

"인간에게는 방해받지 않고 자신의 소유지를 거닐 권리가 있어."

"그건 이 문제의 핵심이 아니에요. 좋은 이웃이 되어 보는 게 어때요, 해리?"

내가 완고하게 말했다.

"누가 너한테 해리라고 불러도 된다고 했지?"

"아무도요."

"내가 그래도 된다고 할 때까지 기다렸어야지."

그는 조금 상처받았다는 듯이 말했다.

"그렇게 예의 바른 친구가 에티켓에 있어서는 놀랄 만큼 형편없구나."

"사과할게요."

내가 말했다. 그렇게 말하는 게 좋을 것 같았다.

괴물은 잠시 생각하더니 악수를 청하듯 손을 내밀었다.

"해리라고 부르렴. 해리 베이즐리."

"어떻게 그렇게 예의 바를 수 있죠?"

그는 한숨을 내쉬며 "논쟁이 그립구나."라고 말했다. 괴물은 여전히 손을 내민 상태였다. 그는 테니스공 대포를 기억하곤 "걱정 마라. 집게를 사용했으니까."라고 말했다.

"그런 뜻이 아니에요. 나는 악수 같은 걸 하지 않아요."

"한번 해 보렴. 네가 중심을 잃지 않도록 내가 조심하마."

나는 내 목발 한쪽을 팔에서 빼고 손을 꺼냈다. 처음에는 안 될 것 같았지만 괴물은 내 손을 잡고 내가 그에게 기댈 수 있게 도와주었다. 내가 내 이름을 말한 뒤에도 그는 손을 놓지 않았다. 그는 계속 나를 응시했다. 그러다 마침내 "뭐 때문에 막스 형제에 대해 말하게 되었지?"라고 물었다.

나는 거짓말을 지어내려 했다. 그러나 그 남자의 손을 잡은 채 눈을 보면서 거짓말하는 것은 쉽지 않았다.

"당신의 포스터를 봤어요. 그동안 당신을 지켜보고 있었거든요."

나는 해리 베이즐리가 화를 낼 것이라고 생각했다. 그의 눈이 잠시 번뜩거렸기 때문이다. 그러나 그 번뜩거림은 곧 사라졌다. 그는 내 손을 조심스레 놓으며 내가 균형을 잃지 않도록 도와주었다. 나는 뭔가 말해야겠다고 생각했다. 그래서 "당신이 종종 연주하는 음악이 뭐죠? 색소폰과 바이올린으로 연주하는 곡 말이에요."라고 했다.

"찰리 파커의 색소폰을 위한 연주곡."

"듣기 좋아요."

괴물은 고개를 끄덕였다.

"서 있는 게 힘들어 보이는구나. 잠깐 안에 들어오겠니?"

확실한 이유는 알 수 없었지만 내가 일종의 어떤 시험을 통과했다는 것을 알 수 있었다.

해리는 나를 거실에 들여보내 주었다. 거실에는 오래된 레코드판 수십 장이 진열되어 있었다. CD가 아니고 엔틱 숍에서나 찾아볼 수 있는 피자 같은 모양의 판이었다. 해리는 성냥으로 담배에 불을 붙였다.

"담배 피니?"

나는 피지 않는다고 답했다.

"잘됐군."

그가 말했다. 그리고 담배를 깊이 빨아들였다.

"이건 바보 같은 습관이야."

"왜 담배를 피워요?"

"왜냐하면 내가 바보이기 때문이지."

해리는 담배 연기로 완벽한 링을 만들었다. 그것은 공중에 한동안 떠 있다가 연기처럼 사라졌다.

괴물은 부엌으로 가서 콜라를 가져왔다. 그동안 나는 책상 위에 놓여 있는 작은 분홍색 책 중 한 권을 들어 무슨 책인지 보았다. 책 제목은《사랑에 홀린 듯》이었다. 책 표지에는 너무 많은 사랑을 받은 나머지 기절한 듯 보이는 여자를 근육질의 남자가 안고 있는 그림이 그려져 있었다. 나머지 다른 분홍색 책들도 비슷비슷했다. 그 분홍색 책들은 모두 해리엇 윈터그린이란 사람이 쓴 책이었다.

분홍색이 아닌 책이 책상 위에 한 권 놓여 있었다. 초록색 표지였는데 심하게 구겨져 있었다. 표지에는 '분리된 삶. 해리 베이즐리 작.'이라고 쓰여 있었다.

나는 책을 펼쳐 뒷장에 적힌 글을 읽어 보았다. 그곳에는 "베이즐리는 첫 번째 위대한 힘과 아름다움에 관한 이야기를 썼다. -뉴욕 타임즈."라고 쓰여 있었다.

그 글 위로 나와 나이 차이가 그다지 나 보이지 않는 해리가 있었다. 머리를 단정하게 빗고 얼굴은 수염 없이 깨끗했다. 옷도 말끔하게 잘 차려입고 있었다. 해리가 콜라를 들고 올 때까지 나는 계속 사진을 들여다보고 있었다.

"어이, 내려놔."

그가 날카롭게 말했다.

나는 책에 불이라도 붙은 듯이 화들짝 놀라며 황급히 책을 내려놓았다. 호기심에 이끌려 보았다며 그에게 사과했다. 그는 약간 의외라는 듯이 말했다.

"오래전에 출판됐던 거야. 그게 내가 가진 유일한 사본이야."

"책을 집필했군요."

나는 놀랍다는 듯한 목소리를 숨기지 못하고 말했다. 바보 같은 소리가 튀어나왔지만 해리는 신경 쓰지 않았다.

"그 책상 위에 있는 책들도 다 내가 쓴 거야."

"저 분홍색 책들도요?"

"그래, 저 분홍색 책들도."

"당신이 해리엇 윈터그린?"

"그건 필명이야."

콜라를 한 모금 마시며 해리가 대답했다.

"내가 궁핍했을 때 생각했던 거야."

"분홍색 책들."

나도 모르게 중얼거렸다.

"나를 힘들게 하지 말려무나. 나도 색을 바꾸려고 노력 중이야."

해리는 내게 의자를 권했고 우리는 그의 평판에 대해 이야기하기 시작했다. 이야기를 통해 나는 그가 잔디 깎기 기계를 부수지 않았다는 걸 알았다.

"사용하지 않을 뿐이야. 그렇지만 잔디 깎는 것을 그만둬야 한다고 생각해."

"기계가 찌그러지지 않았나요?"

"오, 맞아! 찌그러졌어. 정원사가 맞는지 의심스러운 하로미토 씨는 계속 나무 같은 것들을 건드린단 말이야."

"망치로 부숴 버렸다는 건 사실이 아니죠?"

"내가 기계 스위치를 뽑을 때 망치를 들고 있었어. 펩시콜라가 담을 넘지 못하게 구멍 파는 일을 마친 직후였거든."

"펩시콜라가 아니라 콜라예요."

나는 다시 정정해 주었다.

"뭐든 간에. 나는 그 유용한 기계를 부순 적이 없단다. 사실 사람이 하는 것보다 그 기계가 훨씬 낫거든."

"그럼 신문 배달하는 타이티 소년에게 저주를 퍼부은 적도 없어요?"

"그는 진짜 타이티인이 아니야. 배달하는 애들이 신문을 문에 집어 던지지 못하게 하려고 내가 지어낸 이야기야. 나는 네가 윈스턴만큼 미친 녀석이 아니라는 걸 알고 있었다."

나는 실망하는 듯한 반응을 보였어야 했다. 해리는 윈스턴이 그런 말을 듣기에 당연한, 이상한 행동들을 하나하나 이야기하기 시작했기 때문이다.

"나는 하루 종일 침실용 실내화를 신고 있는 은둔자야. 그리고 개똥 일은 잊어버리지 말자고. 개똥이 내 인내심의 한계를 건드린 거야."

나는 "그건 기계로 던지는 것과는 달라요."라고 말했다.

괴물은 불쌍하게 보였다.

"90퍼센트 진실과 달라. 그저 사람들이 가십거리를 만들어 내기 좋아하기 때문이야."

"그러면 사람들이 당신을 미친 은둔자라고 생각해도 상관없다는 거예요? 어째서요?"

"왜냐하면 진짜 믿을 만한 소문들은 알람 소리보다 더 빨리 사라지기 때문이지."

해리는 콜라를 홀짝이며 말했다.

"당신이 신경 쓰지 않더라도 나는 당신이 정확히 사람들이 말하는 그런 사람인지 모르겠어요."

해리는 레코드판이 있는 곳으로 몸을 숙이더니 발 근처에서 레코드판을 하나 골랐다.

"그렇지만 난 뛰어난 지능과 고상한 음악적 취향을 갖고 있지. 일반인 대신 내가 원하는 친구만을 두려는 이유지."

그는 내게 찰리 파커의 앨범을 건넸다.

"턴테이블이 있니?"

나는 윈스턴의 것을 사용하면 된다고 말했다.

"너에게 빌려 주마. 다양한 소리를 들으려면 여러 번 들어 봐야 할 거야."

"개똥 대포는 어떻게 할 거예요?"

"창문으로 나를 쳐다보는 일은 그만둬라. 나도 울타리 넘어 던지는 걸 멈추마. 협상?"

"네, 협상해요."

"그렇다면 악수 한 번 하지."

그래서 우리는 악수를 했다. 이번에는 앉아 있었기 때문에 훨씬 수월했다.

나는 돌아가려다가 마지막 질문을 했다.

"해리, 내게 왜 이렇게 친절하죠?"

해리는 잠시 생각하더니 말했다.

"너를 보면 누군가 생각나기 때문이라고 해 두자."

그는 내가 곧 돌아갈 것이라는 사실에 조금은 우울해 보였다. 그도 결국 혼자 사는 애처로운 남자였던 것이다.

"다 듣고 나면 문 앞에다 두고 가거라. 그리고 경고문에 대한 충고 고맙다. 다시 써 보마."

줄리 스펜서의 이면

해리에 관한 윈스턴의 기분을 고려해서 나는 그를 방문한 사실을 말하지 않기로 했다. 말하고 싶은 마음도 있었지만 그렇게 하는 것이 현재로서는 가장 좋을 듯했다. 이것은 줄리 스펜서와 나 사이에 일어난 것과 같은 위험천만한 일과 같았다. 나는 모르는 사람이 이유 없이 내 뺨에 키스하는 것을 그리고 소문을 퍼트리는 것을 그냥 지나칠 수 없었다. 그것은 옳은 일이 아니었다.

나는 몇 번을 고친 뒤에 미스터 와이 씨의 영어 수업 시간에 마침내 줄리 스펜서에게 쪽지를 보냈다. 쪽지 내용은 이러했다.

친애하는 줄리 스펜서에게

나는 네가 왜 제리 위트먼과 그의 조력자들(예를 들면 워터탱크)에게 나에 대해 말도 안 되는 소문을 퍼트리는지 어리둥절해. 나는 너와 내가 함께 영화를 보러 가고 아트 갤러리에 가는 등 데이트하는 것처럼 보인다는 소리를 들었어. 크리스마스 전구에 관한 이야기를 한 것 외에는 서로 이야기를 나눈 적도 없는 사이인데 왜 이런 말이 도는지 모르겠어. 나는 네 행동에 혼란스러워.

나에 대해 뭐라고 들었는지 모르겠지만 나는 그저 혼자 있고 싶어 하는 아주 단순한 녀석이야. 네가 낸 소문 때문에 지내기가 힘들어. 그래서 왜 그런지 알아야겠어. 만약 네가 설명하고 싶다면, 방과 후 바니의 베이글랜드에서 만나자. 아니면 다른 애들에게 네가 착각해서 소설 쓰듯 없는 사실을 퍼트린 거라고 말하게 될 거야.

알렉산더 쉐어우드가

추신 : 이건 데이트 신청이 아니라 사실을 알기 위한 것뿐이야.

나는 줄리 스펜서에게 쪽지를 전하기까지 무척 긴장했다. 그녀는 그것을 읽었을 뿐 아니라 답장을 건넸다. "좋아."라고 쓰여 있었다. 처음에 나는 그 답장을 어떻게 해석해야 할지 확신할 수 없었다. 그것이 "좋아. 애들한테 내가 착각해서 혼자 소설을 쓴 거라고 말해."의 의미인지, "좋아. 바니의 베이글랜드에서 만나서 왜 내가 소문을 퍼트렸는지 말해 주지."의 의미인지 분간할 수 없었다. 이렇듯 줄리 스펜서는 설명하기 힘든 아이였다.

나는 그녀가 방과 후 나를 만난다는 의미라고 생각하기로 했다. 만약 그게 아니라면 발생할 수 있는 최악의 상황은 나 혼자 베이글을 먹는 것뿐이다. 그 정도는 감당할 수 있다. 물론 불안했다. 너무 불안해서 줄리 스펜서의 쪽지를 윈스턴과 매니에게 보여 주지 않을 수 없었다. 윈스턴은 겨우 두 글자 적은 걸 보고선 알기 힘들다고 했다. 반면 매니는 윈스턴의 말에 동의하지 않았다.

"줄리 스펜서는 그 두 글자에 모든 걸 표현한 거야. 친절하게 보이지 않기 위해서 '그래, 좋아.' 대신 '좋아.'로 간단하게 적은 거라고. 그녀는 네가 궁지에 처한 것에 대해 배려할 맘이 없다는 걸 보여 주는 거야."

윈스턴은 눈을 굴리며 "친구, 그건 말도 안 되는 말일세." 라고 말했다.

그러자 매니가 "뭐가 말도 안 된다는 거야?"라고 말했다. 그리고 이어서 "왜 '친구' 따위의 말을 쓰는 거야?" 하고 말했다. 그러고는 나를 향해 돌아서서 "갑자기, 난쟁이가 쿨해졌네."라고 말했다.

"쿨!"

윈스턴이 소리쳤다.

내가 끼어들지 않으면 계속 서로 이렇게 물어뜯는다는 건 이미 여러 번 겪어 본 일이다. 그래서 나는 "저기, 내 문제는?"라며 끼어들었다.

"네 가장 큰 문제는 줄리 스펜서가 길게 말하지 않는다는 거야. 만약 그녀가 다른 애들처럼 조금이라도 따뜻한 맘을 가진 아이였다면 훨씬 쉬웠을 텐데."라고 매니가 말했다. 그러고는 매니는 "이런, 미안. 윈스턴." 하고 비꼬며 말했다.

나는 그들이 서로 흘겨보는 것을 그만두게 했고 윈스턴은 목소리 톤을 바꿨다.

"뚱보 말에 일리가 있어. 그렇지만 너도 말을 너무 많이 해서 그녀가 우위에 놓이게 만들면 안 돼."

"내 충고를 원해?"

매니가 물었다.

"그녀를 쳐다봐."

매니는 눈을 가늘고 길게 뜨고는 시범을 보여 주었다.

"이런 식으로 몇 분을 대하면, 그녀는 무너져서 너한테 어떤 색깔의 속옷을 입었는지까지 말하게 될 거야."

"속옷 색깔 얘기는 그만두지. 세비어(구세주라는 뜻-편집자)는 진지하게 말하는 건데 고작 한다는 게 속옷 이야기라니. 너 아직도 초등학생인 거야?"

윈스턴이 말했다.

"네 말이 맞아, 윈스턴. 미안하다."

그럼에도 매니는 계속해서 빈정대며 말했다.

"추측해 봐, 줄리 스펜서의 속옷은 아마도 검은색일 거야. 그녀가 입은 다른 모든 옷들처럼!"

이 말은 윈스턴을 웃게 만들었다. 곧 그들은 함께 웃어 댔다. 나는 줄리 스펜서보다 나의 이 두 베스트 프렌드의 정신 상태를 걱정해야 할 것 같았다.

"그냥 설명하게 만들어."

윈스턴이 말했다.

"그래. 그냥 설명하라고 해."

매니가 말했다.

줄리 스펜서는 바니의 베이글랜드에 약속한 시간보다 늦게 왔다. 나는 초조한 나머지 꽃무늬 치마를 입고 브로콜리 치즈 베이글을 먹고 있는 누군가에게 날씨에 대해 5분 동안 떠들었다. 그때 그녀가 들어왔고 우리는 함께 테이블에 앉았다. 그녀는 베이글을 저글링하고 있는 그림 아래 구부정하게 앉았다. 나는 내 목발을 의자 아래 내려놓았다.

"미안해, 내가 좀 늦었지. 그렇지만 네가 어떤 여자와 이야기하고 있는 걸 저기서 봤어."

어떤 이유에서인지 나는 공격적으로 말했다.

"나는 루저야. 내가 어떤 사람과 이야기할 거 같아? 할리우드 스타?"

줄리는 눈을 깜빡였다.

“그런 뜻이 아니었어. 대화 주제를 바꾸는 게 좋겠다.”

“그래, 그게 좋겠어. 너도 우리가 왜 여기 있는지 알 거라 생각해.”

“물론.”

줄리 스펜서가 대답했다.

“설명해 줄 수 있겠니?”

내가 물었다. 나는 언젠가 영화에서 들은 적 있는 것과 정확히 같은 톤으로 말했다.

“먼저 베이글이나 뭐 다른 것이라도 좀 먹지 않을래? 내가 살게.”

줄리 스펜서가 말했다.

“함께 무언가를 즐겁게 먹고 있는 장면을 보이는 건 우리 둘 모두에게 좋지 않을 것 같아.”

내가 말했다.

“어, 그래. 이건 데이트가 아니지. 이건 진실 대면용 만남이었지. 그것 참 재밌구나.”

그리고 그때 줄리 스펜서가 나를 놀라게 만들었다. 그녀가 활짝 웃었던 것이다. 마치 행복한 너구리 한 마리 같아 보였다. 나는 그녀를 똑바로 쳐다볼 수 없었다. 그래서 이렇게 중얼거렸다.

"나는 웃기려고 그런 게 아냐."

"누구도 이렇게 웃겨 보려고 한 적 없었어."

그녀가 말했다. 확신할 수 없지만 칭찬으로 들렸다.

그때 나는 안젤라 마쉬가 디럭스 베이글 모양의 모자를 쓰고 저쪽에서 걸어오는 것을 발견했다. 그녀는 제리 위트먼의 수많은 여자 친구 중 한 명이었다. 소문에 따르면 그녀는 현재 여자 친구 중 위치가 매우 낮은 상태라고 들었다. 그건 그녀의 위치를 상승시킬 만한 무언가를 찾고 있다는 것을 뜻했다. 제리 위트먼에게 유용한 정보를 제공하면 분명 그녀의 바람을 관철시키는 데 도움이 될 것이 뻔했다.

"안색이 안 좋아 보이네."

줄리 스펜서가 말했다.

"방금 안젤라 마쉬를 봤어."

"지금 그 애 위치가 어떻게 되지? 다섯 번째쯤?"

"여섯 번째보다 아래. 내 생각에는 이미 우리를 본 것 같아."

"그게 뭐 창피할 일이야? 그녀는 우스꽝스런 모자를 쓰고 있을 뿐이야."

"우리가 하려던 말에서 벗어나고 있는 것 같아."

내가 말했다.

"미안해. 무슨 말을 하려고 했지?"

"왜 제리와 그 패거리들에게 거짓말을 하는 거지?"

내가 물었다.

"글쎄, 세비어. 세비어라고 불러도 될까?"

"나는 그렇게 불리는 걸 좋아하지 않지만 만약 그게 편하다면."

"그럼 쉐어우드는 어때?"

그녀가 물었다.

"제리 위트먼이 나를 그렇게 불러."

"오, 이런. 그럼 그렇게 부를 순 없지. 제리 위트먼스러운 행동들은 피하도록 하자."

"내 이름을 꼭 불러야만 한다면, 알렉스라고 불러."

"그럼 이제 우리 준비가 된 거지, 알렉스?"

"방금 알렉스라고 불렀으니까 그건 준비가 됐다는 것이겠지."

내가 대답했다.

줄리 스펜서는 웃어 보였다.

"너 얼굴이 빨개졌어."

"너는 내가 평소에 알던 것보다 더 많이 말하고 있어."

"그건 왜냐하면 네가 나한테 부탁했기 때문이야. 제리 위트먼은 내가 그 녀석의 멍청한 여자 친구들 중 한 명이라고 생각해. 단장하는 일 같은 거 말이야. 머리 모양을 바꾸고 화장을 바꾸고. 제리 위트먼에게 내 값어치가 더 올라가게 말이야."

"그렇게 하고 싶지 않은 거야?"

"그가 내 뇌를 옮겨서 바꾸지 않는 한 절대. 녀석은 정말 벌레 같아지고 있어. 너도 알지? 장난 걸고, 붙잡고, 별로 웃기지도 않는 농담이나 해 대는 그런 것 말이야. 그래서 나는 이미 남자 친구가 있다고 말했던 거야."

"나 말고도 얼마든지 갖다 댈 다른 남자애들이 많은데 왜 하필 나야?"

"왜냐하면 너는 그가 괴롭히지 않고 내버려 두는 애 중 한 명이니까. 아마 다른 애를 내 남자 친구라고 지목했다면 녀석은 그 애를 흠씬 두들겨 팼을 거야."

나는 고개를 끄덕이며 "내 여자 친구가 된다는 건 너한테 별로 자랑스러운 일이 아니야. 그래서 제리 위트먼이 더 큰 관심을 보이지 않는 거야."라고 말했다.

"나는 절대 그런 식으로 생각해 본 적 없어."

나는 어깻짓을 했다.

"너는 루저 아닌 구역에 속해 있어."

"너 자신을 비하하지 마. 우리 두 사람에 대한 생각은 정말로 위트먼의 머리를 복잡하게 만들 거야. 나는 그 점이 맘에 들어."

줄리 스펜서는 진짜 값어치 있는 비밀을 말하듯이 앞으로 몸을 숙이며 말했다.

"나도 네가 왜 제리 위트먼에게서 거리를 두고 싶어 하는지 이해할 수 있어. 그치만 네가 나를 힘든 상황에 처하게 만들고 있어."

"왜 그런지 모르겠는데."

줄리 스펜서가 말했다.

"너는 루저가 아니기 때문에 모르는 거야."

"내가 루저가 아닌지 네가 어떻게 알아?"

"왜냐하면 너는 그냥 아니기 때문이야. 나는 너에 대해 잘 모르지만 몇 가지는 말할 수 있어. 첫째, 너는 루저가 아니야. 그리고 둘째, 너는 제리의 패거리들 중 하나도 아니야."

"나는 제리 천하가 싫어."

그녀가 말했다.

"제리 천하?"

"난 그렇게 불러. 제리 천하."

"어떤 사람들에게는 제리 천하가 나쁜 곳이 아니겠지. 특히 제리 위트먼에게는. 네가 어떤 멍자국도 볼 수 없다고 해서 제리가 나를 괴롭히지 않는 것이 아니야. 말하지만 제리 위트먼에겐 그만의 방식이 있어. 정신적으로도 충분히 괴롭힐 수 있거든."

"생각 못했어. 하지만 그는 내게도 그렇게 해."

"힘들지 않아?"

내가 말했다.

줄리 스펜서는 "괜찮아. 감당할 수 있어."라고 했지만 나는 그녀가 참고 있다는 것을 알 수 있었다.

"가끔은 그냥 정신적으로만 괴롭히는 게 아냐, 그렇지?"

"그래, 가끔은 그게 다가 아니야."

그녀가 대꾸했다.

나는 갑자기 테이블 위의 종이 깔개에 관심이 가는 척했다. 그리고 그때 이 말이 튀어나왔다.

"어쩌면 제리 위트먼이 너를 자기의 여자 친구라고 생각하게 두는 게 나쁜 일만은 아닐 거 같아."

"내 생각에는 그 애들이 너를 구세주라고 부르는 이유가 있어."

"별 거 아냐."라고 말했지만 나는 내 얼굴이 다시 달아오르는 것을 느낄 수 있었다.

"왜 그 녀석이 그렇게 너한테는 돈을 빼앗지 않는지 생각해 본 적 있어?"

"그는 나에게 미안한 맘을 갖고 있어. 제리 위트먼이 하도 내 머리를 토닥거려서 내 머리에는 그 녀석의 손자국이 남아 있을 지경이야."

"그게 이유라고 생각해? 너한테 미안해서?"

"물론."

"제리 위트먼은 그 누구에게도 미안해하지 않아. 내 생각에는 다른 뭔가가 있어."

줄리 스펜서가 말했다.

"어떤 다른 이유가 있을 수 있다고 생각해?"

"알아낼 수 있어."

그리고 그녀는 주제를 바꾸었다.

"그래서 내 생각에 우리는 방과 후에 남는 시간을 같이 보낼 수 있을 것 같은데 말이야."

나는 "어째서 말이야?"라고 꽤나 당황하며 물었다.

줄리 스펜서는 두꺼운 마스카라를 바른 눈을 몇 번 깜빡거렸다.

"나는 네가 크리스마스 전구 경쟁에서 전구 다는 일에 도움이 필요할 걸 알아."

"루저들이나 모여서 하는 크리스마스 장식을 돕는다고?"

"그래, 해 보자. 제리 위트먼을 피해 숨을 곳은 더 이상 없어. 내가 할 수 있는 건 네가 그 녀석에게 맞설 수 있게 도와주는 거야."

"크리스마스 불빛 대회 말이야, 조금 쿨하지 못한 일이라고 생각하지 않아?"

내가 물었다.

"그건 아름다운 거야. 이건 쿨하지는 않아. 그렇지만 사실 알고 보면 쿨한 일인 거야."

그녀는 흥분으로 얼굴이 붉어져 빠르게 말하기 시작했다. 내가 충격인 것은 내가 처음으로 그녀의 얼굴을 피하지 않고 똑바로 쳐다보고 있다는 사실이었다.

"그렇게 시시한 대회를 고른 건 네가 정한 대로 게임을 끌고 왔다는 거야. 그래, 루저들의 룰이 뭐지? 너는 제리 위트먼에 맞서고 있는데 여전히 남자다워 보이는 걸 거부하고 있구나."

"내가?"라고 물었다.

"안 보인단 말이야, 알렉스? 제리 위트먼은 그가 자신의 통제 아래 있다고 생각하지만, 너는 아니야."

나는 멍해서 아무 말도 하지 않았다.

줄리 스펜서는 신경 쓰지 않고 계속 말했다.

"우리는 녀석을 이길 수 있어. 크리스마스 전구든 구슬이든 뭐가 문제야? 우리는 녀석을 이길 수 있어."

내가 대답하기 전에 안젤라 마쉬가 우리 테이블 쪽으로 오는 것이 보였다.

"지금 첫 번째 시험이 다가오는구나."

줄리 스펜서가 속삭였다.

안젤라 마쉬는 메뉴판을 들고 우리 테이블로 왔다.

"보통 사람들은 카운터에 와서 주문을 한단 말이야. 그렇지만 이게 너한테 나을 것 같아서 말이지."

"고마워, 안젤라." 하고 줄리가 말했다. 그러더니 "오, 알렉스한테 하는 말이구나."라고 말했다.

"근데 너희 둘 정말 데이트하는 거야?"

안젤라 마쉬가 물었다.

줄리 스펜서는 대답하지 않았다. 내가 그녀가 내 손을 잡았으면 하는 시선을 보내는 동안 그녀는 테이블 너머로 내 손을 잡았다. 그러더니 이렇게 말했다.

"일종의 기념일이야, 그렇지 알렉스?"

"어, 어."

"얼마나 됐어?"

안젤라 마쉬가 물었다.

"공식적으로? 한 2주쯤."

줄리 스펜서가 말했다.

"그렇게나 오래?"

안젤라 마쉬는 놀랐다는 듯이 말했다.

나는 "그건 여름 학기 시작을 제외하고."라고 말했다. 그리고 "그건 비공식이었으니까."라고 덧붙였다.

"알렉스가 다른 사람을 만나고 있었거든."

줄리 스펜서는 눈가가 촉촉해져 말했다.

"그렇지만 이제는 아니야."

나는 안젤라 마쉬를 똑바로 쳐다보며 "나는 이제 그 어떤 여자와도 줄리를 바꾸지 않을 거야."라고 말했다.

"안젤라, 우선 제일 비싼 베이글을 가져다 줘."

내가 말했다.

"잘했어."

줄리 스펜서가 내 손을 돌려놓으며 말했다. 그녀는 제리 위트먼보다 훨씬 나은 조련사였다.

안젤라 마쉬는 메뉴판을 확인하며 말했다.

"축하해. 내 생각에 너희 둘은 잘 어울리는 것 같다."

우리는 안젤라 마쉬에게 고맙다고 말했고 그녀는 건포도 베이글을 가지러 갔다. 자연스레 우리는 함께 앉아 베이글을 먹었다. 왜냐하면 안젤라 마쉬가 계속 우리를 주시하고 있었기 때문이다. 나는 또한 꽃무늬 치마를 입은 내 친구가 우리를 보며 웃고 있음을 알 수 있었다. 모두 우리 둘을 쳐다보지 않을 수 없었다. 줄리 스펜서는 내가 말할 때마다, 하물며 내가 물 마시겠냐고 물었을 때조차 웃었다. 이상한 것은 그녀가 내가 말한 것 중 몇 가지는 정말 재미있다고 생각했다는 것이다.

"나 할 말이 있어. 나는 아직도 크리스마스 전구에 대해 생각해. 바보 같지, 응?"

줄리 스펜서가 그녀의 손을 내게 올려놓으며 말했을 때 내 얼굴이 빨개졌다.

"바보 같지 않아."

손을 움직이지 않길 바라며 내가 말했다.

그녀는 내 손을 조금 더 꽉 잡고 웃어 보였다.

"네가 실망시키지 않을 줄 알았어."

여자 친구가 있는 척하는 것이 나의 자신감을 끌어내는지도 모른다. 그것은 진짜 여자 친구가 있다면 어떨까 궁금하게 만들었다. 나는 줄리 스펜서의 빛나는 눈을 아무것도 하지 않은 채 쳐다보고 있기만 한데도 지루하지 않을 수 있다는 것을 깨달았다.

당신은 그런 롤러코스터 타는 것 같은 기분을 느껴 본 적이 있는가? 바니의 베이글랜드 한가운데서 줄리 스펜서의 손을 잡고 있을 때 내가 느낀 기분이 그랬다. 나는 문득 크리스마스 전구 대회를 받아들인 것이 옳은 결정이었다는 것을 알았다. 그 순간 나는 만약 나 혼자 그 일을 해야 한다 하더라도 괜찮을 것 같았다.

무심코 던진 이름

대회를 위해서 윈스턴의 집을 사용할 수밖에 없다는 사실을 깨달은 나는, 윈스턴을 설득해야 했다. 설득하기에 저녁 식사 식탁보다 나은 장소가 있을까? 그래서 나는 저녁으로 어린 돼지고기 로스트를 만들었다. 윈스턴이 가장 좋아하는 골든 포테이토와 함께. 그가 행복하게 먹는 동안 나는 어떻게 줄리 스펜서가 이 프로젝트를 돕기로 했는지 말했다. 윈스턴은 감동하지 않았다.

"여자애들은 남자들과 달라. 걔네들은 어릴 때나 지금이나 항상 뒷마당을 좋아해. 진흙 파이를 만들거나 크리스마스 전구를 달거나 하는 것들 말이야. 줄리 스펜서가 그다지 도움이 되지는 않을 거야."

"어째서?"

내가 물었다.

"왜냐하면 여자애니까. 여자들은 어떤 면에서든 이해할 수 없는 존재야."

윈스턴은 얼마나 내가 줄리 스펜서를 사랑하게 됐는지 일장 연설을 하기 시작했고 그가 얼마나 나를 구해 주고 싶어 하는지에 대해 늘어놓았다.

이제 나는 누군가 내게 이래라저래라 하는 것이 싫다. 이미 자유에 중독되었기 때문이다. 나는 스스로 질문했다. 위대한 그루초 막스라면 어떻게 했을까? 그는 따라가는 척했을 것이다. 그리고 원하는 대로 할 것이다. 그래서 나는 모든 고민을 접는 것이 최선임을 알았다. 나는 화제를 바꾸어 윈스턴에게 옆집 괴물이 알고 보면 나쁜 사람이 아니라는 것에 대해 말하기 시작했다.

윈스턴은 매우 충격을 받았다. 내가 그 괴물의 집에 들어갔다는 사실에. 그러나 호기심 때문에 충격은 그리 오래 가지 못했다. 그 괴물에 대해 쏟아지는 질문에 모두 답한 뒤 내 결론을 말했다.

"해리는 그저 오해받고 있었던 거야. 사실 그는 재미있는 사람 같아."

"나도 동의해."

윈스턴이 무미건조하게 말했다.

"매우 흥미로운 방법으로 우리에게 개똥을 던지잖아."

그리고 더 이상 해리와 말하거나 그 어떤 것도 하지 말라고 했다.

나는 최대한 침착하려고 노력했지만 윈스턴은 선을 넘어 마치 내 상사라도 되는 듯이 굴었다. 나는 그에게 내가 많은 규칙 속에서 살아야 한다면 프렌신이 아르헨티나에서 다시 돌아오는 게 낫겠다고, 돌아오라고 말할 거라고 했다.

윈스턴은 내가 열 받았다는 것을 알아챘다.

"이봐…… 나는 우리가 처음으로 싸움이라는 걸 했다고 생각해."

이 말은 너무나 한심해서 나는 한참을 웃었다. 우리는 제리 위트먼을 목표물로 하는 다트 게임을 마치고 아이스크림을 함께 먹었다. 이런 것이 윈스턴과 내 일상이었다.

나는 우리 집을 잊어버린 적이 없었다. 나는 여전히 내가 아파트로 돌아갈 수 있도록, 며칠에 한 번씩 혹시 아버지가 남긴 메시지가 없는지 음성사서함을 확인했다. 그러나 음성사서함에 녹음되어 있는 것은 빅 개리로부터 온 "이봐, 쉐벌. 도망갈 수는 있지만 숨을 수는 없어. 그리고 그것은 쉐벌 주니어답지 않은 행동이야."라는 메시지뿐이었다.

그 뒤로 나는 아파트에 갈 때면 마치 스파이라도 된 것처럼 살금살금 기어가기 시작했다. 나는 항상 세탁실에서 생키 씨와 이야기를 나누었기 때문에 그는 전혀 의심하지 않았다. 내가 할 수 있는 것 중에서 이것이 최선이었다.

하루는 학교 프로젝트를 위해 오래된 빈티지 크리스마스 장식을 빌릴 수 있는지 물어보았다. 그런 뒤로 나는 많은 시간을 세탁실에서 루돌프의 빨간 코와 요정의 벨트를 닦는 데 보냈다. 일을 하는 중에도 나는 걱정을 그만둘 수 없었다. 이제 장식품은 생겼지만 이것들을 어떻게 연결해서 불이 들어오게 하는지 알 수 없었다.

매니는 그의 엄마를 돌보지 않아도 될 때에는 윈스턴 집에 왔다. 윈스턴은 저택에서의 삶을 맛본 것은 처음이라 마치 24시간 파티가 열리기라도 하는 듯이 생각했다. 물론 매주 목요일 루저 클럽의 미팅이 있었지만 그것을 제외하고 보통은 나와 윈스턴, 콜라만 있을 뿐이었다. 콜라는 여전히 네빌 형을 그리워했지만 매니에게 관심을 보였다. 매니가 들어오면 콜라는 완전히 미쳐 날뛰었다. 네빌 형의 슬리퍼를 떨어뜨렸다. 그래야 매니의 손을 핥을 수 있기 때문이었다. 매니가 기름진 피자 냄새를 풍기기 때문이라고 윈스턴은 말했다. 그러나 나는 윈스턴이 매니를 질투하는 거라 생각했다.

길게 보면 여전히 삶은 만족스러웠다. 룸메이트로 지낸 지 몇 주가 지나자 윈스턴과 나는 우리의 일상 패턴에 완전히 익숙해졌다. 네빌 형은 캘리포니아에서 행복하게 지내고 있었다. 아버지는 빅 개리가 없는 곳이라면 어디에서든 행복했다. 그리고 여기는 제리 위트먼이 닥칠 때를 대비해 경보를 울려 주는 경비 시스템이 있었다. 그중 최고는 아무도 잔소리하는 어른이 없다는 것이었다.

어느 날 오후 우리 셋은 큰 텔레비전이 있는 방에서 시간을 때우고 있었다. 매니는 나를 보더니 이렇게 말했다.

"너 그거 알아? 피부가 깨끗해졌어."

"남성성은 더 이상 존재하지 않는군."

윈스턴이 말했다.

"아니야, 진짜 세비어가 잘생겨졌어."

매니가 말했다.

"아마도 자쿠지에서 오랜 시간을 보냈기 때문인 거 같아. 수증기가 내 여드름 구멍을 열어 준 것 같아."라고 나는 설명했다.

"네 여드름 처방약은 줄리 스펜서일 거야."

매니가 말했다.

"그래, 맞아. 줄리 스펜서."

윈스턴이 놀려 댔다.

"왜 이래, 친구들. 그저 제리 위트먼을 혼란스럽게 하기 위해서 데이트하는 척하는 것뿐이야."

"그래서 지난번에 네가 떨어뜨린 책을 줄리 스펜서가 주워 준 거야?"

매니가 물었다.

"그래, 맞아. 너는 누구도 네 책을 줍게 두지 않잖아."

윈스턴이 말했다.

"게다가 떨어진 책은 너와 줄리 스펜서가 서로를 쳐다보는 눈빛을 설명해 줄 변명거리가 못 돼."

매니가 말했다.

"내가 말했잖아. 줄리와 난 그저 제리 위트먼을 혼란스럽게 하려는 것뿐이야."

"글쎄, 너무 많이 혼란스럽게 하지는 마. 제리 위트먼이 너한테 워터탱크를 보낼 수도 있으니까."

"제리 위트먼은 너를 더 압박할 거야. 그 멍청한 크리스마스 내기에서 이기기 위해서. 그래야 그가 다시 우쭐거릴 수 있을 테니까."라고 매니가 말했다.

"나는 아직 결정하지 않았어."라고 윈스턴이 말했다.

"너 하기로 한 것 아니었어?"

매니가 놀라며 물었다.

"나는 아직 그가 두려워."

윈스턴이 가슴을 쓸어내리며 말했다.

윈스턴의 태도에 나는 심각해졌다. 사실 나는 매니가 제리 위트먼의 아버지에 대해 새롭게 알게 된 정보에 대해 말하려고 할 때, 이미 내기를 받아들였다고 말할 준비를 하고 있었다. 그것은 제리 위트먼의 아버지가 크리스마스 내기에서 이길 수 있도록 무엇이든 지원하겠다고 했다는 것이었다. 우리는 이미 매해 12월 그가 버스 정류장 의자에 특별한 광고를 한다는 것을 알고 있었다. 그 광고에서 그는 우스꽝스러운 산타 모자를 쓰고 여느 때보다 더 큰 미소를 짓고 있었다. 그의 얼굴 아래에는 이런 문구가 쓰여 있었다.

"최고의 시즌, 우리 가족으로부터 당신에게."

그러나 우리가 모르는 사실이 있었다. 이 부동산 광고를 붙이기 전에 그는 크리스마스 전구를 장식하느라 매우 바쁘다는 것이었다. 그 장식들이 해마다 이웃들에게 화젯거리가 된다는 것 또한 그랬다.

"알겠어? 제리 위트먼의 아버지는 이미 준비가 되어 있다는 거야. 모든 참가자는 가족 중에 어른 한 명이 함께 참가해야 해. 제리 위트먼은 아버지를 데리고 오겠지. 아버지의 경험을 이용하겠지."

매니가 말했다.

"우리도 누군가 도와줄 어른이 필요하다는 거야?"

내가 물었다.

"너 신청서 안 읽어 봤어? 우리에게는 그저 어른이 필요한 게 아니라 성인 가족 구성원이 필요한 거라고. 만약 사다리를 오르기 위해서 우리 엄마를 데려오라고 한다면 그건 정말 어리석은 짓이야."

매니가 말했다.

"이건 정말 멍청하기 짝이 없는 내기야."

윈스턴이 말했다.

내가 할 수 있는 유일한 일은 침묵을 지키며 둘 다 진정시키는 것이었다. 내가 어떻게 그들을 설득할 수 있을까? 윈스턴과 매니가 걱정하고 있는 동안 내 유일한 계획은 가능한 제리 위트먼의 요구를 들어주는 것이었다.

우리는 일주일에 몇 번씩 윈스턴의 집에서 점심을 먹었다. 이로써 학교 식당에서 일어나는 전쟁을 피할 수 있었다. 처음에는 주중 매일 이렇게 점심을 먹으려 했다. 그러나 매니는 이것이 좋은 생각이 아니라고 말했다.

"만약 제리 위트먼이 일주일에 최소 두 번 내게 도넛을 던질 기회를 얻는다면 그는 아무런 의심도 하지 않을 거야. 그렇지 않다면 워터탱크를 시켜 우리를 미행할 테지."

"매니 말이 맞아."

윈스턴이 말했다. 그는 종종 점심시간에 자신의 사물함에 갇혀 있고는 했다.

"자유를 지키려면 어느 정도는 제리와 그 패거리들이 괴롭히는 것을 참아야 해."

이것이 루저들이 생각하는 방식이었다. 만약 일이 잘 풀린다면 당신은 당연히 의아하게 생각할 것이다. 나쁜 일은 늘 겹쳐서 일어나기 마련이다.

"이 천국이 얼마나 오랫동안 지속될 수 있을까? 지금 기분이 꽤 좋지만 내가 저 문을 나서는 순간 번개에 맞아 프라이드치킨이 될지도 몰라."

매니가 말했다.

"너는 왜 항상 그런 말로 기분을 망치는 거야? 석유가 다 떨어질 때까지 이 자유의 기차가 계속 달리게 두자고."

윈스턴이 말했다.

"기차는 석유로 달리지 않아. 석탄으로 움직여."

매니가 말했다.

"누가 그런 걸 신경 써?"

윈스턴이 말했다.

"나는 신경 써."

매니가 대꾸했다.

물론 아무도 기차가 석유로 움직이는지 석탄으로 움직이는지 신경 쓰지 않는다.

엄마를 보살피기 위해 집으로 돌아갈 시간이 되면 매니는 항상 짜증을 냈다.

"너흰 정말 운이 좋은 거야. 아무도 너희가 어디에 있든 무얼 하든 신경 쓰지 않잖아. 만약 내가 수프 캔을 따는 게 늦어지면, 엄마는 계속 내 이름을 불러 댈 거야."

매니는 손을 이마로 가져가 올려 두고 "루-퍼트! 루-퍼트! 내 캠벨 치킨 수프는 어디 있니?"라고 소리쳤다.

나는 매우 재미있는 흉내라고 생각했지만 윈스턴은 그렇지 않았다. 왜냐하면 매니가 어디에 있는지 누구도 신경 쓰지 않는다고 한 말 때문이었다.

"우리 아버지는 내가 어디에 있는지 신경 써. 아버지는 나에 관한 모든 것을 보고서로 써낼 수 있다고. 너희 아버지는 그럴 수 있어, 루퍼트?"

"우리 아버지는 정말 바쁜 주식 중개인이야. 맨해튼에 있는. 그리고 너를 위해서 하는 말인데 월스트리트는 이런 조그만 마을 따위는 흡수해 버릴 정도로 많은 돈을 만들어. 사실 네가 어디에 있든 작아 보이게 만들 거야."

"홍콩에 가 본 적 있냐, 뚱보?"

윈스턴이 물었다.

매니는 한숨을 쉬었다.

"자, 이제 난 가 봐야 해. 내가 늦으면 우리 엄마는 캔 뚜껑을 혼자 열려다 다치고 말 거야."

매니는 엄마가 수프 캔 따는 모습을 생각하는지 정말 우울해 보였다. 나는 그를 격려하고 싶었다. 우울한 기분을 떨쳐 버릴 수 있게 게임을 조금 하는 게 어떻겠냐고 제안했다. 그러나 이미 날이 어두워지고 있었다.

"시간 좀 봐. 그만 갈게."

초인종이 울릴 때 매니는 코트를 입고 있었다. 윈스턴은 아마 기부해 달라는 사람들일 것이라고 말했다. 그러나 문을 열자 루미스 기하학 선생님이 서 있었다.

루미스 선생님의 엄숙한 표정을 본 나는 부엌 뒤쪽으로 물러서서 부엌 문틈 사이로 상황을 지켜보았다. 루미스 선생님은 즉흥적으로 학생들을 방문하는 것으로 유명했다. 선생님은 아픈 아이들을 방문해서 숙제를 전해 주거나, 건강 상태는 어떤지 묻곤 했다. 대부분의 부모들은 이런 행동에 감사를 표한다. 그러나 대부분의 학생들은 윈스턴과 같이 반응한다. 윈스턴처럼 놀라서 턱이 바닥에 닿을 듯이 입을 쩍 벌리고 서 있게 된다.

"안녕, 윈스턴."

루미스 선생님이 말했다.

"아, 안녕하세요."

윈스턴이 말했다.

윈스턴은 확실히 선생님이 문 앞에 서 있는 것을 보고 충격을 받은 듯했다.

"어…… 왜 여기에 계신 건지 물어봐도 될까요?"

"근처에 왔다가 네 생각이 나서 이걸 직접 전해 주려고."

루미스 선생님은 종이 몇 장을 윈스턴에게 건네주었다.

"이, 이게 뭐죠?"

윈스턴이 더듬거리며 물었다.

"네가 이끌어 낼 수 있는 모든 능력을 사용하렴, 윈스턴."

루미스 선생님이 말했다.

윈스턴은 아무 말도 못하고 가만히 서 있었다. 그러자 매니가 손을 번쩍 들고 이렇게 말했다.

"지난주 기하학 수업 문제인가요?"

루미스 선생님은 문 안으로 조금 더 들어서서, "루퍼트? 거기 루퍼트 맞니?"라고 했다.

"네, 루미스 선생님."

매니가 대답했다.

루미스 선생님은 더 자세히 보기 위해 복도를 가로질러 갔다. 매니는 놀란 나머지 엄마에게 수프를 주러 가야 한다는 사실을 잊어버린 것처럼 보였다.

"수업 시간이 아니란다, 루퍼트. 이제 손을 내리렴."

그러나 매니는 얼어붙은 채 서서 여전히 손을 들고 있었다. 루미스 선생님은 친절하게 매니의 손을 잡고 내려 주었다. 선생님은 윈스턴을 쳐다보며 "들어오라고 말하지 않을 거니?"라고 물었다. 그러나 루미스 선생님은 이미 집 안에 들어와 있었다. 윈스턴은 문을 닫았고 나는 그가 침착하기 위해 애쓴다는 것을 알 수 있었다.

"마실 것 좀 드릴까요? 아직 개봉하지 않은 신선한 게토레이가 있어요."

윈스턴이 말했다.

"고맙지만 사양하마. 아마도 이제 너를 보살펴 주고 있는 어른을 만나 봐야겠는데……. 네빌이 집에 있니?"

"네빌 형을 아세요?"

"네 생활 기록부를 꼼꼼히 읽었단다."

루미스 선생님이 말했다.

루미스 선생님은 꽤 심각했다. 왜냐하면 선생님이 말하는 내내 집 안에서 어떤 기척도 없었기 때문이다. 이것은 윈스턴을 초조하게 만들었다.

"제 기록이 선생님을 웃게 만들었나요?"

루미스 선생님은 화내지 않고 "아니야, 윈스턴. 그렇지 않아."라고 대답했다.

윈스턴은 너무 충격을 먹었는지 재잘거리고 있었다.

"네빌 형은 캘리포니아에서 사랑에 빠졌어요."

"윈스턴, 낙제했어?"

화제를 바꾸려고 노력하며 매니가 물었다.

"그건 윈스턴이 물어봐야 할 질문이 아닐까, 루퍼트?"

루미스 선생님이 말했다.

"제가 낙제했나요?"

윈스턴 역시 주제를 바꾸려고 애쓰며 물었다.

"그래, 그렇단다. 너는 네 가능성을 스스로 포기한 거야. 때로는 우리는 시작하려 할 때 도움을 받을 필요가 있어. 그렇지 않니, 윈스턴?"

루미스 선생님이 말했다.

나는 루미스 선생님이 내가 있는 방향으로 돌리려는 것을 볼 수 있었다.

"분명히 너희를 돌봐 주는 어른이 있어야 할 텐데……. 뭔가 좋은 냄새가 나는구나."

치킨 요리 냄새 때문에라도, 이제 나는 내 모습을 보여야 할 때가 왔다고 생각했다. 매니와 윈스턴에게서 관심을 돌리기 위해서. 나는 세계 최고의 요리사가 입을 법한 앞치마를 입은 채 부엌 문 뒤에서 나와 복도에 섰다. 이후에 알았지만 이때 나는 내 이마에 그레이비소스가 묻어 있다는 걸 몰랐다.

루미스 선생님은 한 발짝 물러섰다.

"알렉스, 네가 요리하고 있었니?"

"윈스턴의 보호자가 요리하고 있었어요. 저는 조수 역할이에요."

고갯짓으로 인사하며 내가 말했다.

"윈스턴의 보호자는 어디에 계시니?"

선생님이 물었다.

나는 "저녁에 먹을 채소를 조금 더 사기 위해 가게에 갔어요."라고 설명했다.

"금방 돌아오실까?"

"아니요!"

윈스턴이 소리쳤다. 그리고 침착하게 덧붙였다.

"당근을 고를 때 매우 신중하거든요."

"내가 클레나멘 선생님을 대신해서 상담 역할을 맡게 됐단다."

루미스 선생님은 설명했다.

"클레나멘 선생님은요?"

매니가 물었다.

"건강 때문에 잠시 동안 휴직하시게 됐거든."

루미스 선생님은 아주 간단한 수학 문제의 답을 맞추기라도 한 것처럼 대답했다.

"유감이군요."

윈스턴이 정중하게 말했다. 클레나멘 선생님은 윈스턴의 상담 선생님이었다.

선생님이 윈스턴을 쳐다보았다.

"내가 보기에 클레나멘 선생님은 너에게 충분한 관심을 기울이고 있지 않았던 것 같구나."

나는 "그럼, 선생님께선 이제 윈스턴에게 특별한 관심을 두시겠군요."라고 말하고서 "윈스턴, 선생님이 보호자와 만날 수 있게 약속을 정하는 게 어때?" 하고 물었다.

루미스 선생님은 잠시 눈살을 찌푸렸다.

"오늘 저녁에 잠깐 이야기를 나눴으면 했는데. 너희도 알다시피 수학 선생님들의 특별 모임 때문에 일주일 동안 출장을 갈 예정이거든."

윈스턴의 얼굴에 걱정이 가득해 보였다.

"왜 이렇게 안 오시는지 모르겠네요."

윈스턴은 목이 잠겨 말했다.

루미스 선생님은 시계를 보더니 "오, 이런!" 하고 말했다.

"나는 회의 때문에 내일 출발해야 해. 그리고 다른 해야 할 일들도 많단다. 그분께 가능한 빠른 시일 내에 내게 연락해 달라고 전해 주겠니?"

"물론이죠. 문제없어요. 우린 전화기가 아주 많거든요."

윈스턴이 수학 시험지를 백지 상태로 낸 것처럼 창백해진 얼굴로 말했다.

"그분 성함이 뭐지?"

루미스 선생님이 물었다.

아무도 즉시 대답할 수 없었다. 그래서 나는 내 머릿속에 떠오르는 첫 번째 이름을 말했다.

"해리예요. 해리 베이즐리."

해리 베이즐리

가장 친한 친구조차 미쳤다고 말하지 않을 수 없는 때를 상상해 본 적이 있는가? 루미스 선생님이 돌아가자마자 윈스턴은 펄쩍 뛰기 시작했다.

"너 정신이 어떻게 된 거 아냐? 제리 위트먼과 정신 나간 크리스마스 대결을 벌이더니 이제는 괴물을 우리 삶에 끌어들이는구나."

윈스턴은 매니가 해리가 누군지 물을 때까지 계속 불평해댔다.

매니는 고개를 저었다.

"세비어가 맛이 갔구나. 이건 우리 루저들의 암흑기야."

"나는 맛이 가지 않았어. 너 집에 가야 하지 않아, 매니?"

나는 슬슬 짜증이 났다.

"엄마도 이번에는 이해할 거야. 이런 건 절대 놓칠 수 없지."

매니가 말했다.

"해리 베이즐리는 나보다 더 심한 게으름뱅이야!"

윈스턴이 큰 목소리로 말했다.

"해리에게도 득될 만한 일이야."

나는 말을 내뱉으면서 정말 그럴 거라는 확신이 들었다.

"뭐라고?"

매니가 물었다.

나는 "내가 보기에 그는 재정적으로 어려움을 겪고 있어. 그를 돈으로 매수하자."라고 설명했다.

"그래서?"

윈스턴이 물었다.

"해리는 우리가 시키는 대로 하게 될 거야. 그가 이 일에 대해 발설하지 않을 거라고 확신해."

"우리가 그 사람의 보스가 된다고?"

매니가 물었다.

나는 "그것까지는 잘 모르겠어. 그렇지만 그가 문제를 일으키지 않을 거라고 생각해."라고 말했다.

"그는 아주 이상한 사람이야. 루미스 선생님에게 들키지 않으려면 그는 정말 어른처럼 행동해야 해."라고 윈스턴이 말했다.

"이것 봐, 윈스턴. 만약 우리가 이 문제에서 벗어나려면 우리에겐 어른이 필요해. 성적표에 사인을 하고 학부모 모임에 참석할 어른이."

내가 대답했다. 크리스마스 불빛 대회에 나가려면 그 또한 우리를 도와줄 수 있는 어른이 필요하다. 그러나 나는 이 생각까지는 드러내지 않았다. 그리고 "재정 문제는 뒤로 하더라도…… 해리도 외로운 것 같아."라고 덧붙였다.

"그게 바로 사람들이 말하는 미치광이야."

윈스턴은 마치 아나운서처럼 목소리를 깔고 말했다.

"다른 사람들 말에 의하면, 그 도끼 살인자는 혼자 있기를 좋아해서 혼자 살고 있는 거래."

"해리는 미치광이가 아니야. 그는 괴짜일 뿐이야."

내가 말했다.

"그 사람 침대 밑에 도끼가 있다는 데에 얼마 걸래?"

윈스턴이 물었다.

매니는 테니스 경기라도 보는 듯 나와 윈스턴 사이에서 고개를 왔다 갔다 돌리며 쳐다보다 결국에는 "이제 그만하지?" 하고 말했다.

"너는 지금 나를 겁주고 있어. 다시 한 번 루미스 선생님 일에 초점을 맞춰 보자."

내가 말했다.

"으, 루미스 선생님……."

윈스턴이 탄식했다.

"상담 선생님 역할까지 맡고 있다니 믿을 수가 없어. 우리 최악의 악몽이 배지까지 찼구나!"

매니가 말했다.

"그녀는 불독이야."

윈스턴이 말했다.

"그녀는 금빛 하운드야."

매니가 말을 받았다.

"루미스 선생님은 내 인생을 부숴 버리고 말 거야. 그러고 난 뒤 너희 둘의 삶도 부숴 버리겠지."

윈스턴이 말했다.

"왜?"

내가 물었다.

"왜냐하면 너희가 내 친구이니까. 그리고 루미스 선생님은 우리가 좋다고 생각하는 것들을 깨뜨리길 원해."

윈스턴이 말했다.

"맞아. 그런 일들에 대해 강한 욕구를 갖고 있어."

매니가 동의했다.

"당황하지 마. 너휜 지금 루미스 선생님에게 대항할 우리의 비밀 무기가 될 수 있는 해리를 잊고 있어."

"그게 뭐야?"

매니가 물었다.

"해리 베이즐리라면 가능해."

윈스턴이 코웃음 쳤다. 그러나 매니는 관심을 보였다.

"해리는 어떻게 생겼어?"

"우리가 좀 말끔하게 손을 봐줘야 해. 단장하고 나면 괜찮을 거야." 하고 내가 말했다.

"우리가 그를 다시 세울 수 있을 거야. 자동차 가게에 있는 오래된 차처럼."

매니가 말했다.

"그는 보이는 것보다 훨씬 더 똑똑해. 그를 꾸미기 위해서 장롱에 가득 차 있는 윈스턴 아버지의 양복을 이용하자. 해리는 거의 비슷한 체격을 가졌어."

"그래? 어쩌면 이건 운명일지도."

매니가 말했다.

"너는 어떻게 생각해, 윈스턴?"

내가 물었다.

윈스턴은 침울해 보였다. 이내 "어쩌면……."이라고 마지못해 말했다. 그러고는 "그렇지만 거기에는 몇 가지 조건이 있어."라고 덧붙였다.

"어떤 조건?"

내가 물었다.

"안전에 관한 것. 우리는 해리에 대해 알아봐야 해."

"어떻게 알아볼 수 있어?"

매니가 물었다.

"아버지는 경비 업체에 계좌를 가지고 있어. 네빌 형과 내가 누군가를 고용해야 하거나 집을 수리할 일이 생기면 경비 회사에 꼭 전화해 두라고 했어. 있잖아, 수리공 같은 사람이라고 말이야."

"그래서 너는 해리가 수리공이라고 하겠다는 거야?"

내가 물었다.

"안 될 게 뭐가 있어? 이 회사는 막대한 컴퓨터 데이터베이스를 이용해서 완벽하게 뒷조사를 할 수 있다고 했어. 그걸 이용하면 우리는 그 괴물이 어머니에 대해 말하지 않은 것들 같은 것까지 알아낼 수 있어."

"난 잘 모르겠어. 해리의 사적인 부분까지는 건드리지 말아야 할 것 같아."

"네 침대에서 죽음을 맞고 싶어?"

매니가 물었다.

"머리가 없는 채로?"

윈스턴이 덧붙였다.

"그리고 네 얼굴도 지워지고 없을 거야."

매니가 말했다.

"좋아, 뒷조사를 해 보자. 그리고 그가 통과했다 치자. 그 다음엔?"

"면접을 봐야지. 우리의 보호자 노릇을 잘할 수 있을지 다각도로 질문해서 알아보는 거야."

"심문하듯이? 이봐, 그거 좋은데."

매니가 말했다.

"아냐. 오디션같이. 우리가 어떠한 상황을 만들고 그가 우리 보호자라면 어떻게 해결하는지 지켜보는 거지."

"좋은데!"

"하지만 그 전에 그가 보안 테스트를 통과해야 해."

윈스턴이 조심스럽게 말했다.

루미스 선생님이 돌아올 때까지 일주일 밖에 시간이 없다는 사실이 스트레스가 되었다. 윈스턴은 게으름뱅이지만 다행히 자신이 필요하다고 생각할 때는 즉각 행동에 옮겼다. 매니가 집으로 돌아간 뒤 윈스턴은 경비 회사에 전화해 단도직입적으로 말했다.

"매우 위급한 상황이에요."

마치 사물함에 갇혀 내지르는 것처럼 소리쳤다.

"비용은 전부 아버지가 낼 거예요."

윈스턴은 재촉하는 데 따르는 추가 비용이 크다고 말했다. 그리고 24시간 안에 우리는 해리 어니스트 베이즐리에 관한 엄청난 분량의 결과물을 받아볼 수 있었다. 윈스턴은 나와 매니를 믿지 않기 때문에 자신이 먼저 읽겠다고 우겼다. 다음 날 점심시간에 윈스턴은 그 내용을 우리에게 요약해 주었다.

"해리는 여러 개의 다양한 직업을 가졌었어. NBA 농구 선수보다 훨씬 더 많이 이리저리 옮겨 다녔어."

좋은 소식은 해리가 도끼 살인자는 아니라는 것이었다. 대신 가끔 경마장에 드나들었다는 것과 그의 과거 신용 내역에 관해서는 '매우 주의 요망'이라고 적혀 있었다. 하지만 해리는 전형적인 범죄자 타입은 아니었다. 윈스턴은 자료를 통해 해리가 한때 유명한 작가였다는 것을 알아냈다. 어떤 면에서, 나는 윈스턴이 해리의 과거가 생각보다 화려하지 않다는 것에 실망했다고 생각한다.

"해리는 삶에 대해 성취욕이 없는, 그저 평범한 사람이야. 그는 도끼 살인자가 되기 위한 자질조차 없는 사람이야. 삶의 대부분을 낭비하고 있어."

매니가 입 속에 트윙키를 집어넣으며 고개를 끄덕였다.

"삶의 기준이라는 게 없어 보인다."

매니는 마지막까지 먹는 데 집중하고 있어서 부스러기가 사방에 떨어지는 것도 몰랐다. 젖은 트윙키 조각이 내 어깨에 떨어졌기 때문인지도 모르겠지만 나는 버럭 그들을 비난하기 시작했다.

"너희는 위선적이야. 해리가 우리와 같은 부류라는 것조차 알아채지 못하고 있어."

윈스턴은 내가 해리를 위해 친구들을 비난하자 충격을 받은 듯했다. 나는 어떤 가입 질문도 없이 그를 자연스럽게 이미 루저 클럽의 일원으로 인정하고 있었다.

"나도 어쩌면 성취욕이 없을지도 몰라. 그렇지만 나는 아직 어려. 게다가 나는 해리보다는 살날이 더 많이 남았다고."라고 말하며 윈스턴은 씩씩거렸다.

"그래."

매니도 조금은 관심을 보이며 말했다.

해리에 관한 보고서는 윈스턴의 꼬치꼬치 캐묻기 좋아하는 본성을 만족시켜 주는 기회가 되었다.

방과 후 윈스턴의 집에 왔을 때, 윈스턴은 해리의 파일을 꺼냈다. 나는 보기를 거절했지만 윈스턴은 계속 나에게 그에 관한 개인 정보를 알려 주었다. 예를 들면 해리가 이혼했다는 사실 같은 아주 개인적인 정보들이었다. 나는 윈스턴에게 더 이상 그에 관한 어떤 것도 듣고 싶지 않다고 말했다. 나는 "마치 우리가 그를 감시하고 있는 것 같은 기분이 들어. 내가 알고 싶은 건 그가 우리 보호자가 될 만한, 그리고 면접을 볼 만큼 충분히 안전한 사람인가 하는 것뿐이야." 라고 말했다.

"좋아. 그렇지만 그에 관한 사실 중 몇 가지 대단한 것이 있어."

"윈스턴, 제발. 해리는 이제 자격이 충분하지 않아?"

내가 말했다.

"그래."

"그 말은 괜찮다는 거야?"

"긍정적이야."

매니 또한 명확히 이 일에 동참하기로 결심했다.

30분 뒤, 나는 해리네 집 문 앞에 섰다. 나는 잠시 망설이다가 그를 방해할 것이라는 것을 알면서도 마지못해 초인종을 눌렀다. 나는 아직 그가 빌려 준 찰리 파커의 레코드를 들어 보지 못했다. 나는 적당한 때를 기다리고 있었기 때문이다. 그러나 웃기는 것은 나도 그를 다시 한 번 만나기 원했다는 것이다. 나는 벨을 누르고 기다렸다.

해리는 나를 보고 놀랐지만 내게 들어오도록 허락한 뒤 정중하게 내가 우리의 계획에 대해 말하는 것을 들어주었다. 내가 설명을 마쳤을 때 그는 흡연자들이 내뱉는 거친 기침을 몇 번 하고는 "그러니까 너는 내가 누군가의 보호자인 것처럼 해 주기를 원한다는 거지? 말도 안 되네, 이 친구야. 선생은 편집자보다 나를 더 불안하게 만들거든."

"그렇지만 우리는 당신한테 돈을 지불할 수 있어요. 더 바람직한 점은, 윈스턴 아버지의 양복이 당신에게 잘 맞을 것이라는 거예요."

해리는 긴 머리카락을 좌우로 흩날리며 고개를 저었다.

"내가 원하는 만큼 양복을 준다 해도, 나는 받지 않을 거야. 나는 내 나름의 시스템이 있어. 나는 누군가 최소한 두 번 이상 면도를 해야 한다고 요구한다면 그 제안을 절대 받아들이지 않는다고."

"돈에 대한 알레르기 같은 게 있어요?"

"돈이 아냐. 책임감."

그러면서 그는 턱을 문지르며 말했다.

"더구나 내 피부는 매우 예민해."

나는 점점 화가 나는 것을 느낄 수 있었다. 내게서 우리 둘

다 깜짝 놀랄 만한 말이 튀어나왔다.

"나를 더 이상 화나게 하지 마요, 해리."

"이봐, 너한테 한 가지 말하지. 내가 준 이모에 대해 말했던 것 기억하지?"

그가 담배에 불을 붙이며 말했다. 나는 고개를 끄덕였다.

"그녀는 내게 별명을 지어 줬어. 나를 테프론 키드라고 부르곤 했지. 테프론이 뭔지 아니?"

어쩌다 한번은, 밤늦게까지 텔레비전을 보며 얻었던 정보가 유용하게 쓰일 때가 있다.

"그건 프라이팬 안쪽에 음식이 달라붙지 않게 코팅하는 거예요, 맞죠?"

해리가 고개를 끄덕였다.

"왜 이모가 나를 테프론 키드라고 불렀는지 아니? 왜냐하면 나는 절대 그 어떤 것에도 얽매이지 않기 때문이야. 나는 여섯 개의 다른 대학에서 여섯 개의 다른 전공을 가졌어. 학위조차 없어."

"그래서 뭐요?"

"그래서 아무것도 변한 게 없다는 거야. 나는 따분하거나 쉴 틈이 없거나 아니면 둘 다야. 나는 신뢰할 수 있는 사람이 아니야."

"책에 관해서는요? 그 초록색 책."

"어쩌다 그렇게 된 거야."

해리가 어깨를 으쓱해 보였다.

"지적 능력 퇴색."

"무슨 뜻이에요?"

해리는 초록색 책을 집어 들고 소매로 조심스럽게 닦아 냈다.

"그 말은 그런 일은 다시 일어나지 않는다는 거지."

"왜요?"

"나도 모르지. 어떻게 하는지 모르는 마술 트릭 같은 거야."

해리는 음반을 둘러보기 시작했다. 그러다 하나를 꺼내 들고 검지손가락을 들어 나에게 조용히 하라는 신호를 보냈다. 그가 틀어 준 노래는 영광의 날과 어떻게 그것이 알아차릴 사이도 없이 지나갔는지에 대한 노래였다. 노래가 끝났을 때, 그는 나에게 스프링스틴이라는 사람이 부른 노래라고 설명했다.

"노래 어때?"

"몰라요. 나는 루저예요. 루저들은 영광스런 날이 그들에게 왔다는 것을 걱정해야 해요. 왜냐하면 루저들에게는 처음부터 영광스런 날 따위는 없으니까요."

"그렇게 단정 짓지 마라. 영광은 살금살금 내게로 다가오는 재미난 부분이 있단다."

우리는 잠시 침묵을 즐겼다.

"해리, 작가가 되려면 어떻게 해야 해요?"

해리는 어깨를 으쓱했다.

"크든 작든 그 사람이 처한 상황에 관심을 가져야 해."

"그게 당신이 나를 뚫어지게 본 이유인가요?"

"내가 너를 뚫어지게 쳐다본다고?"

"네, 내가 걷는 걸 그렇게 보잖아요?"

"이런, 미안해. 그렇게 느끼게 하려던 것은 아니었어."

나는 해리에게 사람들 대부분이 그런 시선으로 바라본다며 그런 건 익숙하다고 말했다.

"그렇지만 당신에게는 호기심 그 이상의 것이 있는 것 같아요. 나를 볼 때 당신이 이미 알고 있는 사람을 보듯이 본다는 거예요."

"나는 너와 같은 캐릭터를 만들려고 구상 중이야. 내 다음 작품을 위해서."

해리는 그렇게 말하고 한 손으로 기름진 머리카락을 쓸어 넘겼다.

“그러니까 날 계속 그렇게 볼 것이라는 뜻이죠? 내가 당신에게 영감을 주니까?”

나는 의구심에 물었다.

“나를 놀리는 거죠, 그렇죠?”

“절대 아니야. 사실 너한테 빚진 게 있어.”

나는 윈스턴과 매니 그리고 내가 얼마나 그가 가짜 보호자 노릇을 해 주었으면 하는지에 대해 다시 말을 꺼냈다.

“내가 그 제안을 받아들일 만큼 그렇게 많이 빚졌는지는 모르겠구나.”

해리가 말했다.

“오디션을 위해 잠깐 오기만이라도 하면 안 되겠어요? 친구들에게 약속했단 말이에요.”

“미안하구나, 친구. 나는 사람들이 내게 사적인 질문을 하는 게 싫어.”

윈스턴의 보안 보고서를 떠올리자 그 순간 내 얼굴이 약간 붉게 달아올랐다. 나는 조금 더 해리를 설득했다. 우리에게는 한시라도 빨리 가짜 보호자가 필요했기 때문이다. 그리고 그것 외에 다른 이유도 있었다.

만약 해리가 사람들과 다시 어울리게 되면, 루저로 지내는 것을 그만두게 될 수 있을 것 같다고 생각했다. 즉, 이 일이

성사되면 윈스턴, 매니, 나는 어른이 되어서도 실망감, 외로움 그리고 바닥에 수백 개의 사탕 껍질이 널브러져 있는 채로 살지 않을 수 있을 것 같았다.

해리가 우리의 제안을 받아들이지 않는 이상 내 생각들은 다 소용없다. 그리고 그 사실은 나를 절망적으로 만들었다. 나는 해리의 초록색 책이 아마도 그가 세상에서 신경 쓰는 유일한 것이라고 생각했다. 그래서 나는 그가 담배를 가지러 다른 방에 갔을 때 그 책을 내 셔츠 밑에 숨겼다. 나는 그렇게 할 수밖에 없었다. 그의 입장을 이해할 수 있었다. 그렇지만 나는 해리가 오디션을 보도록 만드는 것 외에는 다른 것을 생각할 겨를이 없었다.

내가 해리의 집을 나서고 한 시간 정도 지나자 해리는 책이 없어졌다는 것을 알았다. 윈스턴이 내게 전화가 왔다고 말할 때까지 나는 내 방에서 그 초록색 책을 읽고 있었다.

내가 "여보세요."라고 답하자마자, 거친 목소리가 "내 책을 돌려줘."라고 말했다.

"미안해요, 해리. 오디션을 보러 온다면 돌려줄게요."

"그건 협박이야. 스스로 부끄러워해야 할 일이야."

해리가 말했다.

"맞아요. 하지만 당신이 오겠다고 할 때까지 한 장씩 책을 찢어 버리는 일에는 죄책감을 느끼지 않을 거예요."

"내 인내심을 시험하는구나, 얘야."

나는 해리에게 책을 읽고 있었다고 말했다. 잠시 침묵이 흘렀다. 그리고 그때 그가 물었다.

"그래, 어떤 것 같니?"

"정말 흡입력 있어요. 몇 장면은 생생히 떠올릴 수 있어요."

"계속 읽을 거지, 그렇지?"

"경우에 따라서요."

"어떤 경우?"

"마지막 부분부터 찢을지 처음부터 찢게 될지에 따라 다르죠."

"그 오디션 말이야, 내가 꼭 양말을 신어야 하니?"

우리는 다음 날 방과 후 오디션을 준비했다. 내가 약속된 시간에 현관문을 열었을 때, 나는 말끔하게 면도된 해리의 얼굴을 보았다. 그가 면도한 자리에 화장지가 군데군데 붙어 있었다. 그러나 그의 긴 머리는 산뜻하게 감겨져 있었고 빗질도 되어 있었다. 그리고 그의 하와이안 셔츠도 주름은 좀 있었지만 깨끗했다. 나는 그의 신발을 쳐다보았다. 해리는 맨발로 해진 로퍼를 신고 있었다.

"양말 신고 오라는 말은 안 했잖아."

그가 변명하듯 말했다.

"그건 상관없어요, 해리."

"양말이 남자를 만드는 게 아냐. 책을 훔쳐 찢어 버리는 너는 이해할 수 없겠지만 남자를 만드는 건 진실함이야."

나는 그 부분은 그냥 넘어가기로 했다. 왜냐하면 해리가 전전긍긍하는 성격은 아니었기 때문이다. 우리는 거실로 향했다. 해리는 커다란 스테레오를 보고선 마치 사람이라도 되는 것처럼 말을 걸었다.

"누군가 네가 얼마나 아름다운지 말해 준 적 있니?"

그는 중얼대며 곧장 그중 한 스피커로 가서 말했다.

매니와 윈스턴은 이미 부엌 식탁에 앉아 이건 완전히 미친 짓이라고 생각하고 있었다. 그러나 해리는 아무런 편견 없이 그 스테레오 시스템의 우수성에 대해 설명했다.

"버튼을 누르면 그 귀여운 것이 어떤 질문도 없이 네가 듣고 싶어 하는 음악을 연주해 줄 거야."

그는 진지하게 우리에게 말했다.

해리가 앉기까지 시간이 조금 걸렸다. 그리고 담배를 매우 싫어하는 매니가 집 안에서 담배 피우는 것을 막자 그는 불안해했다. 해리는 담배가 없으면 그다지 친절한 사람이 되지는 못했다.

해리가 껌을 꺼내 우리에게 하나씩 권했다. 나는 그것을 받아들였지만 윈스턴은 해리가 우리를 매수하려는 건 아닌지 의심스럽다는 듯이 물었다.

"이봐, 이건 그저 껌이야. 네 부모님이 개똥 말고 다른 것들도 나눠 가지라고 가르치지 않았니?"

"껌 씹고 싶지 않아요. 사탕 같은 것 없어요?"라고 매니가 물었다.

"미안하지만 없구나."

해리가 말했다. 이것은 매니가 고개를 흔들고 그의 수첩에 뭔가 적게 만들었다.

윈스턴은 개똥이란 말에 기분이 상했다. 그는 장황하게 얼마나 해리가 챙 가족에 대해 모르고 있는지 말하기 시작했다. 해리는 사과했고 나는 해리의 사과에 퍽 놀랐다.

"이 신발은 지옥에서 온 것 같구나."

그가 솔직하게 말했다.

"계속 내 발가락을 쑤시는구나. 게다가 난 지금 담배가 너무나 피고 싶어."

작은 땀방울이 해리의 이마에 송글송글 맺히기 시작했다.

거기서부터 인터뷰는 내리막길로 치닫기 시작했다. 먼저

윈스턴은 해리의 과거 고용 경력에 대해 물었다.

"내가 했던 일에 대해 알고 싶다고? 나는 행방불명된 채무자 수색대, 경찰 출입 기자, 배관공의 조수 그리고 블랙 잭 딜러이기도 했지."

"가장 오랫동안 일했던 기간이 얼마나 되죠?"

윈스턴이 물었다.

"3주. 나는 일을 즐기는 타입은 아니었지."

매니가 다음 질문으로 넘어갔다.

"무언가 훔쳐 본 적이 있나요?"

"내가 3학년 때, 문구점 구석에서 작은 분홍색 지우개를 훔친 적이 있었지."

그는 나에게 의미심장한 눈길을 보냈다.

"하지만 나는 초대 받은 사람 집에서 책을 훔친 적은 절대 없어."

사생활에 관한 다른 질문들도 꽤 있었다. 마치 오래된 드라마 속 장면 같았다. 작은 전구 불빛 밑에서 몇 명의 경찰이 불쌍한 남자에게 질문을 던져 대는 모습 같은.

그리 오래 지나지 않아, 나는 해리의 겨드랑이가 땀으로 흥건하게 젖어 있는 것을 발견했다. 셔츠에 아기자기하게 그려져 있는 야자나무가 땀으로 인해 두 부분으로 나누어져 있었다.

윈스턴은 해리에게 그가 책임감 있게 아이들을 돌본 적이 있는지 물었다. 해리는 먼저 그렇다고 말했다. 하지만 곧바로 아니라고 말했다.

"어떤 쪽이에요?"

윈스턴이 집요하게 물었다.

"내가 말하는 동안, 네가 먼저 알게 될 거야."

해리는 차례로 우리 셋을 쳐다보았다.

"믿을 수 없겠지만 아주 오래전에 멀쩡했던 적이 있었지. 사회적 의무감과 민트향 입 냄새 제거 사탕을 가진, 결혼한 사람으로서."

"무슨 일이 있었죠?"

매니가 물었다.

"'삶'이 일어났지. 그게 다야."

해리가 답했다.

"보호자 노릇을 하는 것에 대해서는 나중에 다시 묻도록 하죠."

윈스턴이 말했다.

"책을 낸 적이 있어요?"

매니가 물었다.

해리는 주머니 속에 담배를 꺼내고는 입에 물었다. 해리가 "불을 붙이지는 않을 거야, 알겠지? 그냥 입에 물고만 있을 거라고."라고 말할 때까지 매니는 못마땅한 눈으로 쳐다보았다.

책을 되찾기 위해 이렇게 한 것은 해리에게 대단한 일이었다. 내가 그를 배웅할 때 그가 물어본 것은 몇 페이지나 찢겼는가 하는 것이었다.

"나는 당신의 책을 찢지 않았어요, 해리."

책을 건네주며 내가 말했다.

"나는 그저 당신을 집 밖으로 나오게 하고 싶었던 것뿐이에요."

"다 읽었니?"

그가 물었다.

"아직요."

해리는 잠시 생각하더니 책을 나에게 다시 건넸다.

"다 읽고 나면 돌려주어라."

"왜죠?"

"책은 사람들을 좋아하거든. 이야기 전체를 다 알기 전에 책 읽기를 포기하는 건 옳은 일이 아니야."

사총사를 위해

해리가 돌아간 뒤, 나는 마지막으로 논쟁을 벌였다. 그러나 윈스턴과 매니는 다수결로 나를 이겼다. 나조차도 해리가 매우 형편없는 점수로 오디션에 떨어졌다는 것을 인정해야 했다. 더 시급해졌다. 루미스 선생님이 돌아오기 전에 보호자 역할을 할 사람을 찾는 일이.

윈스턴은 우리가 그저 둘러앉아 시계 가는 소리만 들으며 기다릴 수밖에 없다면 미쳐 버리고 말 거라고 말했다. 그래서 우리 뇌가 상처 입을 정도로 계속 생각을 쥐어짰지만 곤경에서 빠져나올 방법은 없어 보였다.

"우린 망했어."

윈스턴이 말했다.

내가 그의 말에 동의하려고 할 찰나 매니가 한 가지 방법을 떠올렸다.

"보호자 역할을 할 사람을 고용하면 돼."

"그래서 해리를 고용하려고 했던 거잖아."

나는 매니의 기억을 상기시켜 주며 말했다.

“아니. 내 말은 전문적으로. 배우 말이야.”

“저 뚱보에게 묘안이 있었어!”

윈스턴이 외쳤다. 우리 셋은 인터넷을 통해 근처에 살고 있는 배우를 찾기 시작했다. 얼마 지나지 않아, 우리는 제럴드 P. 하그로브라는 이름을 가진 배우의 웹사이트를 찾을 수 있었다. 그의 홈페이지에는 이렇게 적혀 있었다.

“작은 역이란 없다. 오직 작은 배우가 있을 뿐이다. 가족 중심적인, 어른 역할에 자신 있음. 가격은 협상 가능.”

‘가격은 협상 가능’이라는 구절 아래 깨끗하게 면도를 한 듯 단정한 모습을 한 제럴드 P. 하그로브의 사진이 있었다. 그는 약간 회색빛이 도는 머리카락을 단정하게 빗어 넘기고 업적이 뛰어나 상을 받은 과학자처럼 보이는 안경을 쓰고 있었다. 그는 카디건을 입고 파이프 담배를 물고 있었다. 보기 좋게 담배 연기가 담배 파이프에서 나오고 있었다.

“바로 이 사람이야. 그에게 우리의 ‘보호자’가 되어 달라고 하자.”

“너무 그럴싸해 보인다고 생각하지 않아?”

내가 물었다.

“선생들은 그럴듯해 보이는 것들을 좋아해. 그래야 안심하거든.”

윈스턴이 말했다.

매니와 윈스턴은 내가 '제럴드'가 '제리'의 또 다른 표현이라고 지적했음에도 불구하고 하그로브에게 연락하기를 원했다. 무언가 불길했다. 그러나 매니와 윈스턴은 내 이야기를 전혀 듣지 않았다. 내가 해리를 추천한 뒤로, 내게는 더 이상 발언권이 없었다. 할 수 없이 그들이 원하는 대로 하도록 내버려 두었다.

다음 날 오후 제럴드 P. 하그로브가 방문했다. 매니와 윈스턴은 그에게 푹 빠졌다. 매니는 제럴드가 담배 피는 것을 허락할 정도였다. 그는 루저처럼 보이지 않았지만 10대 루저들의 보호자가 되는 것에 대해 흔쾌히 수락했다.

"나는 배우란다. 친애하는 소년들아."

그가 윈스턴에게 말했다.

"비용은 바로 보내 주도록 해."

우리 셋은 잠시 따로 제럴드가 이 역할에 적합한지를 두고 의논했다. 윈스턴과 매니는 매우 인상 깊었나 보다. 윈스턴은 하그로브에 대해 보안 검사를 할 필요가 없다고 할 정도로 마음에 들어 했다. 콜라조차 그를 괜찮다고 생각하는 듯 보였다. 나는 그가 가짜 영국 억양으로 말하는 것이나 항상 말끝에 '늙은이' 또는 '친애하는 소년들'이라고 표현하는 것이 거슬렸다. 그러나 내 의견은 역시 제외되었다.

제럴드는 확실히 해리보다 보호자 역할에 더 적합해 보였다. 윈스턴은 그가 선금을 요구했을 때 바로 지급해 주는 것으로, 그를 얼마나 믿음직스럽게 생각하는지 보여 주었다. 그리고 제럴드가 연습할 만한 조용할 장소를 요구하자, 윈스턴은 여분 키와 집 보안 코드를 알려 주었다. 하그로브가 간 뒤, 나는 윈스턴과 매니에게 이건 바보 같은 짓이라고 말했지만 그들은 '늙은이'나 '친애하는 소년들'이라는 말을 써 가며 내 말을 들으려 하지 않았다.

다음 날 학교 식당에서 점심을 먹고 있는데 놀랄 만한 일이 생겼다. 해리가 윈스턴에게 전화를 한 것이다. 식당 안은 매우 시끄러웠다. 우리는 윈스턴이 해리와 대화하는 것을 들을 수 없었고 윈스턴이 나중에 이야기해 주었다.

윈스턴이 소리치며 물었다.

"누구세요?"

"해리 베이즐리다. 네 부엌 주소록에서 전화번호를 찾았어. 너희 집 문이 아주 활짝 열려 있단다."

처음에 윈스턴은 제럴드 하그로브가 해리 베이즐리인 척 연기한다고 생각했다. 그래서 "정말 해리랑 똑같이 말하네요."라고 말했다.

"진짜 해리야. 귓속을 청소하는 게 좋겠구나."

"해리?"

윈스턴이 놀랐다.

윈스턴은 번호를 뒤져 전화를 건 것은 무례하다고 말했다.

"사과하마. 나는 어떤 수상한 사람이 벤을 가지고 와서 너희 집 물건을 몽땅 실어 가려 한다는 걸 네게 알려 줘야 한다고 생각했을 뿐이야."

"뭐라고요?"

"경찰을 불러 줄까?"

해리가 물었다.

"경찰은 안 돼요. 우리 아버지가 알면 나를 죽일 거예요."

"네가 원하는 대로 하지. 몇몇은 꽤 거구처럼 보여."

"콜라는요?"

"그 녀석은 밖에서 꼬리를 흔들고 있어. 녀석은 아무 도움도 되지 못할 거야."

윈스턴은 당황했다. 그는 휴대전화를 주머니 속에 쑤셔 넣고는 황급히 자리를 떠났다.

"내 가슴은 마구 쿵쾅거렸어."

윈스턴이 나중에 그때 상황을 설명했다.

"집이 털리고 있을 때 나는 거의 집 근처였어."

그가 가까이 갔을 때, 제럴드 하그로브와 몇몇 패거리들이 해리와 이야기하고 있는 것을 볼 수 있었다. 챙 가족의 컬러 TV와 스테레오 그리고 몇몇 값나가는 물건들이 앞마당에 잔뜩 놓여 있었다. 해리가 수적으로 불리해 보였다. 몇몇 제럴드의 패거리들이 해리에게 달려들자 해리가 그들에게 총을 겨누었다.

윈스턴은 제럴드가 "땅에 내려 두지 그래, 늙은이?"라고 말하는 걸 들었다.

해리는 제럴드를 차갑게 쳐다보며 "한번 해보자는 거야?" 라고 말했다.

그 패거리들은 총을 쳐다보았다. 그리고 그때 윈스턴이 그들을 말리기 위해 소리쳤다. 결국 제럴드와 그 패거리들은 텅 빈 벤을 타고 달아났다. 윈스턴은 여전히 매우 불안해하며 지칠 때까지 계속 해리에게 소리쳤다.

"네가 경찰은 안 된다고 했잖아, 기억해?"

해리가 조심스럽게 아무것도 도둑맞은 건 없다고 말했다.

해리는 그의 총으로 담배에 불을 붙였다. 윈스턴은 그 순간 엄청난 충격을 받았다고 말했다.

해리는 담배에 불을 붙인 뒤 윈스턴에게 말했다.

"너를 위해 한 것이 아니야. 물건들이 문 밖에 놓인 채로 상처받고 있었기 때문이야. 어떤 정신 나간 짐승 같은 녀석들이나 그런 짓을 하는 거야."

윈스턴은 머리를 좌우로 흔들었다. 그는 매니와 나에게 모든 이야기를 전해 주면서 다시 한 번 되새김질했다. 윈스턴은 우리에게 여러 번 말했다. 매니가 엄마의 수프를 데워 주러 집에 가야 한다고 말할 때까지 계속 반복했다. 윈스턴은 해리에 대해 잘못 판단했던 것에 미안해하는 것 같았다. 식기 세척기를 돌리고 있을 때 윈스턴이 말했다.

"어쩌면 우리는 해리에게 부탁했어야 했는지도 몰라."

"그는 자격이 조금 부족하잖아."

"나는 모르겠어. 그도 아버지잖아."

"해리가 아버지라고?"

나는 놀랐다.

"그에게는 잭이라는 이름의 열 살이 된 아들이 있어. 보고서에 그렇게 써 있었어. 해리의 전 부인은 어느 정도 알려진 영화배우야. 그들에 대한 기사도 있어."

나는 충격에서 벗어날 수 없었다.

"잭이 어떤 아이일지 궁금해."

"너도 그 보고서를 읽어 보는 게 좋을 것 같아."

윈스턴이 말했다. 내가 대답이 없자, 그는 보고서를 가져

왔다.

해리가 옳았다. 어떤 판단을 내리기 전에, 항상 이야기를 끝까지 읽어야 한다. 그 보고서에는 해리에 대한 많은 사실들이 담겨 있었지만, 가장 흥미로운 것은 어느 잡지에서 건져 낸 잭 베이즐리의 사진이었다. 그는 다리 받침대를 하고 목발을 짚고 있다는 것 빼고는 여느 십대와 다를 게 없었다. 나는 보고서를 읽기도 전에 그가 뇌성마비라는 것을 알았다. 꼭 나와 같은.

내가 왜 해리의 집에 갔는지 모르겠다. 어쩌면 호기심이었는지도 모른다. 해리는 나를 안으로 초대했고 우리는 같이 앉았다. 나는 먼저 윈스턴의 가구들을 건져 준 것에 고맙다고 했다.

"어색하구나. 오랜만에 옳은 일을 한 것 같은 기분이야."

나는 무엇이 나를 그렇게 만들었는지 모르지만 내 주머니에서 잭의 사진을 꺼내 해리에게 보여 주었다.

"당신 아들인가요?"

해리는 사진을 들여다보았다. 그는 사진을 손에 쥐고 뭉클해하는 듯이 보였다.

"어디서 난 거니?"

"보안 회사에 당신에 대해 의뢰했었어요. ……화났나요?"

"그렇진 않은 것 같구나."

해리가 천천히 말했다. 어쩌면 잭의 사진이 그의 마음을 부드럽게 만들었을지도 모른다. 그는 사진을 다시 쳐다보고서 말했다.

"이 사진은 조금 오래된 거야. 그 녀석은 이제 열한 살이야. 그 애 엄마 말로는 지금은 더 키가 컸다는구나."

"만나러 가지 않아요?"

"편지를 주고받곤 하지. 그리고 매월 그에게 생활비를 보내고 있어."

"그래서요?"

내가 의도했던 것보다 조금 더 날카로운 목소리가 나왔다. 해리는 어깨를 으쓱하면서 말했다.

"정확히 말하면, 그 애 엄마가 아침 드라마에 출연해서 큰 돈을 벌고 있어서 사실 돈이 필요하진 않아. 이건 그저 내 양심에 거리낌을 없애려고 그러는 것뿐이야."

"잭을 만나 보는 게 어때요?"

"그 애 엄마 말로 잭은 모든 면에서 최고를 누리며 잘 지내고 있다는구나. 내가 최고의 것으로 보이니?"

나는 "무슨 말인지 알겠어요."라며 놀랍게도 한 걸음 더 나아가 "당신은 두려운 거예요."라고 말했다.

해리는 내 대담한 발언에 신경 쓰지 않는 듯했다.

"나는 내가 원했던 곳에서보다 더 멀리 떨어져 있어."

그가 말했다.

"지난번 너희와 말할 때까지 나는 내가 얼마나 멀리 떨어져 있는지 깨닫지 못하고 있었는데…… 알게 됐지."

해리는 부끄러운 듯했다.

"젊은 사람들에게 난 어울리지 않아."

그는 기다란 손가락으로 머리를 치며 고백했다.

"잭과 있으면 불안해져. 더구나 잭을 본 지 한참 됐어."

"내가 당신을 불안하게 만드나요, 해리?"

"너하곤 괜찮아. 넌 내 아들이 아니잖아. 무슨 말인지 알지? 아버지와 아들은 매우 복잡한 관계야. 특히 아버지가 엉망진창일 때는."

나는 내 아버지에 대해 해리에게 말했다. 얼마나 대단치 않은 아버지인지 말이다. 그러나 여전히 아버지가 그립다고 고백했다.

"당신도 잭이 그립죠, 해리? 그게 바로 당신이 나를 계속 보는 이유예요. 내가 그를 생각나게 하기 때문이죠."

"그저 목발 때문만은 아냐. 다른 많은 것들이 있어."

나는 쉽게 진흙탕 속에 바퀴가 빠져 견인차가 올 때까지 계속 헛바퀴질을 하고 있는 듯한 해리의 모습을 알아챌 수 있었다. 내가 해리의 어떤 점 때문에 그를 좋아하는지는 잘 모르겠다. 어쩌면 그에게 연민을 느껴서일 수도 있고 아니면 루저들 사이에 오가는 그 어떤 공통점 때문일 수도 있다. 나는 그에게 '감정의 견인차'가 되어야겠다고 생각했다.

나는 예전에 봤던 영화를 기억했다. 긴 머리의 구레나룻을 기른 사람들이 잔뜩 나와서는 "톡톡 두드리라."라든지 "떠나라." 등의 말을 사용하는 영화였다. 거지 같은 영화였지만 해리에게 적용해 보기에는 적절한 카드였다.

"젊은 사람들과 어울릴 때 맘이 편하지 않은가 봐요. 당신에게 필요한 것은 어쩌면 약간의 연습일지도 몰라요."

"그렇게 생각하니?"

"물론이죠. 윈스턴과 매니 그리고 나와 함께 연습해 볼 수 있어요. 만약 제대로 되기만 한다면 잭과 지내는 것도 시도해 볼 수 있을 거예요."

"그건 다른 문제야. 잭은 조금 남다른 열한 살이라고."

"윈스턴과 매니가 열한 살처럼 연기하도록 하는 건 문제없어요. 문제는 대체로 그들이 진짜 열다섯 살처럼 행동하도록 하게 하는 거예요."

"잘 모르겠구나. 다시 돌이킬 수 있을지."

"해리, 한번 해보자고요. 당신은 다시 사람 사는 경주에 함께할 필요가 있어요."

"나는 그 경기를 뛰기에는 너무 느려."

해리가 말했다. 그러면서 내 목발을 보며 말했다.

"내가 한 말 잊어라, 알겠지?"

"내가 당신을 혼자 내버려 두기 바라는군요, 해리?"

"너만이 아니야. 나는 모든 사람들이 나를 그냥 내버려 두었으면 좋겠어. 다시 사람들 사이에 섞여 살아가는 일이, 잭을 만나는 것보다 또는 실패하는 것보다 그 어떤 것보다 두렵단다."

"우리를 걱정할 필요는 없어요. 해리. 우린 루저거든요. 겁먹는 게 우리가 하는 일이에요."

"무슨 말이니?"

"내 말은 만약 우리가 겁주고 쫓아내게 된다면, 우리도 역시 겁먹고 있다는 말이에요."

"그다지 제안처럼 들리지는 않는구나. 한편으로는…… 내가 받아들이는 것이 나을지도 모르겠다."

그렇게 해서 해리는 우리의 가짜 보호자가 되었다. 그의 첫 번째 임무는 루미스 선생님과 약속을 잡는 것이었다. 우리 모두 그가 선생님과 대면할 준비가 되어 있지 않다는 것을 알고 있었다. 그래서 우리는 약속을 가능한 미루도록 지시했다. 결과적으로 해리는 훌륭하게 그 일을 해냈다. 그는 루미스 선생님에게 윈스턴이 모든 숙제를 마칠 시간을 벌 수 있도록 미팅 날짜를 열흘이나 미루었다. 그들은 10월 24일로 약속을 정했다. 윈스턴은 부엌에 걸린 달력에 빨간색 펜으로 동그라미를 쳤다. 지난 2주간 많은 일들이 일어났다. 그것은 마치 우리 넷이 진짜 삶을 감당하기 위한 마지막 시험을 치르는 것 같은 기분이었다. 우리는 정말 열심히 그렇지만 재미있게 임했다.

짧은 시간 안에 해리를 변화시키는 건 쉽지 않았다. 그중 하나는 그가 계속 우리 주변에서 담배를 피려고 한다는 것이었다. 한 가지 더, 그는 자신의 후줄근한 하와이안 셔츠에 무한 애정을 갖고 있었다. 윈스턴은 그 셔츠에는 불행을 가져오는 주술이 걸렸다며 그를 설득하려고 했다. 매니는 그 셔츠에 있는 파인애플을 한 번 더 본다면 던져 버리겠다고 말했다. 하지만 결국, 시간이 별로 없는 관계로 우리는 충격요법을 쓰기로 했다. 그것은 매니가 해리의 소매 속으로 거미가 기어들어 갔으니 셔츠를 잠시 벗으라고 속인 것이다. 해리가 셔츠를 벗자, 매니가 그것을 윈스턴네 음식물 쓰레기 처리기에 넣고는 갈아 버렸다.

"죽어랏, 이 악마의 셔츠!"

윈스턴은 음식물 쓰레기 처리기를 휘저으며 말했다.

"지긋지긋한 파인애플 덩어리들!"

매니가 말했다.

그 순간 해리는 얼어붙어 버렸다. 그러다 정신을 차리고 윈스턴의 손을 처리기에서 치우고 마지막 남은 조각이라도 건지려고 필사적으로 굴었다.

"내버려 둬요, 해리. 그냥 잊어버려요."

나는 말했다.

재미있는 것은 우리가 해리의 가장 좋아하는 셔츠를 없애 버리자 해리가 정말 변하기로 했다는 것이다. 우리는 모두 이제 시간 문제라는 것을 알았다.

내가 해리에게 이 일에 대해 묻자 그는 "네가 알던 괴짜 같은 녀석은 내가 아니야. 진짜 나는 오 헨리의 벽화 아래 묻혔어. 담배 연기와 긴 머리카락도 함께."라고 말했다.

"진짜 당신으로 돌아오기까지 얼마나 걸릴 것 같아요?"

루미스 선생님과의 약속을 떠올리며 내가 물었다.

"우리가 가진 시간보다 더."라고 해리가 답했다. 당황하는 내 얼굴을 보자 그는 "그렇지만 우리 데드라인 전에 가짜 나를 되찾을 방법을 알고 있어."라고 말했다.

해리의 목소리는 여전히 거친 손톱으로 긁는 것 같았지만 그는 전보다는 담배를 덜 피웠다. 그건 아마도 매니가 오려서 냉장고에 붙여 둔 까맣게 변해 버린 폐 사진 때문인지도 모른다. 해리는 이래저래 많은 압박감에 시달리고 있었지만, 윈스턴이나 매니에게 또는 내게 소리치지 않았다. 가끔 그가 "그냥 두자, 잊어버리자."라고 웅얼거리는 소리를 들을 수 있었다.

해리는 그의 침대에서 아무런 방해 없이 편안하게 자야 한다고 했지만 그는 매일 윈스턴의 집으로 와서 어떤 때는 늦은 밤까지 트레이닝을 받았다.

처음에는 거의 대부분 윈스턴이 루미스 선생님 역을 맡았다. 네빌 형의 선글라스를 끼고 그는 루미스 선생님스러운 질문으로 해리를 요리했다. 예를 들면, "기하학이 젊은 청년들에게 얼마나 중요한 영향을 미친다고 생각하죠?"와 같은 질문들을 던졌다. 작가라서 그런지, 해리는 점점 빠르게 적응해 갔다.

하지만 여전히 해리의 외형에는 문제가 있었다. 매니는 해리의 떡진 긴 머리를 문제 삼았다. "비난하려는 게 아니에요, 해리. 그렇지만 저그밴드에서 연주하는 것 같은 모습을 한 사람을 우리 보호자라고 할 수는 없어요."라고 매니가 말했다.

윈스턴에게는 《GQ》나 《에스콰이어》 같은 종류의 잡지가 많았다. 그래서 우리는 그 잡지에서 가짜 보호자에게 어울릴 법한 스타일을 찾기로 했다. 우리 셋은 우리가 가장 보기 좋은 스타일을 뽑았다. 해리는 투덜거렸지만 사진을 들고 이발소로 갔다. 그가 돌아왔을 때, 우리는 그 결과물에 매우 놀랐다.

그 뒤, 해리는 아침마다 샤워를 하고 면도를 했다. 그러나 그는 면도기를 사용하는 데 문제가 있었다.

"면도하는 것 자체가 어려운 건 아니야. 어려운 건 내 모습을 보는 거야."

매니 또한 목욕탕 거울 속에서 자기 자신을 보는 것이 싫다고 고백했다. 윈스턴은 "최소한 거울로 당신 모습을 볼 수 있잖아요. 내가 욕조 안에 서서 유일하게 볼 수 있는 건 내 머리 윗부분뿐이라고요."라고 말했다. 이건 해리를 긴장하지 않도록 돕기 위한 대화였다.

가끔 우리는 루저들 이야기를 하면서 트레이닝 중간중간 휴식을 취하기도 했다. 해리는 그가 글쓰기에 빠져 기숙사 목욕탕 욕조에 물이 넘쳐 만신창이가 되었던 일을 이야기해 주기도 했다. 이야기는 윈스턴이 신발을 버렸다가 자신의 발만 아팠던 이야기까지 이어졌다.

해리가 며칠 동안 새로운 식이요법과 함께 어느 정도 편안해진 뒤, 그는 윈스턴 아버지의 옷을 몇 벌 입어 보는 데 동의했다. 길이가 약간 길다는 것 말고는 잘 맞았다. 바느질에 능숙한 매니는 그의 다리 길이에 맞게 옷을 줄여 주었다. 그는 "나중에 다시 제자리에 걸어 둘 때 원래대로 돌려놓기 쉽게 적당히 잘 수선해 두도록 할게."라고 말했다.

매니가 돌아가기 전에, 해리는 우리 앞에서 패션쇼를 선보였다. 그는 티슈 몇 장을 넣어 윈스턴 아버지의 신발이 발에 맞도록 만들었다. 매니는 해리를 '해리 핸섬'이라고 부르며 놀렸다. 이제 루미스 선생님을 만나기 전까지 이틀밖에 남지 않았다.

"이제 우리는 좀 더 열심히 머리를 굴려야 해."

해리는 사전 조사를 매우 성실히 했다. 그는 루미스 선생님과의 만남을 준비하기 위해 챙 가족에 대해 모든 것을 물어보았다. 그는 이것을 '뒷이야기 창조'라고 불렀다. 해리는 여기서 멈추지 않았다. 그는 또한 루미스 선생님에 대한 정보도 원했다.

드디어 그날이 왔다. 윈스턴은 해리와 함께 미팅에 참석했다. 그때 그는 매우 긴장했다고 했다. 그러나 해리는 루미스 선생님이 믿기에 충분히 매력적이었다. 해리와 윈스턴의 보고에 따르면 미팅은 완벽하게 성공했다. 그러나 매니와 내가 해리에게 어떤 말을 했는지 묻자 그는 "그건 윈스턴과 루미스 선생님 그리고 나 사이의 일이야."라고 말했다.

"아이, 그러지 말고요. 우리한테는 말해도 괜찮아요. 우리는 윈스턴의 유일한 친구들이에요."

매니가 사정했다.

해리는 윈스턴을 쳐다보았다.

"말해도 되겠니?"

윈스턴은 고개를 흔들었다. 해리는 "미안하다. 얘들아, 안 되겠구나. 이건 개인적인 일이야."라고 말했다.

며칠 뒤, 매니와 윈스턴 그리고 나는 수업을 빼먹을 수 있도록 해리가 가짜 사인을 하는 것과 같은 일을 해 줄 수도 있겠다는 생각을 했다. 매니는 로프 타기를 해야 하는 체육 수업에서 빠지고 싶어 했다. 그러나 해리가 유일하게 사인을 허락한 것은 크리스마스 경쟁에 그가 보호자로 나서는 것뿐이었다. 해리는 내가 그 둘을 참여하도록 설득할 때까지 비밀을 지키기로 했다. 내가 그에게 고맙다고 하자마자 그는 대신 조건이 있다고 했다.

"뭐죠?"

"신청서에 사인하는 대신 나한테 도와 달라고 하면 안 돼."

내가 이유를 묻자 해리는 그가 얼마나 크리스마스를 싫어하는지 장황하게 설명했다.

"크리스마스 휴가 철은 내게 재앙이야. 우리 아버지께서는 크리스마스 전날 밤 돌아가셨어. 내 전처는 크리스마스 휴가가 지나면 이혼하자고 했지. 마지막으로 내가 누군가를 위해 크리스마스 선물을 샀던 건, 그 가게에서 나가려고 어쩔 수 없이 산 것이었어."

해리는 그의 크리스마스 불행이 지나가도록 잠시 말을 멈추었다.

"최근 나는 나름의 전략을 세웠어. 크리스마스를 철저히 무시하는 거야. 나는 장식용 반짝이 한 조각도 만지지 않았지."

"그 말은 아무것도 안 하겠다는 거죠?"

"글쎄…… 보통은 친구가 그의 친척들을 만나러 가는 동안 나는 그의 농장에서 지내. 나와 소는 많은 공통점이 있거든. 소들도 크리스마스에 대해 전혀 신경 쓰지 않아."라고 해리가 말했다.

크리스마스에 관한 것을 제외하고, 해리는 내가 말한 어떤 일을 정확히 할 건지 말 건지 대답하지 않았다. 대신에, 그는 포커를 하자고 했다. 만약 해리가 지면 성적표가 나와 학부모 면담을 해야 할 때 그가 내 아버지인 척해 주기로. 만약 내가 지면 끊이지 않는 윈스턴의 숙제를 도와주기로. 그러나 문제는 해리가 항상 이긴다는 것이었다.

몇 게임 뒤 나는 그에게 이유를 물었다.

그는 어깻짓을 하며 말했다.

"내가 속였어."

내가 항의하자 그는 협상을 제안했다.

"만약 다음에 게임할 때 내가 속임수 쓰는 걸 네가 알아채면 네가 이기는 걸로 하자."

그러나 해리는 속임수에 너무 능숙해서 우리 중 그 누구도 그의 속임수를 알아채지 못했다.

끝내 매니는 그의 엄마 사인을 완벽하게 흉내 내어 체육수업을 빠질 수 있었다. 가짜 알레르기를 내세운 것이었다. 나는 만약의 경우 아버지가 11월 말 성적표를 받을 때까지 돌아오지 않는다면 나는 아버지의 사인과 목소리를 흉내 내어 속이기로 결정하고 연습하기 시작했다. 나는 오래전 테이프를 보고 아버지의 목소리를 연습하기 시작했다. 그래서 우리는 선생님들 회의와 신청서, 성적표에 대해 신경 쓰지 않았다. 빅 개리가 마셜 매클루언 고등학교 선생님으로부터 샘 쉐어우드와 통화했다는 소리를 듣게 되지만 않는다면 괜찮았다.

제리 위트먼 문제와 별개로 나는 계속 크리스마스 불빛 축제에 대해 걱정하고 있었다. 이것은 한동안 순탄하고 부드럽게 진행되는 듯했다. 그러나 우리는 루저였기에 무언가 우리의 꿈을 깨뜨리고 말 거라는 걸 알고 있었다.

그건 그리 오래 걸리지 않았다. 우리가 루미스 선생님에게 끈덕지게 대항한 지 한 주도 못 되어 뉴욕에서 매니의 아버지로부터 전화가 왔고 매니 대신 엄마가 그 전화를 받았다. 과거에, 매니는 엄마가 절대 전화를 받지 않게 조심해야 한다고 말한 적이 있었다.

"엄마는 불분명하게 말하는 안 좋은 습관이 있어. 그리고 정말 화를 잘 내. 특히 아빠가 전화하면."

문제는 매니가 집에서 엄마를 돌보는 시간보다 윈스턴의 집에서 보내는 시간이 조금 더 많아졌다는 것이다. 그러던 사이에 매니의 엄마가 전화를 받고 말았다. 나는 긴장 속에서 대화가 흘러갔을 것이라고 추측했다. 왜냐하면 그 다음 우리가 알게 된 것은 매니의 아버지가 밴쿠버로 와서 매니의 엄마를 매우 엄격한 알코올의존증 클리닉에 넣었다는 것이다.

이 모든 것들이 매니를 괴롭게 했다. 그중 하나는, 엄마가 그에게서 멀리 떨어져 있다는 사실이었다. 다른 한편으로, 그는 뉴욕에서 아버지가 그를 보러 왔다는 사실에 매우 흥분해 있었다. 매니의 아버지는 매니의 집이 얼마나 더러운지 보고 매니와 함께 호텔에서 지내기로 결정했다. 모든 것들이 매니에게 아주 희망적이었다.

매니의 아버지는 매니의 엄마를 병원에 입원시킨 뒤 우리를 크고 비싼 식당으로 데려갔다. 우리는 해리에게 윈스턴의 보호자로서 함께 가도록 설득했다. 왜냐하면 매니가 "우리 아버지는 내가 해야 할 일보다 친구들에게 더 많은 시간을 쏟고 있다고 생각하고 있어."라고 말했기 때문이다.

해리는 매니에 대해 계속 좋은 말을 했다. 그러나 그의 아버지가 말하는 것은 오로지 매니의 체중에 관한 것뿐이었다. 식사를 하는 내내 매니는 칵테일 새우 밑의 양상추만 삼킬 수 있었다.

매니의 아버지는 계속 뉴욕에 대해 자랑했다. 디저트가 나올 때까지 매니의 아버지는 그들이 살았던 활기찬 동네에 대해서 계속 이야기하며 매니가 얼마나 그 다양한 문화적 모험을 그리워하는지 말했다. 그것은 그가 엄청난 소식을 발표하는 데까지 이르렀다.

"루퍼트를 뉴욕으로 데려갈 생각입니다."

크고 두꺼운 브랜디 잔을 들어 올리며 말했다.

"며칠 뒤면 루퍼트가 누려야 할 마땅한 것들을 누릴 수 있게 될 겁니다."

나는 매니가 그렇게 행복해하는 것을 본 적이 없었다. 매니의 아버지는 준비를 위해 며칠 뉴욕에 다녀와야 한다고 말했다. 해리는 모든 게 준비될 때까지 매니가 윈스턴의 집에서 지내는 것이 좋겠다고 말했다.

매니가 윈스턴의 집에 와서 이야기하는 것은 오로지 뉴욕, 뉴욕뿐이었다.

"뉴욕아, 기다려라! 이제 나는 지상에서 가장 위대한 도시에 정착하는 거야."

윈스턴은 그 문제에 대해 관대하려고 노력했지만 마침내 "아예 지금 가지, 그래? 똑똑한 양반아."라고 말해 버렸다.

"아버지가 바벳을 잘 설득해야 해."

매니가 말했다.

"그래. 바벳이 널 보고 짐 가방인 줄 알고 던져 버리지 않기를 바랄게."

"이봐, 나는 가게 될 거야. 정말 멋질 거야. 아버지와 함께 농구 경기를 보러 가겠지. 새로 태어난 아기는 아직 너무 어려서 농구를 즐기는 방법을 모를 테니."

이 상황은 그의 아버지에게서 전화가 올 때까지 계속되었다. 처음에 매니는 흥분한 것 같았다. 그러다 매우 화가 난 듯 표정이 바뀌었다. 마침내 그는 전화를 한쪽으로 내려놓고 해리를 부르러 달려갔다. 내 추측에 해리는 매니가 얼마나 충격을 받았는지 아는 것 같았다. 왜냐하면 그가 침실용 실내화를 신고 마당을 가로질러 뛰어왔기 때문이다. 해리는 몇 분 동안 매니의 아버지와 통화했다.

"이해해요. 믿어요, 설명할 필요는 없어요."

해리가 전화를 끊은 뒤 "너 괜찮니, 매니?"라고 물었다.

"뭐가 괜찮냐는 거예요?"

내가 물었다.

"잠시 동안 여기에 더 있기로 결정했어. 너도 알지? 우리 엄마가 괜찮은지 지켜보기 위해서 말이야."

매니는 덤덤하게 말했지만 우는 것처럼 보였다.

"내가 여기 있을 수 있는 만큼 있어도 된다고 했단다. 그래도 되겠지, 얘들아?"

해리가 물었다.

"물론이지요."

내가 말했다. 윈스턴은 매니를 쳐다보고 고개를 끄덕였다.

"숙제해야 해."

매니가 말했다. 그러나 갑자기 더 이상 감당할 수 없었는지 흐느꼈다.

"나는 정말 루저야. 크고 뚱뚱한."

우리는 매니가 한 번에 두 계단씩 올라가는 걸 쳐다보았다. 아무도 어떤 말도 하지 않았다. 그때 해리가 말했다.

"너희 중 누가 매니에게 가서 말을 건네 보지 않겠니?"

"혼자 두는 게 좋을 것 같아요."

윈스턴이 말했다.

해리는 나를 보았다. 그는 내가 얼마나 동요되었는지 보았고 이내 표정이 변했다.

"매니에게 숙제를 도와줄 누군가 필요할지도 모르니 내가 가 보마."

해리가 말했다. 그러고는 매니의 방을 향해 계단을 올라갔다. 그는 그곳에 꽤 오래 있었다.

윈스턴과 나는 핀볼 게임으로 마음을 달래 보려 했지만 매니에 대해 생각하지 않을 수 없었다.

윈스턴은 "그의 아버지는 절대 그에게 다시 말하지 않을 거야."라고 말했다.

"어떻게 알아?"

내가 물었다.

“그냥 알 수 있어. 우리가 뭔가 해야 해.”

“예를 들면 어떤?”

“나도 몰라. 그렇지만 무언가…….”

나는 윈스턴의 ‘무언가’가 뭔지 절대 생각해 낼 수 없었다. 그러나 이런 것이 바로 윈스턴 챙이다. 그때든 지금이든 생각하는 능력이 뛰어난, 가능성으로 가득 차 있는……. 그가 생각해 낸 아이디어는 이것이었다. 매니가 뉴욕에 갈 수 없다면 우리가 매니를 뉴욕에 데려다 주자는 것이었다.

며칠 뒤 매니가 클리닉에 엄마를 만나러 가는 동안 윈스턴과 나는 행동에 옮기기 시작했다. 우리는 파티 음식과 엠파이어스테이트빌딩, 브루클린 다리, 양키스타디움과 같이 뉴욕을 상징하는 것들이 그려진 포스터를 샀다. 우리는 자유의여신상을 복제한 스티로폼까지 찾아냈다.

모든 것이 준비된 오후, 우리는 거실의 불을 껐다. 우리는 매니가 저녁을 먹기 위해 집에 올 것이라는 것을 알고 어둠 속에서 그를 기다렸다. 해리는 경적 소리, 타이어 소리, 그리고 택시 기사가 브루클린 억양으로 다른 기사에게 길을 비키라고 욕하는 소리 같은 뉴욕의 소리가 담긴 테이프를 찾았다. 우리는 매니가 열쇠로 문 여는 소리를 들었다.

"아무도 없어?"

매니가 들어오며 물었다.

우리는 불을 켰다. 매니는 놀라며 포스터와 파티 음식을 쳐다보았다. 그러나 그의 눈은 금세 스티로폼으로 만들어진 자유의여신상에서 멈추었다. 윈스턴조차 그것은 기념물들과 거대한 커피 컵 사이에서도 웅장해 보인다는 것을 인정했다.

파티는 충분해 보였다. 윈스턴은 아버지의 신용카드를 사용하여 특급 배송으로 뉴욕의 네이츠 델리에서 파스트라미 샌드위치를 주문해 두었던 것이다. 매니가 네이츠 델리 쇼핑백을 보았을 때 그는 기쁨에 차 눈물을 흘렸다. 그가 눈을 몇 번 깜빡이며 말했다.

"자식, 코울슬로(양배추와 당근을 비롯한 여러 가지 신선한 채소로 이루어진 샐러드-편집자)까지 기억하고 있었구나."

파스트라미 샌드위치는 우리가 평소에 먹던 샌드위치와 그다지 달라 보이지 않았지만 매니는 계속 고개를 흔들며 "자식들. 이 자식들……."이라고 울먹였다.

"두 개 다 네 거야, 매니. 우리에게는 다른 음식들이 많아."

윈스턴이 말했다.

"응. 그래도 우리 나눠 먹자. 한 사람을 위한 우리, 그리고 우리를 위한 하나!"

그는 칼을 꺼내 샌드위치를 반으로 잘랐다. 그리고 해리에게 뉴욕 파스트라미 샌드위치를 주며 말했다.

"사총사를 위해!"

해리는 우리가 마치 칼을 든 것처럼 함께 샌드위치를 치켜들도록 했고, 우리는 허세 부리는 사내들처럼 그렇게 했다. 이것은 바보 같았지만 한편으로 좋았다. 우리가 제리 위트먼을 잊어버릴 정도로 좋았고, 어떤 아버지는 그의 아들을 잊어버릴 만큼 행복했다.

검은 금요일

매니와 윈스턴 그리고 나는 룸메이트로 서로 잘 지냈다. 해리는 대부분의 시간을 자기 집에서 낡은 타이프를 두드리는 데 보냈지만 저녁을 먹으러 건너오는 것을 즐기는 듯 보였다. 그는 어쩌다 한두 번 우리를 위해 요리를 하기도 했다. 놀랍게도 그는 숙련된 요리사 같았다. 그는《사랑의 영원한 불꽃》이라고 부르는 작은 분홍색 책을 쓰기 위해 서둘러야 한다고 말하면서도 종종 저녁 시간을 우리와 보내곤 했다.

무척 많은 일들이 일어나고 있어서 내가 갖고 있는 가장 큰 문제를 잊어버리고 있었다. 완전히는 아니지만 거의……. 11월 첫 주였는데 아직 나는 친구들에게 크리스마스 장식 도전을 받아들였다고 말할 방법을 찾지 못했다. 나는 걱정하며 빗속에서 목발로 젖은 나뭇잎들을 차며 산책하다 이제 곧 무겁고 어려운 일을 해야 한다는 것을 알았다.

매니의 아버지 사건 이후, 해리는 윈스턴의 가짜 보호자 역할을 좀 더 심각하게 수행하기 시작했다. 그는 다가오는 기하학 시험을 대비하도록 독촉했다.

"장난치려 하지 마라. 이 녀석. 나는 네가 준비한 모든 속임수를 알아."

윈스턴이 해리에게 성적을 두고 그만 괴롭히라고 말하자, 해리는 윈스턴의 손을 꽉 잡고 "이봐, 나도 이해해."라고 말했다. 그러면서 "네가 할 수 없다 해도 괜찮아."라고 말했다.

그러자 "할 수 있어요. 그저 하고 싶지 않을 뿐이에요."라고 윈스턴이 말했다.

"여하튼."

해리가 말했다.

"나는 할 수 있어." 하고 윈스턴이 말했다. 그는 해리가 채점하는 것을 알고 있었지만 내버려 두었다.

윈스턴은 해리의 관심으로부터 최대한 벗어나려고 하는 듯했지만 나는 반대로 그가 어느 정도 원한다고 생각했다. 내 생각에 해리 또한 그런 것 같았다.

나는 해리가 글을 쓰지 않는 동안 해리와 많은 이야기를 했다. 그는 건축과 엔지니어링에 관한 많은 책을 읽었고 그와 나는 거대하고 위대한 다리들과 빌딩들에 대해 오랫동안 이야기를 나누었다. 삶에 대해서는 더 많은 대화를 나누었고 말이다.

우리의 대화 덕분에, 나는 해리에게 내 개인적인 생각과 상황들에 대해 말하기 쉬워졌다. 예를 들면 내가 얼마나 아버지를 그리워하는지, 얼마나 엄마를 그리워하는지, 그리고 나의 이상한 크리스마스 꿈 같은 것들에 대해서 말이다. 아버지가 내 목발에 숨겨 두었던 비밀 자금에 대해서도 그에게 털어놓았다. 해리는 그 돈들을 은행에 넣어 두도록 나를 설득했지만 나는 싫다고 했다.

"아버지는 빅 개리로부터 도망 중이에요. 낮이든 밤이든 어느 날 갑자기 돌아왔을 때 비상금이 필요할지도 몰라요."

내가 설명했다.

"그래, 네가 결정할 일이야."

비록 해리가 쿨하게 말했지만, 그가 우리 각각의 재능을 찾고 있다는 걸 알 수 있었다. 그는 매니의 예술적인 기질을 발휘하도록 격려했다. 그는 매니가 그린 만화를 칭찬하고 추상화에 관한 몇몇 책을 그에게 빌려 주었다. 매니는 '초현실주의' 같은 말들을 사용하기 시작했고 유명한 작가들의 이상한 그림들을 보여 주기 시작했다. 그것은 녹아내리고 있는 시계 그림같이 이상한 것들이었지만, 매니는 변덕스런 자연의 시간으로 미술사에 중요한 족적을 남긴 그림이라고 주장했다. 윈스턴은 녹아 버린 시계가 매니의 잠재의식 속 잘 구운 치즈 샌드위치를 상기시킨다고 말했고 그건 정말 그가 그 그림을 좋아하는 진짜 이유처럼 보였다. 그러나 매니는 활짝 웃었다. 그는 영감을 받은 나머지 잡지를 찢어 자신만의 특이한 콜라주 작품을 만들었다. 매니는 윈스턴의 냉장고 위 검은 폐 사진 옆에 그 그림을 붙여 두었다. 해리는 매니의 콜라주가 매우 인상적이라고 말했다. 해리는 너무 밀어붙이거나 부담감을 주거나 하지 않았다.

어느 날 저녁 윈스턴은 수위 아저씨 위네키 씨에게 특별한 생일 선물을 하고 싶다고 말했다.

"이건 골든 스타라고 불리는 구하기 힘든 슬로바키아 맥주야."

윈스턴이 말했다. 그는 해리에게 주류점에 가서 그를 위해 맥주를 사다 줄 수 있는지 물어보았다.

"이것은 사실 월터의 컬렉션을 채우기 위한 마지막 맥주 라벨이에요."

해리는 윈스턴이 기하학 점수를 올려 받으면 부탁을 들어주겠다고 했다.

윈스턴은 해리를 기분 나쁘게 쳐다보며 "나한테 개똥 대포를 쏘아 댈 때가 훨씬 나았어."라고 말했다. 그러고는 나는 윈스턴이 기하학 시험을 위해 조금 더 늦게까지 시간을 들이는 걸 볼 수 있었다.

몇 가지 예상치 못한 사건을 제외하고 우리는 점점 우리의 새로운 일상에 적응해 가고 있었다. 첫 번째는 해리가 윈스턴의 보호자로서 마셜 매클루언 고등학교의 문을 열었다는 것이었다. 우리는 도서관에서 그를 만나기로 했다. 그가 들어서자 맥컬레인 양이 그를 멈추어 세웠다. 그녀는 따뜻한 미소를 지었다.

"실례합니다. 혹 소설가 해리 베이즐리 씨, 아닌가요?"

그녀가 말을 건넸다.

해리는 그 질문에 뒷걸음쳤다.

"네, 소설을 쓴 적은 있습니다."

대답하긴 했지만 그는 주차권 들고 나오는 것을 잊어버린 것처럼 당황해했다.

맥컬레인 양은 신 나 보였다.

"《분리된 삶》을 정말 여러 번 읽었어요. 제가 좋아하는 책 중 하나예요."

해리는 얼굴이 빨개져서 그녀가 자신을 알아보았다는 사실에 놀랐다며 중얼거렸다.

"오, 책 뒷 표지에 있는 사진보다 많이 변했네요."

맥컬레인 양이 말했다.

나중에 비교하더라도, 그 순간 매니와 윈스턴 그리고 나는 모두 같은 생각이었다. 그가 변하기 전 모습을 당신도 보았어야 했다.

해리는 맥컬레인 양에게 고마워했다. 그때 그녀가 말했다.

"당신의 두 번째 소설을 계속 찾았는데 찾을 수가 없었어요."

"두 번째 소설은 없어요. 내 펜은 다 말라 버렸거든요."

맥컬레인 양은 해리가 더 이상 작품을 쓰지 않는다는 사실에 매우 실망한 듯 보여서 나는《사랑의 영원한 불꽃》을 언급했다. 해리는 맥컬레인 양의 슬픈 표정을 알아챘는지 이렇게 말했다.

"속편을 쓰고 있는 중이에요. 하지만 그게 좋은 생각일지는 모르겠어요."

맥컬레인 양은 그건 매우 좋은 생각이라고 말했다. 그리고 그들은 커피를 마시며 데이트하기로 했다. 나는 해리가 이 모든 일들에 충격을 받았다고 생각했지만 맥컬레인 양은 언제나 작가와 그의 책에 대해 토론하기를 원한다고 했다.

우리는 돌아오는 길에 해리의 커피 데이트에 대해 놀리지 않기로 했다. 그는 이 일을 꽤 받아들일 만하다고 생각했다.

"대단한 일은 아니야. 여드름 크림을 쓰지 않는 사람이 주변에 있었으면 해서 그런 거라고."

그가 우리에게 말했다.

나는 다음 날 매니와 윈스턴에게 크리스마스 대결에 대해 말하기로 마음먹었지만 루미스 선생님은 다른 일로 해리를 즉시 학교에 오도록 요청했다. 루미스 선생님은 윈스턴이 사물함 안에서 기절이라도 한 것처럼 난리법석을 떨며 이야기했다고 했다.

해리가 학교에 도착하자마자 루미스 선생님을 찾았고 윈스턴은 사무실에서 그를 기다렸다.

해리가 무슨 말을 하기도 전에 루미스 선생님은 윈스턴에게로 돌아섰다.

"베이즐리 씨에게 기하학 시험을 통과했다고 말하렴. 그리고 점수도. 어서, 윈스턴."

해리는 윈스턴이 부끄러워하는 것처럼 보였다고 했다. 그는 중얼거리는 윈스턴의 말을 간신히 들을 수 있었다고 말했다.

"더 크게, 윈스턴. 네 보호자가 들을 수 없잖니?"

"만점이요."

윈스턴이 조금 더 크게 말했다.

"만점!"

루미스 선생님이 소리쳤다. 해리는 나중에 우리에게 말해주기를 선생님은 그가 본 중 가장 행복한 기하학 선생님 같았다고 했다. 선생님은 해리를 보며 "자랑스럽지 않으세요?"라고 말했다.

자랑스럽다? 해리는 자랑스러워하며 곧장 윈스턴이 그에게 돈을 주기도 전에 골든 스타 맥주병을 들고 왔다. 그는 병 주변에 리본까지 둘러 위네키 씨에게 생일 선물로 보낼 준비를 마쳤다. 윈스턴은 우리에게 학교생활을 통틀어 가장 운 좋은 목요일이었다고 말했다.

하지만 그것은 오직 순간이었다. 다음 날 윈스턴을 둘러싼 모든 것들이 무너지기 시작했다. 매니는 나중에 이날을 '검은 금요일'이라고 명명했다. 당신은 마셜 매클루언 고등학교의 모든 금요일이 우울하다는 것을 알고 있을 것이다. 그러나 최소한 윈스턴에게 11월 8일은 다른 어떤 금요일보다 힘든 날이었다.

그날 아침 윈스턴은 위네키 씨와 베이컨과 달걀로 이루어진 아침을 먹으러 수위실을 찾았다. 만점 받은 시험지를 챙겨 가기까지 했다. 그러나 윈스턴이 그곳에 들어갔을 때 위네키 씨는 바닥에 쓰러져 있었다. 처음에는 위네키 씨가 너무 술을 많이 마셔 그런 것이라 생각했다. 그러나 위네키 씨를 깨우려고 흔들어도 아무런 반응이 없었다. 윈스턴이 휴대전화로 구급차를 불렀다. 구급차가 도착했을 때 응급 요원들은 윈스턴에게 그가 살아 있기는 하지만 아마도 심장마비가 온 것 같다고 말했다.

구급차가 위네키 씨를 싣고 간 뒤 윈스턴은 집으로 와서 우리에게 그 소식을 알렸다. 학교에서는 교장 선생님이 방송으로 위네키 씨 소식을 전하면서 윈스턴 챙이 얼마나 침착하게 위기 상황에 대처했는지에 대해서도 언급했다. 그러나 윈스턴은 전혀 침착할 수 없었다. 화가 난 듯 보였고, 잠시 뒤 아무 말도 없이 사라져 버렸다.

매니와 나는 윈스턴이 혼자 있을 시간이 필요해 수위실에 있을 거라고 생각했다. 나는 윈스턴이 위네키 씨가 밖에 나와 있는 사이 안에서 문이 잠겨 들어가지 못할 경우를 대비해 항상 문 근처에 여분의 열쇠를 둔다고 말했던 것을 기억했다. 매니와 나는 점심시간에 확인해 봤다. 우리는 바로 열쇠를 찾을 수 있었다. 그러나 수위실에는 아무도 없었다.

매니는 위네키 씨의 맥주병에 들어 있는 것들을 모두 쏟아 버리자고 말했다. 쏟아 버린 뒤에는 안에 무엇이 들어 있었는지 알 수 없으니, 나중에 맥주병이 발견되더라도 문제되지 않을 거라고 했다. 그는 맥주를 쏟아 버리면서 이렇게 말했다.

"어쩌면 집에 갔을지도 몰라."

"그렇지 않을 거야."

나는 제리와 그 패거리들이 윈스턴을 사물함에 가두었을 거라고 생각했다. 하필이면 생의 최악의 날에. 그래서 나는 위층으로 가서 그의 사물함을 열어 보았다. 윈스턴은 공처럼 그 안에 웅크리고 앉아 있었다. 윈스턴의 머리만 볼 수 있었다.

"윈스턴."

대답이 없었다.

"나와 봐, 윈스턴. 나야. 여기서도 네가 보여."

"날 그냥 혼자 내버려 둬."

윈스턴이 말했다. 그의 목소리는 떨렸는데 그것은 마치 울음소리 같았다.

"제리가 이랬니? 아니면 워터탱크가?"

"아니야."

윈스턴이 말했다.

그리고 조금 더 작은 소리로 "나를 혼자 내버려 둬."라고 했다.

"매니가 월터의 냉장고 안에 있던 맥주병을 다 비워 뒀어."

"잘했군. 뚱보한테 나 대신 고맙다고 말해 줘."

"그럴게."

"이제 가."

그때 나는 윈스턴의 사물함이 잠겨 있지 않다는 것을 깨달았다. 나는 깊이 한숨을 내쉬고 "그는 괜찮을 거야, 윈스턴."이라고 말했다.

"네가 그를 못 봐서 그래."

"왜 최악의 경우만 생각하는 거야?"

윈스턴은 대답하지 않았다. 마침내 그는 "왜 너는 항상 모든 것을 바로잡으려고 하지?"라고 말했다.

"나도 모르겠어."

"이제 그만해. 점점 화가 나려고 해."

"밖으로 나와 이야기하자."

"내버려 둬. 나를 그냥 혼자 이 지옥에 내버려 둬."

내가 윈스턴을 위해 할 수 있는 최선은, 그냥 모른 척 내버려 두는 것이라는 것을 알았다. 그래서 다른 사람이 내가 사물함 안의 윈스턴과 말하는 것을 눈치채고 그를 강제로 끌어내기 전에 다음 수업을 위해 이동했다.

결국 윈스턴은 사물함 밖으로 기어 나와 집으로 향했다. 그는 그렇게 한동안 혼자 있었다. 눈은 빨갛게 충혈된 채 부어 있었다. 매니와 내가 말을 걸려고 하자, 그는 “그 어떤 일도 잘 풀리지 않아. 우리에게는. 그거 알아?”라고 말했다.

그는 내가 “그건 사실이 아니야, 윈스턴.”이라고 중얼거릴 때까지 계속 반복해서 말했다.

그러나 윈스턴은 다시 물었다.

“너, 너의 아버지가 어디에 있는지 알아?”

“아직은 몰라.”

“아직은 몰라라고? 얼마나 됐지? 최소한 매니와 나는 우리 부모님이 어디에 있는지 알아. 알고 있다고 해서 별반 다르지는 않지만.”

“진정해, 윈스턴. 그만두자.”

“그만할 거야. 네가 아무 일도 없다는 듯이 구는 걸 그만두면. 네가 인생이 어떤 건지 알아? 친구는 심장마비가 오고, 부모님은 내게 전혀 신경도 쓰지 않아. 제리 위트먼은 계속해서 우리를 괴롭힐 거야. 절대 끝나지 않을 거야.”

그 뒤, 윈스턴은 아무 말도 하지 않았고 나 역시 아무 말도 하지 않았다. 그날 밤 유일하게 윈스턴에게 긍정적인 말을 해 줄 수 있는 것은 해리뿐이었다. 그는 위네키 씨에 대해 그들의 베이컨과 달걀에 대해 이야기했다. 그리고 윈스턴이 웃기 시작했다. 해리는 그에게 마지막으로 이렇게 말했다.

"월터에게 무슨 일이 있어날 거라고 먼저 생각하지 마라. 그는 그의 맥주병 라벨 컬렉션을 완성할 때까지는 절대 죽지 않을 사람이야."

점점 돈독해지는 사촌사

다음 날은 토요일이었다. 나는 내가 처한 모든 문제들로부터 잠깐 벗어나기 위해 줄리 스펜서와 드러그 스토어에 가기로 했다. 그러나 불행히도 그곳에 도착하자마자 듀엔과 마주쳤다. 듀엔은 줄리가 쇼핑을 하는 동안 나를 구석으로 데려가서는 재빨리 크리스마스 불빛 축제에 대해 이야기하기 시작했다.

"제리는 정말 이기려고 하나 봐. 제리의 아버지가 커다란 크리스마스 전구를 전시할 수 있도록 도와줄 거야. 제리는 크리스마스 휴가 기간에 너를 골탕 먹일 수 있다는 사실에 엄청 기뻐하고 있어."

"최신 정보 전해 줘서 고마워."

"너 줄리랑 같이 온 거야?"

듀엔이 의심스럽다는 듯이 쳐다보았다.

나는 고개를 끄덕였다.

"할로윈 다음에는 항상 블랙 립스틱이 세일하거든. 그녀는 비축하는 중이야."

듀엔은 웃지 않으며 그의 어린 여동생 다이앤도 세일 품목 중에서 물건을 고르고 있다고 말했다.

당신은 매우 특이한 일이라고 생각할 것이다. 듀엔 같은 사람이 여동생과 시간을 보내고 있다는 사실이. 다이앤은 휠체어를 타고 다니는데 듀엔은 그녀의 뒤에서 밀어 주는 것을 좋아했다.

다이앤은 나를 보자마자 휠체어를 밀고 내게로 와 인사했다. 나는 초등학교 때부터 다이앤을 알고 지냈다. 다이앤은 좋은 아이였다. 사실, 그녀가 정말 좋은 사람이라 그녀가 듀엔과 남매라고 믿기 힘들 정도였다.

"안녕, 다이앤. 오랜만에 보는구나. 많이 자랐구나."

"오빠한테는 비밀이에요. 우리 오빠는 여전히 내 뒤에서 밀어 주는 걸 좋아하거든요."

"너뿐만이 아니란다."

내가 말했다. 그러나 나는 다이앤의 표정을 보고 그녀가 제리 위트먼의 행동 대장 워터탱크의 비밀스런 삶에 대해 전혀 모른다는 것을 알 수 있었다. 그래서 나는 화제를 바꾸었다.

"이제 몇 학년이지?"

"7학년. 내년에 오빠가 다니는 학교로 진급할 거예요."

나는 듀엔을 보며 말했다.

"너는 여자아이라 운이 좋을 거야. 어떤 애들은 그저 다르다는 이유만으로 괴롭힘을 당하기도 해."

다이앤이 걱정스럽다는 듯이 쳐다봤다.

"애들이 괴롭히는 건 아니죠? 그렇죠?"

"그렇지는 않아."

나는 여전히 듀엔을 쳐다보며 말했다.

"어떤 면에서는 그렇지만."

"만약에 누군가 괴롭히면 듀엔 오빠가 오빠를 도와줄 수 있을 거예요. 오빠는 알렉스 오빠를 도와줘야 해. 그럴 거지, 오빠?"

"물론이지."

듀엔은 마치 바닥에 흥미로운 것이라도 있는 것처럼 바닥을 쳐다보고 있었다.

"가끔 집에 놀러 오지 그래요. 듀엔 오빠는 물어보기 부끄러운 것 같아 보이지만 나는 오빠도 보고 싶어 한다고 확신해요."

"학교에서 얘기하고는 해. 사실 우리는 서로 다른 부류의 친구들과 어울리고 있어."

"여하튼 생각해 봐요. 듀엔 오빠는 어쩔 때 보면 조금 바보스럽거든요. 그렇지만 좋은 면도 있어요."

바로 그때 줄리가 바구니 한가득 검은 아이라이너와 립스틱을 담고선 나타났다. 다이앤은 줄리와 이야기하기 시작했다. 다이앤은 줄리가 내 여자 친구인지 묻지 않았다.

"너무 확실하지 않아?"

줄리가 말했다.

다이앤이 미소를 지었다.

이런 것은 제리에게 수금 상황을 보고하는 삶을 사는 듀엔에게 너무 힘든 일이었다.

"가자, 다이앤. 밖으로 나가 보자."

"좋은 아이네."

듀엔이 동생의 휠체어를 밀어 줄 때 줄리가 말했다.

해리와 윈스턴은 토요일 오후에 위네키 씨 병문안을 갔다. 비록 의사들이 심각한 심장마비가 한 번 더 왔었다고 했지만 위네키 씨는 잘 견뎌 내고 있었다. 윈스턴은 위네키 씨가 대부분의 시간을 눈을 감고 있었다고 말했다. 하지만 윈스턴이 한심한 농담을 할 때면 눈을 가늘게 떴다고 했다. 윈스턴은 그가 말할 때 천천히 흘리듯 말했지만, "꽤 재미있구나, 윈."이라고 하는 말을 들었다고 했다. 그것은 위네키 씨가 윈스턴을 부를 때 쓰는 말이었다. 윈. 그는 학교에서 자신만의 별명을 갖고 있다고 말했다.

위네키 씨는 중환자실에 있었고, 매니의 엄마는 알코올의 존중 클리닉에 있었고, 우리 아버지는 어디에 있는지 알 수 없었다. 이건 우울한 11월을 만들기에 충분했다. 동시에 이것은 우리 사총사를 더욱 가깝게 만들었다. 그 뒤 며칠 동안 우리는 서로 말하지 않던 비밀들에 대해 터놓고 말하기 시작했다. 매니와 윈스턴 그리고 나는 제리와 그 패거리들이 학교에서 루저들에게 돈을 빼앗고 있다는 것을 해리에게 이야기했다. 해리는 맥컬레인 양에게 이 이야기를 하고 싶어 했지만 우리는 말하지 말아 달라고 했다.

"선생님들이 이 사실을 알면 상황은 더 악화될 거예요. 제리 위트먼과 상대할 방법을 우리 스스로 찾아볼게요."

내가 말했다.

해리는 이해한다고 말했지만, 우리에게 해결책을 찾아내는 시간에 제한을 두기로 했다.

"빨리 생각하는 게 좋을 거야. 왜냐하면 이런 문제는 질질 끌 수 없어."

해리는 우리가 위네키 씨 일을 비롯해서 힘든 한 주를 보냈다고 생각하는 것 같았다. 그는 월요일 오후에 매니가 그의 엄마를 병문안하러 가는 동안 스튜를 만들어 주겠다고 했다. 윈스턴은 루미스 선생님과의 방과 후 만남 뒤 우리와 합류할 예정이었다. 나는 부엌에서 해리와 채소를 손질하고 있었다. 나는 그것이 그를 신경 쓰이게 한다는 것을 알았지만 우리는 그가 제리 위트먼 문제에 개입하지 않도록 했다.

우리 중 어느 누구도 제리 위트먼과 듀엔이 그날 학교에서 윈스턴을 따라올 거라고 생각하지 못했고, 그를 협박할 것이라고 예상하지 못했다. 크리스마스가 두 달도 채 남지 않자 제리 위트먼은 그의 고객 대부분에게서 마지막 한 방울까지 쥐어짜고자 했다.

제리 위트먼과 듀엔은 늘 그랬듯이 그의 집 앞에서 윈스턴을 다루고 있었다. 아주 효과적인 방법으로, 마치 사업가들처럼. 이것은 윈스턴이 여태껏 계속 겪었던 일이었지만, 윈스턴은 위네키 씨의 일로 매우 기분이 좋지 않았기에 돈을 순순히 넘겨주지 않고 고집부리고 있었다. 평소와 가장 크게 다른 점은 해리와 내가 부엌 창문으로 무슨 일이 일어나고 있는지 다 보고 있었다는 것이었다. 우리 둘은 반쯤 깎던 감자를 내려 두고 밖으로 향했다.

불행히도 해리는 윈스턴의 엄마가 요리할 때 쓰는 프릴이 가득한 앞치마를 입고 있었다.

"이게 누구야? 너희 엄마?"

제리 위트먼이 윈스턴에게 물었다.

해리는 그 말을 무시했다.

"이 녀석들! 나와 윈스턴이 너희를 상대해 주마."

"내 생각에 나는 그다지 도움이 될 것 같지 않은데요, 해리."

윈스턴이 말했다.

해리는 어깨를 으쓱해 보이며 말했다.

"그렇다면, 나만."

"무슨 뜻이지?"

제리 위트먼이 말했다.

"내 말은 한 번에 한 명씩 혼내 줄까? 아니면 동시에 둘 다 혼내 줄까 하는 거지. 네가 선택해."

"오! 앞치마 입은 사내로부터 협박이라."

"어, 이 앞치마. 벗어 주지."

해리는 앞치마를 벗어 땅에 던졌다.

"내가 당신보다 덩치가 커."

듀엔이 말했다.

"대신 넌 멍청하지."

해리가 말했다.

"해리, 이제 괜찮아요, 정말."

윈스턴이 말했다.

갑자기 제리 위트먼이 손을 들고 말했다.

"나도 괜찮아."

"나도 괜찮아."

듀엔도 말했다.

해리는 그 둘을 쳐다보았다.

"나는 괜찮지 않아. 너희가 어떤 종류의 깡패든지 학교에 너희가 한 일을 말해야겠어. 그러나 여기는 내 영역이야. 알겠어? 방과 후, 이 아이들은 내 아이들이라고."

제리 위트먼과 듀엔은 고개를 끄덕였다. 그리고 그들은 아무 일도 없었다는 듯이 보이려고 애쓰며 사라졌다. 평소보다 조금 더 빠르게 움직인다는 것 외에는 알아채지 못하도록 말이다.

비록 그 상황은 끝났지만, 해리는 불안해하는 것 같았다.

"해리, 괜찮아요?"

윈스턴이 물었다.

해리는 고개를 끄덕였다.

"미안하구나. 윈스턴. 그렇게까지 할 생각은 없었는데 일이 이렇게까지 돼 버렸네."

"괜찮아요, 해리."

땅에 떨어진 앞치마를 주으며 윈스턴이 말했다.

윈스턴, 해리, 나는 집으로 돌아와 저녁 준비를 마쳤다. 매니가 집에 왔을 때 윈스턴과 나는 스튜를 먹으며 방금 일어난 사건에 대해 말했다.

"이런, 나는 운이 좋았군. 이거 흥미진진한데? 그때 난 어디에 있었지? 버스 정류장 제리 위트먼의 아버지 사진 옆에 내 엉덩이를 붙이고 앉아 있었지."

매니가 말했다.

해리는 매니를 쳐다보고 말했다.

"밥 먹을 때 우울한 이야기는 하지 말자고."

시간이 지날수록 우리는 해리와 더 많은 시간을 보냈다. 그리고 그것은 아버지가 어디서 무엇을 하고 있을지 더 걱정하게 만들었다. 나는 여전히 비토 삼촌으로부터 다음 메시지를 기다리고 있었다.

다음 날 오후 나는 학교 밖에서 낯익은 얼굴을 보았다. 우리 아파트 밖에서 모자를 쓰고 서 있던 그 남자였다. 나는 내게 무슨 일이 일어나고 있는지 몰랐다. 아마도 나는 따라잡히지 않으려고 했던 것 같다. 아니면 제리 위트먼에게 당하는 대신 그 수상한 사람에게 괴롭힘 당하는 것이 낫겠다고 생각했는지도 모른다. 여하튼 나는 그 사내에게 바로 다가갔다.

"나를 내버려 두는 게 어때요?"

내가 말했다.

그 사내는 나에게 명함 한 장을 주었다. 명함에는 칼 에반스라는 이름과 그가 칼 에반스 흥신소의 소장이라고 쓰여 있었다.

"너, 내가 누구를 위해 일하는지 아니?"

"빅 개리."

내가 대답했다.

칼 에반스는 고개를 끄덕였다.

"너를 내버려 두라고? 그렇다면 네 아버지가 어디에 있는지 말해."

"나도 아버지가 어디에 있는지 몰라요."

칼 에반스는 잠시 나를 살펴보더니 이렇게 말했다.

"너 정말 모르는구나, 그렇지?"

"네, 정말 몰라요."

"명함을 가지고 있으렴. 빅 개리와 네 아버지 사이에는 몇 가지 해결해야 할 일이 있어. 만약에 네 아버지가 네게 연락하면 내게 알려다오."

"오, 물론 그렇게 할게요, 칼."

내가 비꼬듯이 말했다.

"아버지에게서 전화가 온다면 말이죠."

"너한테 하나만 물어보자, 얘야. 어떤 아버지가 그의 외동 아들에게 전화를 하지 않지? 한번 생각해 봐. 그리고 내 전화번호 잃어버리지 마라."

그는 더이상 다른 말은 하지 않고 사라졌다.

나는 칼 에반스가 내게 한 말을 되새겨 보았다. 집에 가고 싶지 않았다. 어디로 가고 있는지도 모른 채 한동안 걸었다. 나는 적당한 크기의 돌멩이를 집어 들고는 내 주머니에 넣었다. 한동안 계속 걸었다. 나는 사실 내가 어디로 가고 있는지 알고 있었다.

나는 아버지가 나온 고등학교 앞에 멈춰서 계단을 올랐다. 나는 문을 열고 중앙 홀로 들어갔다. 그리고 아버지의 옛날 사진과 육상 메달이 진열되어 있는 진열장 앞에 멈춰 섰다. 갑자기 나는 진열장 유리 뒤에 가려진 아버지가 가장 좋았던 때의 모습을 없애 버려야겠다는 생각이 들었다. 나는 주머니에서 돌을 꺼내 들었다. 그 유리를 산산조각 내고 싶었다. 하지만 나는 무엇이 나를 멈추게 한 것인지 확신할 수 없었지만 그만두었다. 그것은 아마도 아버지의 사진 때문이었을 것이다. 내가 그 사진을 쳐다볼수록 점점 더 나와 똑같아 보이기 시작했기 때문이다.

나는 주머니에 돌을 다시 집어넣고 집으로 향했다. 그날 저녁 나는 불을 끈 채 윈스턴네 거실에서 해리가 빌려 준 찰스 파커 레코드를 들으면서 앉아 있었다. 매니와 윈스턴은 나에게 혼자 있고 싶으냐고 물어볼 필요조차 없었다. 그들은 그냥 알 수 있었다.

뿔난 루저들

칼 에반스와 맞닥뜨린 일과 기나긴 산책으로 몹시 피곤했는지 크리스마스 꿈을 다시 꾸었다. 그러나 이번에는 훨씬 더 긴장되고 생생했다. 꿈에서 일어난 일 역시 달랐다. 이번에는 루저들 모두가 크리스마스 장식에 매달려 있었다. 우리는 장식품에 대해 농담하며 웃으며 일하고 있었다. 제리의 패거리들에 함께 대항하기 위해 함께 일하고 있다는 것 말고는 아무 문제도 없었다. 바보스럽고, 얼빠진, 그리고 우리만의 것들을 만들어 내며 즐거운 시간을 보내고 있었다.

물론 그저 꿈이었지만 깨어났을 때 내 기분은 한결 가벼워졌다. 이 기분이 하루 종일 계속될 거라 기대하지 않았다. 그런데 또 다른 일이 일어났다.

나는 학교에서 안전지대로 분리된 곳을 지나고 있었다. 그때 듀엔이 데비 스와니엔을 쥐어짜고 있는 것을 보았다. 듀엔은 나를 보지 못했다. 왜냐하면 그는 강탈에 몰두해 있었기 때문이다. 데비는 떨고 있었다. 딱 보기에도 매우 겁에 질려 있었다. 듀엔은 거슬리는 목소리로 말했다.

"뭐가 문제야, 데비? 이미 겪은 일이잖아? 난 계속 너를 때릴 거고 넌 계속 돈이 없을 테지."

데비는 얻어맞을 준비를 하는 것처럼 침묵을 지켰다. 나는 꽤 가까운 거리에 있었다. 듀엔이 주머니에서 돈을 꺼내 손에 쥐고 있는 것을 볼 수 있을 정도로. 듀엔은 자신의 돈을 데비에게 주었다.

"이제 돈을 다시 나에게 줘, 데비."

그가 말했다.

"그렇지만 이건 네 돈이잖아, 탱크."

데비가 놀라며 말했다.

"그냥 시키는 대로 해!"

듀엔이 재촉했다.

데비는 돈을 돌려주었다.

"넌 이제 네 몫을 다 채웠어. 다음 주에 보자고. 그리고 만약 이 사실을 다른 사람에게 말하면 그때는 네 얼굴을 박살 내 주겠어."

그 뒤 데비는 자리를 떠났다. 만약 듀엔이 뒤돌아서 내가 서 있는 걸 보지 못했다면 좋을 뻔했다.

"얼마나 알고 있는 거야?"

듀엔이 물었다.

"충분할 만큼. 얼마나 자주 네 주머니에서 그 애들의 몫을 채웠던 거야?"

"네 알 바 아니야."

듀엔은 이 문제에 대해 매우 민감한 듯 보였다.

"만약 네가 소문낸다면 다시는 돕지 않을 거야."

"걱정하지 마. 네 비밀은 안전해."

방과 후 나는 줄리와 함께 바니의 베이글랜드에서 베이글을 먹었다.

"제리 위트먼이 나를 그냥 내버려 두는 이유가 있다고 했던 말 기억해?"

내가 물었다.

"네 생각에 그건 아마 그가 네게 동정심을 느끼기 때문이라고 했지. 하지만 나는 그게 아니라고 했고."

"맞아. 다시 한 번 생각해 보는 게 좋겠다고 했지. 근데 아직 모르겠어."

"내가 말해 줄까?"

줄리가 말했다.

"응, 나는 루저야. 나는 절대 스스로 알아낼 수 없을 거야."

"네가 루저일지 모르지만 너는 루저들의 왕이야."

"줄리, 무슨 말인지 모르겠어."

나는 한숨을 내쉬었다.

"생각해 봐. 학교 내의 루저들 중 너를 존경하지 않는 애들은 없어. 그들이 생각하기에 넌 루저들의 왕인 거지."

"그래, 내가 루저들의 왕이라고 치고, 그래서 뭐?"

내가 물었다.

"그래서 제리 위트먼이 네게 함부로 할 수 없는 거야. 왜냐하면 네 사람들이 저항할 테니까."

"내 사람들?"

나는 무심결에 툭 내뱉었다.

"학교 내에는 제리의 희생양들보다 조금 더한 루저들이 있어. 그들은 루저들끼리 은밀히 힘을 모으고 있고 그렇기 때문에 너는 실제 무슨 일이든 할 수 있어."

"루저 파워라……."

나는 중얼거렸다. 그 말이 좋았다.

나는 순간 크리스마스 경쟁이 떠올라 당황하기 시작했다. 그러나 줄리는 내게 영감을 주었고 나는 이 생각을 다음 날 루저 클럽 모임에서 전체 회원들에게 알리기로 결정했다. 줄리는 정신적으로 지원해 주기로 약속했다.

그날 밤 나는 계획을 세우느라 깨어 있었다. 우리는 자연스럽게 윈스턴의 저택을 사용하기로 했다. 그러나 윈스턴의 저택은 거대했기 때문에 엄청난 양의 전구와 장식품들이 필요했다. 그건 우리 각각에게 엄청난 노력을 요구하는 것이었다. 스케치, 계획, 노동 그리고 엄청난 양의 전구들.

다음 날, 내가 미처 준비를 마치기도 전에 루저 클럽은 윈스턴의 게임 룸에서 열렸고, 나는 내 주장을 할 수 있는 한 논리적으로 말했다. 처음에 나는 내 생각이 큰 반향을 불러일으키리라 생각하지 못했다. 가장 회의론적인 틴 페이스 파셀은 의구심이 든다고 말했다.

"이건 너무 엄청난 일이야. 우리는 피라미드를 건설하는 노예들이 아니야. 게다가 워터탱크가 좋아하지 않을 거야."

그때 랜달 왓키스가 말했다.

"우리 숙제가 고통스러울 거라고 생각하는 사람 있어?"

이것도 충분하지 않았는지, 허버트 자딘은 그의 생각을 더했다.

"우리가 알듯이 루저들은 서로 협력하기 힘들어. 또 누군가 장식을 매달다가 윈스턴네 지붕에서 떨어질 수도 있어."

다음으로 매니는 뉴욕에서 크리스마스가 어떤지 이야기했다. 이곳의 크리스마스는 이류여서 볼거리가 없다고 했다.

"맨해튼의 크리스마스를 꼭 봐야 해. 백배는 더 나아."

그리고 그때 그의 아버지와 바벳 그리고 그들의 통통한

작은 아기가 커다란 크리스마스트리 아래 서 있는 장면이 떠올랐는지, 그는 "올해 크리스마스는 그냥 지나갈 거야."라고 말했다.

윈스턴이 뒤이어 말했다.

"어쩌다 한번은 뚱보도 바른 말을 할 줄 아는구나."

나는 우리가 침몰하고 있다고 생각했다. 만약 내가 루저들에 대해 알고 있는 하나가 있다면, 그것은 부정적인 생각은 토스트에 땅콩버터를 바르는 것보다 더 쉽게 퍼진다는 것이었다. 그러나 그때 흥미로운 일이 일어났다.

조용한 목소리로 하워드 벨이 말했다.

"내가 안전벨트를 만들 수 있어. 그러면 아무도 지붕에서 떨어지지 않을 거야."

"왜 그렇게 하려는 거야, 하워드?"

매니가 물었다.

"간단해. 제리 위트먼을 진심으로 경멸하기 때문이야."

하워드의 말은 전환점이 되었다. 그 말은 모두 얼마나 제리 위트먼을 미워하는지를 기억나게 했다. 한 명씩, 루저들은 일어서서 그들이 얼마나 제리와 그 패거리들에게 어떤 일에서든 본때를 보여 주고 싶어 하는지 말하기 시작했다. 비록 그 어떤 일이라는 것이 한심한 크리스마스 전구 장식일지라도.

아마도 학년 전체를 통틀어 가장 조용한 아이일 루니 로젠블럼이 의자 위로 올라가서 연설을 했다.

"너희가 알다시피 난 유대인이야. 나는 크리스마스를 챙기지 않아. 그렇지만 만약 제리 위트먼의 코를 납작하게 해 줄 아주 작은 기회라도 있다면 나는 내 손가락에서 피가 날 때까지 전구를 달 거야!"

그를 둘러싸고 큰 박수가 터져 나왔다. 마침내 줄리가 말했다. 그녀는 진짜 루저가 아닌 조력자에 불과했지만 인상 깊은 연설을 했다.

"나는 세비어가 너희를 위해 했던 일들을 들었어. 그는 쉐어우드 뱅크를 만들었어! 그는 너희가 학교 식당에서 날아오는 온갖 쓰레기들로부터 너희의 방패막이가 되어 주었어! 그런데도 그에게 도움이 필요할 때 그냥 둘 거야?"

아마도 녀석들은 여자아이도 나선다는 사실에 고무되었나 보다. 아니, 이유가 무엇이든 간에 모두 "아니야, 세비어가 당하도록 그냥 둘 수 없지." 같은 말을 소리치기 시작했다. 이 소리는 마치 미식축구에서 응원하는 소리 같았다. 모두 "쉐어-우드! 쉐어-우드!"라고 소리치기 시작했다. 이건 사실 매우 멋진 일이었다. 나는 이에 영감을 받아 희망을 가지게 되었다.

다음 날 오후 우리는 저택을 꾸밀 계획을 세우기 시작했다. 해리는 다음 작품 마감으로 바빴다. 이것은 우리가 이름뿐인 어른 지원자를 가진 셈이 되었다. 우리는 이 사실에 실망하지 않으려 노력했다. 주제에 대한 투표를 거친 뒤 우리는 매니에게 장식 전구와 다른 것들을 어떻게 표현할지 스케치를 그리도록 했다. 스케치 제목은 '산타의 크레이지 워크숍'이었다. 매니는 스스로 만족스러운 그림이 아니라며 스케치를 보여 주었지만 나는 꽤 그럴듯하다고 생각했다.

다른 애들도 그렇게 생각했던 모양이다. 나는 그 녀석들이 루저 클럽이라는 이름으로 행했던 일들 중 그렇게 열심히 하는 것을 본 적이 없었다. 루저들은 방과 후 시간과 주말 시간을 이 프로젝트에 쏟아부었다.

나는 크리스마스 장식을 얻기 위해 생키 씨를 찾아갔다. 그는 그의 방을 개조하느라 정신이 없었다. 내가 아버지가 사업 때문에 출장 간 동안 윈스턴과 지낼 거라고 설명하자 약간 의심하는 듯했다. 나는 생키 씨에게 모든 것을 사실대로 말하지는 않았다. 사실, 나는 네빌 형이 우리를 돌보고 있다고 강조해 말했다. 다행히도 그는 믿었다. "상황에 따라 살라."는 그의 주관처럼 이 모든 사실에 대해 쿨하게 받아들였다. 그는 자신의 점심시간까지 내어 그의 밴으로 윈스턴의 집까지 장식품들을 옮겨 주었다.

루저들은 여러 종류의 장식품들을 가져와 내가 빌려 온 것들에 더했다. 우리가 전구 사는 것을 돕기 위해, 어떤 녀석들은 대가를 치르고 제리 위트먼의 크리스마스 모금에 뺏길 돈을 가져와 보탰다. 그리고 하워드 벨은 로프와 고리를 이용하여 안전벨트를 만들었고, 우리는 그 벨트를 이용해 높은 곳에까지 좀 더 빠르게 전구를 장식할 수 있었다.

처음에는 제리 위트먼에 대한 증오가 가장 큰 원동력이 되었다. "제리 위트먼은 우리처럼 마루를 닦게 될 거야."라고 누군가 말하는 소리를 들을 수 있었다. 또는 "제리 위트먼의 엉덩이를 걷어차 줄 거야."라는 말도 들을 수 있었다. 나는 이 동역자들에게 조금씩 변화가 일어나고 있다는 것을 알 수 있었다.

줄리는 이 프로젝트 이름을 '징글벨 수술'이라고 명명했다. 좋은 기운만이 계속되었다면 아마도 계속 그렇게 불렀을 거다.

하지만 곧 모든 것이 흐트러지기 시작했다. 시작은 아주 사소한 것에서부터였다. 누군가 신발 끈에 걸려 넘어지자 다들 웃기 시작했다. 누군가는 재채기하다 균형을 잃고 쓰러졌다. 루디는 깨진 장신구에 손가락을 베었지만 반창고가 없었다. 우리 중 그 누구도 만능 수리공이 없다는 것은 명백했다. "어떤 여신이 상자를 여는 바람에 온갖 종류의 재앙이 쏟아져 나오게 됐다는 그리스신화 기억해? 판도라의 상자 말이야. 공구 상자가 바로 우리에게는 판도라의 상자야."라는 윈스턴의 말처럼 말이다.

토요일 아침 매니는 뜨거운 코코아를 자신의 스케치 위에 쏟고 말았다. 그 뒤, 모든 것이 심각하게 내리막길을 걸었다. 모두 각자의 공포심과 증후군들이 튀어나오기 시작했다. 예를 들면 먼지에 대한 공포, 전기 사고에 대한 공포, 갑자기 제리와 그 패거리들이 우리를 찾아오지 않을까 하는 공포와 같은 것들이었다. 주말에는 떨어진 사다리, 엉켜 버린 와이어, 그리고 부서진 창문 두 개만 남았다. 그렇게 많은 것들이 잘못되자 매니는 우리의 프로젝트를 '지옥의 징글 수술'이라고 새로 이름을 붙였다. 곧 모두 그렇게 부르기 시작했다.

"이 프로젝트는 저주에 걸렸어. 그리고 트윙키를 먹기에도 시간이 턱없이 부족해."

계속 그만하겠다고 협박하던 매니가 말했다.

루저 클럽 회원들은 농장 만들기 또는 종이로 화산 만들기 같은 규모가 작은 과학 프로젝트 같은 것들을 함께하곤 했었다. 그러나 윈스턴 집 지붕은 날카로운 모서리와 둥근 코너 그리고 평평한 표면과 같이 매우 복잡한 구조로 되어 있어 우리가 생각했던 것보다 장식하기에 더 어려웠다. 우리에게 예방책이 없었던 건 아니다. 고디 헤프넌의 아버지는 중고 스포츠 용품 가게를 운영하고 있었다. 고디의 아버지는 아들이 무언가 도구를 사용하기 원한다는 사실에 매우 기뻐하며 기꺼이 우리에게 물건들을 빌려 주었다. 몇몇 안전 장비가 공급되었다.

어느 날 나는 자전거 헬멧 여덟 개, 팔꿈치 보호대 여섯 개, 마우스피스 네 개, 그리고 최소한 한 개의 골키퍼용 패드 세트를 보았다. 누군가 골키퍼가 착용하는 패드를 착용하고 사다리를 오르려는 걸 본 적 있는가? 그 광경은 '한심한'이란 말을 떠올리기에 충분했다. 그렇게 중무장을 했음에도 불구하고 상황은 우울해져 갔다. 허버트 자딘은 망치질하다 엄지손가락이 부러졌다. 틴 페이스 파실은 크리스마스 전구 줄에 엉켜 팔딱대다 오른쪽 발목이 꺾였다. 장식품으로 놓여 있던 요정들이 자신보다 크다는 사실에 무척 기분이 상한 윈스턴은 24시간 대기 가능한 구급차를 불러 두는 것이 좋을 것 같다고 말했다. 매니는 구급차를 대기시켜

놓겠다는 약속이 우리를 계속 일하게 하는 유일한 방법이라고 했다. 이 모든 공격은 언젠가 들은 적 있는 노래를 떠올리게 했다. "만약 불행이 아니었다면, 행운 또한 가질 수 없을 거야."라는 노래였다.

어느 날 오후, 랜달 왓키스가 안전벨트를 한 채 지붕 위에서 일하고 있었다. 이 안전벨트는 로프에 쇠사슬을 연결하고 줄에 걸터앉는 것이어서 어떻게 보면 꼭 커다란 기저귀를 하고 있는 것처럼 보였다. 랜달은 줄이 망가지지 않았는데 계속 왔다 갔다 하다가 결국 떨어졌다. 랜달은 비명을 지르며 줄에 간신히 매달렸다. 그 모습은 마치 타잔 같았다. 타잔이 기저귀를 하고 있는 것 같았다. 랜달은 불행히도 계속 마치 인간 추처럼 앞뒤로 왔다 갔다 하고 있었다.

우리 중 누구도 어떻게 해야 할지 몰랐다. 과학 경시대회에서 몇 번 수상한 적이 있는 루디 제니티는 "결국, 중력이 그를 멈추게 할 거야." 하고 말하며 우리를 안심시키려고 했다. 잠시 뒤, 로프는 멈췄고 줄리가 그를 사다리에서 내려오도록 도와주었다.

비록 랜달은 땅으로 내려왔지만 여전히 맛이 간 상태였다. 혼자 로프를 떼어 버릴 수 없을 정도였다. 우리가 그를 잔디 위에 앉혀 보려고 했지만 랜달은 앞마당을 커다란 눈을 가진 아기가 걸음마 연습을 하는 것처럼 뒤뚱거리며 걸어갔다. 몇 번인가 무슨 말을 하려고 했지만 목소리가 나오지 않았다. 몇 분 지나지 않아 그는 플라스틱으로 만든 노래하는 소년 모형 위로 점심에 먹은 것들을 천천히 쏟아냈다.

그 뒤, 모두 안전벨트를 사용하지 않았다. 그것은 또 다른 대상을 가져왔다. 그 재앙의 대상은 윈스턴이었다. 윈스턴은 고소공포증이 있었는데 무슨 이유에서인지 우리에게 비밀로 하고 있었다.

나중에 말하길, 윈스턴은 그의 작은 키 하나만으로도 루저가 되기에 충분한데 거기에 높은 곳에 올라가면 호흡곤란이 온다는 것까지 알리고 싶지 않았다고 했다. 긴 사다리를 타고 지붕에 올라가는 것은 그에게 매우 위험한 일이었지만 그는 더 이상 게으름뱅이라고 불리기 싫었다. 왜냐하면 그는 그곳에서 많은 시간을 보내지 않았기 때문이다.

윈스턴은 부끄러운 자신의 모습에 짜증이 나 그 사실을 공식적으로 루저 클럽의 회원도 아닌 줄리에게 털어놓았다. 그녀는 지붕 위에서 힘들게 일하고 있었다. 그녀의 마스카라가 땀에 젖어 얼굴 위로 번져 검은 강물을 만들 정도로. 그 장면이 윈스턴을 자극했고 윈스턴은 잠시 동안 공포증을 잊어보려고 했다.

처음에는 모든 것이 괜찮은 듯 보였다. 그가 지붕의 평평한 곳에 서 있게 되자, 윈스턴은 그가 마치 그곳을 소유하기라도 한 듯이 소리치기 시작했다. 그러나 그는 아래를 내려다보자마자 얼어 버렸다. 완전히 얼어붙어서 그가 장식품 중 하나라고 해도 모를 정도였다.

줄리는 윈스턴을 도우려고 시도했지만 윈스턴은 여자아이가 내민 손을 보곤 더 당황해 버렸다. 그는 차례를 기다리고 있던 생키 씨의 거대한 훌라 소녀 장식을 잡을 수 있을 정도로만 간신히 움직였다. 윈스턴은 미소 짓고 있는 마네킹을 필사적으로 뒤에서 안았다. 짧은 팔을 뻗어 그녀의 코코넛 껍질 브래지어와 풀잎 치마 사이의 맨살 부분을 잡았다.

나중에 매니는 윈스턴은 정신적 안정을 위해 그 훌라 소녀를 잡은 것이라는 이론을 펼쳤다. 우리는 윈스턴의 가녀린 팔이 거대한 마네킹을 감싸 안은 것 외에 아무것도 볼 수 없었다. 우리는 그가 엄청난 공황 상태에 빠진 것을 알 수 있었다.

누군가 윈스턴의 근처로 가려고 하면, 그는 "저리 가." 또는 "나한테 손대지 마."라고 소리쳤다. 가끔 한 번씩, 그는 훌라 소녀를 앞으로 밀어 사다리 근처로 가려고 시도했다. 우리는 입을 벌린 채 훌라 소녀가 지붕 끝자락에 조금씩 더 가까워지면서 그녀가 하와이안 춤을 추는 것을 보고 서 있었다. 윈스턴이 풀잎 치마를 입은 마네킹 옆에 철푸덕 엎어져 있는 것을 보게 될 것은 너무나 명백했다.

매니가 갑자기 사다리로 지붕에 올라가려고 할 때, 나는 소방차를 부르거나 해리를 우리의 프로젝트에 불러들이는 방법을 생각하고 있었다. 매니는 지붕을 가로질러 윈스턴에게로 갔다.

"이봐, 땅딸보. 너 새 여자 친구가 생겼나 보구나. 매우 이국적이지만 네가 좋아하기에는 좀 과한 것 같다."

윈스턴은 매니에게 지금은 농담하지 말라고 했다.

"여기 위에 있는 게 좋아?"

"아니, 그렇지 않아."

"그러면 내려가는 게 낫다고 생각하지 않아?"

"아냐! 그렇게 생각 안 해!"

훌라 소녀와 윈스턴은 궁지에 몰렸다.

매니는 계속 그가 평소보다 몸무게가 더 늘었다는 점을 강조했다.

"네 생각에 이 지붕이 루저 두 명과 거대한 하와이안 크리스마스 댄서를 감당할 수 있을 것 같아?"

훌라 소녀와 윈스턴은 꽤 확신에 찬 목소리로 그렇다고

했다.

"만약 내가 뛰기 시작하면?"

"왜 이런 순간에 뛰고 싶다는 거야?"

훌라 소녀와 윈스턴이 물었다.

"네가 언제나 나한테 운동하라고 귀찮게 했잖아. 갑자기 특별한 뛰기 운동을 하지 않고는 못 배기겠어."

"뛰지 마."라고 훌라 소녀와 윈스턴이 애원했다. 그리고 "제발."이라고 덧붙였다.

"그럼 네 여자 친구를 보내 주고 지붕에서 내려올 거야?"

"절대로."

그러자 매니는 쿵 소리와 함께 뛰었다. 매니는 느릿느릿 뛰었지만 지붕 위에 있던 몇몇 녀석들은 몇 발자국 떨어진 상태에서도 진동을 느낄 수 있었다. 훌라 소녀가 오래된 자동차의 보닛 위에 있는 것처럼 흔들렸다.

"있잖아, 난쟁이 똥자루. 만약 내가 다시 뛰면 지붕에 구멍을 만들 수도 있고 괴기스런 만화에 나오는 것처럼 루저 무리가 그 구멍으로 떨어질 수도 있어. 네 생각에 이렇게 죽는 것보다 사다리를 타고 내려가는 게 나을 것 같지 않아?"

윈스턴이 마침내 훌라 소녀를 놓고 사다리까지 가 보겠다고 했다. 매니는 그 순간 그의 옆에 서 있었다. 윈스턴은 마네킹의 허리에서 손가락을 하나씩 떼어 내고 매니에게 그의 손을 내주었다.

"내 손을 봐, 난쟁이. 네가 본 손 중에 가장 크고 두껍지 않아?"

윈스턴은 그렇다고 말했다.

매니는 "이 손이 바로 너를 떨어지지 않도록 잡아 줄 손이야."라고 말했다.

매니는 이렇게 윈스턴을 구슬렀다. 그는 윈스턴의 손을 잡고 사다리 쪽으로 데려왔다. 마치 학교에 처음 등교하는 아이를 데려가는 것처럼. 꽤 거구인 매니가 그렇게 가볍게 움직이는 것을 처음 봤다. 한동안 윈스턴은 계속 "키를 생각하자……. 키를 생각하자……."라고 말했다. 윈스턴은 사다리를 타고 내려올 때까지 계속 키를 생각했다.

그 둘이 안전하게 내려오자 모두 만세를 불렀다. 매니는 영웅이었다. 그 뒤에는 어느 누구도 그가 "나는 크리스마스가 싫어."라고 말하는 것을 들을 수 없었다.

최악의 날

인정하기 싫지만 '징글벨 수술'은 그다지 잘 풀리지 않았다. "벌써 12월초인데, 우리가 보여 줄 건 형형색색의 멍뿐이야."라고 윈스턴이 말했듯이 말이다.

게다가 부상과 함께 여러 작은 사고들이 늘 따라왔다. 우리는 조금 더 많은 인력과 자금이 필요했다. 특히 전선에 대해 잘 아는 누군가가 필요했다.

다음 날 저녁 나는 해리의 집으로 가서 이 모든 것들에 대해 불평했다. 그는 "크리스마스잖아, 친구. 불길한 기운이 곳곳에 있어."라고 위로했다.

크리스마스 장식 때문에 스트레스가 많았던 것 같다. 그렇지 않고서야 내가 해리에게 그렇게 소리치며 말했을 리가 없다.

"우리를 도와주는 게 어때요? 그런 게 바로 크리스마스라고요. 휴식은 꼬마들을 위한 거예요."

해리는 몇 번 눈을 깜빡이며 말했다.

"이봐, 긴장 풀어."

나는 그에게 내 속에 있는 것들을 전부 털어놓았다. 그리고 나는 한 번 더 소리쳤다.

"크리스마스에 당신한테 나쁜 일이 일어난다 해도 난 당신을 도울 수 없어요. 만약 당신이 어떤 좋은 일을 한다면, 당신의 운이 바뀔 수도 있어요."

내가 막 일어설 때, 해리가 내게 무언가 말하려 했다.

"너도 알다시피 나는 가끔 기계 수리와 같은 것에 시간을 보내고는 해. 더 많은 공부를 하려고 일관되게 시도했던 분야란다."

"어떤 종류죠?"

해리가 웃어 보였다.

"전기."

그렇게 해리는 우리의 '징글벨 수술'의 지도 교수가 되었다. 해리의 도움으로 모든 것이 척척 돌아가기 시작했다. 곧 모든 전구에 불이 들어왔고 요정들과 루돌프 그리고 생키 씨의 썰매를 타고 있는 커다란 산타도 제자리를 잡았다. 거대한 '뚱뚱해서 행복한 칠면조' 간판은 앞마당과 매우 잘 어울렸다. 윈스턴이 그녀를 다시 잡아야 할 순간이 올지도 모른다는 생각에 해리는 거대한 훌라 소녀를 지붕 위에 올려 두었다.

우리의 장식은 영화처럼 화려해 보이지는 않았지만, 생키 씨의 장식품 덕에 매우 그럴듯해 보였다. 윈스턴조차 훌라 소녀 덕에 무언가 특별해 보인다고 인정했다.

줄리는 우리 루저들 모르게 스스로 스파이 미션을 수행했다. 그녀는 제리 위트먼의 집 근처에서 그와 이야기하곤 했다. 그녀가 돌아와서 좋지 않은 소식을 전했다. 줄리는 제리 위트먼의 장식이 어떻게 되어 갈지 대략 스케치를 해 주었다. 산타의 북극을 포함해 몇몇 집이 전구를 두르고 있었다. 그리고 움직이는 장식품이 꽤 많았다. 장관이었다.

"우린 망했어."

윈스턴이 말했다.

"우린 정말 망했어."

매니가 동의했다.

줄리는 우리의 기운을 북돋아 주려고 했다. 제리 위트먼의 장식은 아직 완성 전이라며 우리에게 "제시간에 끝낼 수 있을지 누가 알아? 두 명의 제리가 함께 일한다는 게 그들의 문제야."라고 말했다.

"무슨 뜻이야?"

내가 물었다.

"제리 위트먼의 아버지는 아들을 심하게 몰아붙여. 둘은 많은 갈등을 겪고 있어."

"어떤 종류의 갈등?"

윈스턴이 물었다.

"그다지 생산적이지 않은 것들."

"네가 잘못 알고 있는 거야. 그 가족은 네가 액자를 사면 거기에 끼워져 있는 사진 같은 가족이야."

"그래, 그들은 완벽해. 그건 아주 잘 알려진 사실이야."

매니가 끄덕였다.

그러나 내가 아는 것이 있다면, 그것은 그 누구도 완벽하지 않다는 것이다. 흥미롭게도 우리는 곧 제리 천하가 잘 돌아가지 않고 있다는 암시를 받게 되었다.

다음 날 점심시간에 듀엔이 내 사물함으로 다가와 경고를 했다.

"나는 제리가 요즘 행복하지 않다는 사실을 네가 알았으면 해. 제리는 긴장하고 있어. 왜냐하면 그의 아버지가 그 멍청하기 짝이 없는 크리스마스 경쟁 때문에 그를 몰아붙이고 있기 때문이야."

"무슨 말을 하려는 거야, 듀엔? 제리 위트먼이 경쟁에서 이기면 그가 원하는 건 뭐든 할 수 있잖아."

"그래, 맞아. 그가 원하는 것을 전부 주더라도 그는 만족하지 않을 거야. 제리는 점점 말릴 수 없는 상태가 되어 가고 있어."

"그래, 누군가 그에게 너무 많은 루저들의 돈이 사방에 있다고 말해야겠지."

"너는 이게 돈 때문이라고 생각해?"

듀엔이 말했다.

"아니야? 그럼, 뭐 때문이야?"

나도 모르게 무심코, 호기심에 듀엔이 무슨 말을 하려는지 듣고 싶어졌다.

듀엔은 진지하게 말했다.

"제리는 일어나자마자 돋보기로 개미 무리를 태우기에 얼마나 햇빛이 좋은지를 확인하는 스타일의 녀석이야. 그는 개미 대신에 루저들을 이용하는 것뿐이야."

나는 이것에 대해 잠시 동안 생각했다.

"잊어버려. 바보 같은 생각이었어."

그리고 그는 말할 가치도 없었다는 듯이 걸어가 버렸다.

그날 저녁, 속도를 조절할 겸 윈스턴, 매니 그리고 나는 막스 형제가 함께 출연한 영화를 보러 가기로 했다. 그리고 우리가 집에 돌아온 것은 늦은 밤이었다. 그날 저녁에도 우리는 장식을 하는 데 시간을 쏟고 있었다. 우리는 잠에 취해 있었다. 밤중에 무언가 쿵 하는 소리가 들렸지만 그것을 걱정하기에는 너무나 졸렸다.

우리 셋이 다음 날 일어났을 때 우리는 크리스마스 장식이 무너진 것을 보고 충격에 휩싸였다. 앞마당은 부서진 색색의 유리 조각으로 사방이 뒤덮여 있었다. 모든 장식품들이 지붕에 던져져 있거나 꼬여 있었다. 네온으로 반짝이던 '뚱뚱해서 행복한 칠면조' 간판은 구부러져 있었다. 엄청나게 어질러져 있었다. 우리는 입을 벌린 채 그저 서 있었다.

"이런 젠장."

윈스턴이 말했다. 우리 모두가 하고 싶은 말이었다.

"누구 짓이야?"

잠시 뒤에 매니가 말했다. 그는 허둥대고 있었다. 왜냐하면 이건 너무나도 바보 같은 질문이었기 때문이다.

"제리와 그 패거리들."

내가 말했다.

윈스턴은 "왜 제리가 이걸 부수어? 어쨌든 그 녀석이 이길 텐데."라고 말했다.

"그건 상관없어. 이게 우리 것이기 때문에 부순 것뿐이야."

내가 말했다.

우리는 바보처럼 한동안 그 자리에 서 있었다. 우리는 더 이상 생각할 수 없을 정도로 엄청난 저주를 제리와 그 패거리들에게 퍼부었다. 그리고 매니와 윈스턴은 차고에서 방수포를 가져와 덮었다. 매니는 이것이 마치 시체를 덮은 것 같다고 말했다.

그날 학교에서 제리와 패거리들은 아무 말도 하지 않았지만 우리에게 계속 의미심장한 미소를 날렸다.

"화내지 마."

매니가 윈스턴과 나에게 경고했다.

"그게 바로 저들이 원하는 바야."

그러나 나는 화가 나서 견딜 수가 없었다.

무슨 일이 일어났는지 소문이 금방 퍼졌다. 하루 종일 루저들은 계속해서 루저들 방식의 애도를 표했다.

너무 실망한 나머지 매니, 윈스턴 그리고 나는 마지막 수업을 빼먹기로 했다. 우리는 들킬까 봐 걱정하지도 않았다. 여기서 더 이상 나빠질 것도 없다고 생각했다. 그러나 언제나 그렇듯 우리의 예상은 틀렸다.

해리는 윈스턴 집의 열쇠를 따로 갖고 있었고 그래서 종종 우리가 학교에 있는 동안 메모를 남기고는 했다. 그러나 그날의 메모는 조금 달랐다. 거기에는 이렇게 쓰여 있었다.

알렉스

마을을 잠시 떠나야 한단다. 장식 일은 유감이구나. 하지만 나는 너희가 곧 괜찮아질 거라는 걸 안다. 가능한 빨리 돌아오마. 돈을 좀 빌려 가마. 비밀 장소를 보아라.

해리가

우리 셋은 부엌에 앉아 냉장고 문에 붙은 그 메모를 보고 우리 삶을 통틀어 최악의 날이 되어 간다고 생각했다. 우리가 루저라고 해도 이건 너무나 무자비한 일이었다. 삶은 얼마나 더 우리를 힘들게 하려는 걸까?

매니가 "비밀 장소가 어디야?"라고 물었다.

"어떻게 이렇게 떠나 버릴 수가 있지?"

내가 말했다. 나는 너무 화가 나서 더 이상 아무 말도 할 수가 없었다. 매니가 비밀 장소에 대해 다시 물었을 때 나는 윈스턴이 이렇게 소곤거리는 소리를 들었다.

"잠깐 자리를 비켜 주자, 매니."

나는 내 방으로 가서 내 목발을 열었다. 나는 돈을 세어 보고 천 달러가 비는 것을 발견했다. 천 달러 대신에 "너에게 빚졌다."라는 해리의 메모가 들어 있었다.

그는 내가 자쿠지에서 낮잠을 자거나 핀볼 게임을 하는

동안 돈을 가져간 것 같다. 이건 아무 문제가 아니었다. 돈은 사라졌고 해리 또한 사라졌다.

나는 아래층으로 내려와 매니와 윈스턴에게 말했다.

그들은 먼저 비밀 장소에 대해 듣고 화를 냈다.

"와우! 넌 부자였는데 우리한테는 한 마디도 안 했구나."

매니가 말했다.

윈스턴은 매니를 힐책하듯 쳐다보았다.

"너는 세비어가 어떤 마음일지 모르겠니?"

"그래, 처음엔 아버지가 떠났고 이제는 해리까지 떠났지."

매니가 말했다.

"조용히 해, 이 뚱땡아."

"너나 조용히 하시지, 부잣집 도련님."

나는 그 둘 모두에게 조용히 하라고 했지만 한편으로 그들이 티격태격하는 소리를 듣고 있는 게 편했다.

"왜 갑자기 떠난 걸까?"

매니가 물었다.

"어쩌면 우리한테 질렸을지도 몰라."

윈스턴이 말했다.

"누가 그를 탓할 수 있겠어? 우리는 루저들인걸."

"해리도 루저야."

윈스턴이 말했다.

우리의 요점 없는 대화는 노크 소리에 중단되었다. 우리는 오늘이 목요일이라는 것을 떠올리고 오늘이 평상시보다 훨씬 더 큰 규모의 루저 클럽 모임이 열리는 날이라는 사실을 상기했다. 우리가 밖으로 나갔을 때 우리는 누군가 방수포를 옮겨 놓은 것을 보았다. 나는 녀석들이 치우기 시작할 것이라고 생각했지만 그들은 망가진 것들을 보고 얼이 빠져 있기에도 바빴다. 마치 누군가 심각한 교통사고를 당한 것을 보듯이.

오직 한 명의 정상인이 보였다. 줄리 스펜서.

"오, 알렉스! 정말 화가 난다, 나는……."

줄리는 거기서 말을 멈추고 약이 올라 발끈했다. 그녀는 어떤 말도 더 이상 할 수가 없었다. 어떤 기분일지 정확히 알 수 있었다.

그리고 그때, 나는 제리와 그 패거리들이 천천히 우리를 향해 걸어오는 것을 보았다. 그들이 가까워지자 루저 무리들은 자동적으로 그들에게 공간을 내주었다.

제리 위트먼의 목소리가 들릴 만큼 가까워지자 나는 "너희는 그만두지 않을 거지, 그렇지?"라고 말했다.

"너는 내가 이렇게 만들었다고 생각하는 거야, 쉐어우드?"

제리 위트먼이 결백하다는 듯이 물었다.

"이제 그만 인정하는 게 어때? 너희는 불운을 타고나는 저주에 걸렸다는 걸 말이야."

"축하해, 제리. 새로 점수를 얻었구나."

줄리가 말했다.

"이제 너희가 우리를 이길 방법은 없어. 우리 아버지는 우리 장식품에 꽤 많은 돈을 쓰고 있거든."

제리 위트먼이 말했다.

"무슨 소용이야?"

윈스턴이 어지럽혀진 곳을 쳐다보며 말했다.

"아무것도 우리에게는 통하지 않아."

"이제야 루저다운 태도를 보이는군. 그렇지, 탱크?"

듀엔은 아무 대꾸도 하지 않았다. 그러자 제리 위트먼은 나를 향해 그 특유의 미소를 날리며 말했다.

"좋아."

제리와 패거리들은 그곳에 서서 망가진 나를 보며 즐기고 있었다. 나는 내 목발 중 하나를 집어던지고 흉한 소리를 내며 마당에 어질러진 물건들을 치우기 시작했다. 나는 한 손으로 커다란 방수포를 치우려고 했지만 마음대로 되지 않았다. 다시 시도하다 잔디 위에 미끄러져 넘어졌다. 나는 일어나 내가 할 수 있는 한 똑바로 섰다. 모두 나를 쳐다보고 있었다.

"뭣들 하고 있는 거야? 다시 시작할 수 있어."

나는 내 목소리가 높아지고 통제할 수 없다는 걸 느꼈지만 신경 쓰지 않았다.

"이것 봐, 우리는 다시 시작할 수 있어."

잠시 동안 침묵이 흘렀다. 곁눈으로 나는 제리 위트먼이 히죽거리는 것을 볼 수 있었다.

"그들이 다시 부수어 버릴 거야, 알렉스."

매니가 말했다.

"이대로 내버려 둘 수는 없어. 모르겠어? 만약 우리가 해낸다면 우리가 말하는 대로 뭐든 할 수 있어. 그렇지 않으면 우리는 영락없이 루저가 되고 마는 거야."

그러나 아무도 움직이지 않았다. 나는 다시 필리우드 썰매를 옮기려고 시도했다. 하지만 계속 잔디 위로 미끄러졌다. 줄리는 다른 쪽을 잡고 나를 도와주려고 했다. 그녀는 최선을 다했지만 그 썰매는 너무 무거웠다.

그때 정말 이상한 일이 일어났다. 듀엔이 앞장서서 공원 의자를 치우기 시작했다. 어쩌면 그는 그저 초등학교 때 내게 빚진 것을 갚으려는 것뿐이었는지도 모른다. 어쨌거나 듀엔은 고개를 흔들며 "더 이상은 아니야."라고 말했다. 그는 줄리와 나를 도와 썰매를 들어 제자리에 두고 다른 무거운 것들을 옮기는 것을 도왔다. 그러는 동안 계속 "더 이상은 안 돼, 더 이상은 아니야."라고 말했다.

그 뒤, 몇몇 루저들이 작은 물건들을 집어 옮기기 시작했다. 그리고 제리 위트먼을 제외한 패거리들 모두 치우는 걸 돕기 시작했다. 제리 위트먼은 몹시 화가 났다.

"멈춰."

그가 소리쳤다. 모두 멈췄다. 이것이 제리 위트먼의 힘이었다.

"이러지 말았어야 했어, 쉐어우드. 하지만 내 방식을 볼 때, 나는 네가 맘에 들어. 그래서 이제 이렇게 하려고 해."

바로 그 길거리 위에서 제리 위트먼은 나에게 협상을 제안했다. 이전에 했던 것과 같은 것이었지만 한 가지 크게 다른 점이 있었다. 만약 그가 경쟁에서 이기면, 나는 쉐어우드 은행을 문 닫고 그를 위해 일한다는 것이었다. 내가 그 조건을 수락한다면, 우리가 다시 장식품들을 정비한다고 해도 그들 패거리들이 망치지 않겠다고 했다.

"너는 탱크를 네 밑에 둘 수도 있어. 그는 이제 쓸모가 없으니까."

몇몇 루저들은 말문이 막혔다. 매니가 그중 먼저 말을 꺼냈다.

"그러지 마, 알렉스. 위트먼이 이길 게 뻔해. 그리고 그는 너를 그의 노예로 만들 거야."

"그는 네게 의자를 청소하게 하고 우리에게 마지막 동전 하나까지 받아오도록 괴롭힐 거야. 그가 네 자유를 빼앗아가 버릴 거야."

윈스턴이 말했다.

듀엔조차 이렇게 말했다.

"저 애들이 하는 말을 들어, 알렉스."

제리 위트먼은 그가 마치 왕이라도 되는 듯이 팔짱을 끼고 서 있었다.

"그래, 맞아. 쉐어우드. 그만 포기하고 내 부하들이 네 친구들의 돈 터는 것을 그냥 내버려 두지, 그래?"

"너는 정말 더러운 인간이야."

줄리가 딱 부러지게 말했다.

"네가 경쟁에서 몇 번이고 이긴다고 해도 너는 여전히 쓰레기야."

제리 위트먼은 줄리를 업신여기듯 쳐다보며 "네게 기대가 컸는데 말이야. 그렇지만 너도 별 볼일 없구나. 너도 저 루저들과 같은 부류야, 줄리."라고 말했다.

"맘대로 지껄여. 저들이 훨씬 나아."

제리 위트먼은 화가 난 듯 보였지만 그는 나에게 관심을 다시 집중시켰다.

"그래서 어떻게 할 거야, 쉐어우드? 내 제안을 받아들일 거야?"

나는 내 친구들의 말을 들었을지도 모른다. 만약 내가 매니가 그 순간 중얼거리는 소리를 듣지 않았다면.

"그렇게 나쁜 상황은 아니야. 어차피 우리는 지는 것에 익숙해."

나는 제리 위트먼을 쳐다봤다. 나는 정확히 알고 있었다. 그가 그렇게 하리라는 것을. 그러나 개의치 않았다.

"좋아, 받아들이지. 약속할게."

"좋았어. 최고가 이기게 되는 거야."

제리 위트먼이 말했다.

제리와 그 패거리들이 돌아가고 듀엔은 뒤에 남았다.

한동안 어느 누구도 말하지 않았다. 그때 윈스턴이 그의 오래된 친구, 커다란 훌라 소녀를 주목했다. 그녀는 얻어맞고 풀잎 치마가 엉망으로 뒤엉킨 채 땅바닥에 누워 있었다. 윈스턴은 그녀에게로 가서 그녀의 치마를 원래대로 돌려놓았다. 그는 놀라울 정도로 투지에 불타 있었다. 그는 두 주먹을 불끈 쥐고 눈에서는 불꽃이 튀었다. 그는 듀엔을 향해 돌아섰다.

"뭘 기다리고 있는 거야? 크리스마스?"

듀엔이 소리쳤다.

"너도 그가 말하는 걸 들었잖아. 자, 일을 시작하자."

다시 시작

우리는 장식품을 처음부터 다시 세우기 시작했지만 돈이 부족했다. 윈스턴의 자금이 고갈된 이후 나는 내 목발에서 돈을 꺼내 쓰기 시작했다. 듀엔 또한 돈을 보탰다. 그는 어차피 여동생 다이앤이 입학하는 내년부터 제리의 패거리에서 빠지려던 중이었다고 했다. 하지만 우리에게 너무 낙관적으로 생각하지 말라고 주의를 주었다.

"제리는 나 대신 누군가를 대체할 거야. 그리고 그들은 이해심이 없어."

"그는 우리를 먼저 이겨야 해."

내가 말했다. 그러나 내가 숨기려고 해도 용기가 사라지는 걸 알았다. 마감까지는 이제 겨우 2주밖에 남지 않았다. 날씨는 점점 더 추워지고 있었고 루저 친구들은 그들의 정신을 계속 지키기 힘들었다. 그리고 해리의 도움 없이 어떻게 전구에 다시 불이 들어오게 할 수 있는지 알 수 없었다.

그날 밤 침대에 누워 나는 해리가 어떻게 그렇게 우리를 떠나 버릴 수 있었는지 생각했다. 내가 그를 잘못 생각하고 있었다는 생각에 가슴이 아팠다.

희망은 없어 보였다. 우리가 예상치 못한 격려를 받기 전까진. 윈스턴은 계속해서 위네키 씨를 문병했다. 그는 이제 병원에서 나와 요양원에서 회복 중이었다. 위네키 씨는 오른팔을 움직일 수 없었다. 그리고 여전히 말하는 데 어려움이 있었다. 하지만 윈스턴에게서 제리와 그 패거리들이 우리의 장식품을 망친 이야기를 듣자 마음을 정했다. 결국 위네키 씨도 진짜 크리스마스 사나이였던 것이다. 윈스턴이 우리가 장식하는 것을 멈춰야 할지도 모른다는 말을 하자, 위네키 씨는 침대에서 일어나 그의 주먹을 들었다.

"그건 거지 같은 생각이야."

"다 같이 포기해요."

윈스턴이 말하자 그는 윈스턴을 흘겨보며 물었다.

"너는 내가 포기해야 한다고 생각하지, 윈?"

윈스턴은 절대 아니라고 말했다.

"네게 제안 하나를 하마. 나도 절대 포기하지 않을 테니 너희도 절대 포기하지 마라."

윈스턴의 말에 의하면, 그때 윈스턴은 위네키 씨의 손을 잡고 흔들며 "좋아요."라고 말했다고 한다.

윈스턴은 서서히 투지를 불태웠다. 그러나 그것도 잠시였다. 그때 매니가 좋은 지적을 했다.

"우리는 루저들이야. 그렇지만 우리는 두 손으로 음식을 먹을 수 있는 젊고 건강한 루저들이야."

"좋아."

매니가 엄청난 연설을 한 것은 아니었지만 윈스턴과 나는 그가 무슨 말을 하는지 알고 있었다. 우리는 무슨 일이 있어도 크리스마스 불빛 축제의 끝을 보아야 했다.

다음 날 오후 나는 생키 씨를 보러 갔다. 그는 아파트 보수 공사를 거의 끝낸 상태였다. 그에게는 이제 자유 시간이 필요했다. 그리고 우리가 곤경에 처했다는 것을 알고는 자발적으로 망가진 장식품들과 전구를 손봐 주겠다고 했다. 내가 감사를 표하자, 얼굴이 빨개지며 이렇게 말했다.

"고장 난 건조기에 머릴 처박고 있는 것보다 더 재미있을 것 같구나."

수리하고 나자 망가진 장식품들은 우리가 생각했던 것보다 상태가 그렇게 나쁘지 않았다.

지난 며칠 동안 루저들이 다시 모여 함께 무언가 해내는 모습은 감동적이었다. 틴 페이스 파셀은 산타의 코를 다시 칠하는 동안 그의 얼굴에 빨간 페인트가 묻었지만 개의치 않고 내가 그의 금속 치아 교정기를 볼 수 있을 정도로 활짝 웃었다. 왜 그렇게 행복해하냐고 묻자 그는 "제리와 그 패거리들에 대해 걱정하지 않고 밖에 있을 수 있다는 게 정말 좋아."라고 말했다.

나는 그가 무슨 말을 하는지 알 수 있었다. 코너에 몰린 쥐처럼 괴롭힌 당하고 난 뒤, 우리 자신에 대해 마음을 열 수 있었다. 우리에게는 프로젝트가 있었다. 우리에게는 목표가 있었다. 물론 우리는 여전히 루저이지만 누구도 우리를 막을 수 없었다. 우리는 우리 그대로를 보여 줄 수 있었다.

나는 큰 감동을 받은 나머지 바니의 베이글랜드에 알빈을 보러 갔다. 내가 우리의 크리스마스 장식이 부숴졌던 일을 설명하자 그는 한 가지 조건을 붙여 약간의 돈을 기부했다. 그는 최근에 커다랗게 부풀린 베이글에 이런 구절을 넣었다. "바니의 베이글랜드-세상에 널리 홀리데이 여신을 전합시다!" 그곳에는 거대한 크림치즈가 놓여 있어야 했다.

"내 최신 창작품이야. 시금치와 빨간 고추가 들어 있는 빨간색과 초록색이지."

그는 점점 더 신이 나서 말했다.

"가게 지붕 위에 얹어 두려고 했어. 그런데 더 좋은 생각이 났지 뭐야. 너희 장식품 한가운데 두면 어떨까?"

나는 그 거대한 베이글에 대해 확신이 서지 않았지만 그가 부드럽게 제안하는 바람에 딱 잘라 어울리지 않는다고 말할 수 없었다. 그가 그의 사무실로 돌아가고 나자, 나는 이 모든 이야기를 꽃무늬 원피스를 입은 할머니에게 해 주었다. 사실 그것은 거의 고백에 가까웠다.

할머니는 나를 친절한 눈길로 바라보며 내 이야기를 들어 주었다. 나는 불쑥 친구들에게 재앙이 닥치지 않기를 바란다고, 또 얼마나 우리가 열심히 일했고 얼마나 삶은 복잡하고 불공평한지 늘어놓기 시작했다. 나는 그녀에게 우리가 그 경쟁에서 지면 제리와 그 패거리들에게 어떤 일을 겪게 될지도 이야기했다.

할머니는 인내심을 갖고 들었다. 내 이야기를 다 들은 뒤, 내게 '함께 당기는 것'이 얼마나 중요한지 말하기 시작했다. 그리고 틀에 박힌 생각을 버리라고 조언해 주었다. 나는 그녀를 향해 웃어 보였다. 그녀는 이상하리만치 제리와 그 패거리들을 이해하고 있었다.

그날 밤 내가 저녁을 준비하는 동안 나는 매니와 윈스턴에게 그 거대한 베이글에 대해 어떻게 말을 꺼낼지 생각하고 있었다. 결국 우리가 저녁을 먹기 위해 둘러앉았을 때 나는 빨리 말해 버리기로 했다. 나처럼 그들은 정확히 그 콘셉트를 이해하지 못했다.

"뭔가 영감을 줄 수 있는 것이 필요해. 오래되고 거대한 빵 같은 것 말고."

윈스턴이 말했다.

심미적인 관점에서 매니는 역겹다고 했다.

내가 치킨을 씹으면서 제리 위트먼과 일하게 되면 얼마나 끔찍할지 생각하고 있을 때 콜라가 짖는 소리가 멈추지 않았다.

"무슨 일이지? 그 녀석 뒷마당에 있는데. 랜턴을 들고 무슨 일인지 가 보자."

윈스턴이 말했다.

우리는 콜라가 짖으면서 개집 주변에서 으르렁대는 것을 발견했다. 저택처럼 개집도 으리으리했다. 그 안에 있어야 할 콜라의 장난감들이 모두 있었는데도 콜라는 여전히 으르렁댔다. 윈스턴이 조심스럽게 불빛을 비추자 그곳에서 익숙한 눈이 나를 쳐다보고 있었다. 윈스턴은 불빛을 더 안쪽으로 비추었다.

"아빠? 아빠예요?"

"미안하다, 아들아. 이제 밖으로 나갈게, 알겠지? 개를 잠깐 치워 주겠니?"

콜라는 여전히 짖고 있었지만 매니가 말했다.

"진정해, 콜라."

콜라는 매니에게 꼬리를 흔들기 시작했다.

아버지는 개집에서 밖으로 나왔다. 개집은 정말 커서 아버지는 머리를 숙일 필요도 없었다. 아버지는 걱정스런 눈빛으로 콜라를 쳐다보고 또 나를 쳐다보았다.

"미안하다, 아들아. 아파트로 가려고 했다가 빅 개리가 고용한 사람들이 지켜보고 있을까 두려웠단다."

"이리 와, 매니. 자리를 비켜 주자. 밖에 있어도 괜찮지, 알렉스?"

12월의 밤, 나는 그 차가운 공기가 좋았다.

"괜찮아."

내가 답했다.

윈스턴은 나에게 랜턴을 주고 매니와 콜라와 함께 집으로 들어갔다. 아버지와 나는 마당에 남아 랜턴과 거리 가로등 불빛 아래 아무 말도 하지 않고 있었다. 이상하게도 나는 우리 둘 다 그렇게 하기를 원한다고 생각했다.

"무슨 일이 있었던 거예요? 여기서 뭐 하는 거죠?"

"해리 베이즐리가 나를 찾아 라스베이거스에 왔어. 해리는 모든 일을 말해 주었고 나는 내가 집으로 돌아오는 게 최선이라고 생각했지."

아버지는 내게 쪽지 하나를 건네주었다. 나는 랜턴을 비춰 읽었다. 이렇게 쓰여 있었다.

친애하는 알렉스

내가 한때 행방불명된 채무자 찾아내는 일을 했었다고 말한 것 기억하니? 나는 라스베이거스에 몇 군데 연락해 보고 나서 네 아버지를 찾기로 결정했어. 아버지에게 너무 심하게 대하지 마라. 그는 파산했고 코니는 그를 떠나 버렸어. 내 생각에 그는 두려웠던 것 같구나. 그렇지만 그는 네가 무척 보고 싶은 나머지 집으로 돌아가서 빅 개리와 정면으로 맞서기로 했단다. 네 돈을 빌려 가서 미안해. 그렇지만 비행기 표를 사는 데 돈이 좀 필요했단다. 내가 할 수 있는 한 빨리 돌아가서 갚도록 하마. 나는 L.A로 갈 거야. 그리고 잭과 시간을 보내기로 했단다. 내게 행운을 빌어 주렴.

메리 크리스마스!

해리

나는 아버지를 쳐다보았다.

"개집에 얼마나 앉아 있었던 거예요?"

"잠깐. 해리가 자신의 집 열쇠를 주었지만 들어가고 싶지 않더구나."

"윈스턴네 집 문을 두들기지 그랬어요?"

윈스턴은 네빌 형이 콜라와 개집에 머물면서 그와 놀아 주거나 잡지 읽는 것을 좋아한다고 말한 적이 있었다. 조금도 개집처럼 보이지 않았다. 히터도 있었고 의자 몇 개 그리고 콜라가 잠을 잘 수 있는 커다란 방석도 있었다. 침대 조명도 있었지만 우리는 켜지 않았다.

우리가 둘 다 의자에 앉았을 때 아버지가 말했다.

"내가 지냈던 방과 비교하면 이건 마치 궁전 같구나."

나는 랜턴을 껐고 우리는 한동안 어둠 속에서 이야기했다. 우리는 많은 것들을 이야기했다. 아버지가 떠나 있던 몇 달 동안, 나에게는 꽤 주목할 만한 몇 가지 변화가 있었다. 하지만 여전히 아버지는 내 아버지였다. 게다가 어찌 되었든 우리는 서로 많이 그리워했다.

아버지는 내게 언제 집에 돌아오기로 결심했는지 말해 주었다.

"해리와 나는 라스베이거스의 외곽에 있는 싸구려 모텔에 앉아 있었어. 그러다 커다랗고 통통한 바퀴벌레가 마루에 기어가는 것을 본 거야. 우리는 바퀴벌레가 욕실로 기어가는 것을 보고 있었지. 그리고 해리가 너희 셋이 어떻게 그에게 기회를 주었는지 설명하기 시작했어."

"기회요? 어떤 종류의 기회요?"

"변할 수 있는 기회. 그는 네가 그의 수도꼭지를 틀었다고 말했단다."

나는 그 말에 웃었다.

해리는 아버지에게 정말 변하기를 원하는지 물었다고 했다.

"나는 한동안 그 생각을 떨쳐 버릴 수가 없었어. 그리고 그게 내가 원하는 것이었어. 이전의 나로부터 달라질 수 있는 기회."

비록 어둠 속에 있어서 아버지의 눈빛이 보이지 않았지만 나는 아버지가 진심이라는 것을 알 수 있었다.

여전히 둘 사이에 어색함이 있었다. 아버지는 내게 솔직하게 말했기 때문에 나는 아버지에게 크리스마스 전구 경쟁에 대해 이야기했다. 나는 아버지가 긴장한 채 듣고 있는 것을 느낄 수 있었다. 아버지는 매우 작은 것들에까지 큰 관심을 보였다. 내가 이야기를 마치자 아버지는 몸을 구부리고 말했다.

"나는 항상 네가 네 엄마랑 닮았다고 생각했어. 그런데 나를 닮은 구석도 참 많이 있었구나."

"나도 알아요, 아빠."

"잘 모르겠지만 왠지 대단한 일 같구나. 그것이 기분 좋은 일이라는 걸 인정해야겠구나."

"최소한 내가 아빠를 비토 삼촌이라고 부를 일은 없을 거예요."

내가 말했다. 우리는 동시에 웃었다.

"프로젝트. 네가 프로젝트를 하고 있어. 들리니, 아들아? 들리니?"

"뭐가 들려요, 아빠?"

"세상에서 가장 아름다운 소리. 과학이 부르는 소리."

승리의 날

내 생각에 아버지는 정말 발명하는 것이 그리웠던 것 같다. 아버지는 크리스마스 장식을 돕는 데 모든 열정을 쏟아부었다. 나는 인스타 염색약 이후로 그런 모습을 본 적이 없었다. 아버지는 창고에서 지내고 있다. 일단 쓰레기들을 정리하고 난 뒤, 아버지는 생키 씨와 팀을 이루어 일을 하거나 제리와 패거리들이 부숴 버린 장식품을 수리했다.

줄리의 도움으로 루저 클럽 회원 전부와 아버지 그리고 생키 씨와 함께한 새 장식은 놀랄 정도로 빨리 진행되었다. 가끔씩 나는 뒤로 물러서서 모두 조직적으로 일하는 개미처럼 종종걸음 치는 모습을 지켜보곤 했다.

아버지와 나는 둘 다 아파트로 돌아가고 싶어 하지 않았다. 그래서 우리는 매니와 함께 윈스턴의 집에서 지내기로 했다. 그러다 아버지는 해리의 집을 돌봐 주기 위해 옆집으로 옮겨 갔다. 고장 난 것들을 수리하자 내가 상상했던 것보다 훨씬 더 근사해졌다. 하지만 여전히 뭔가 부족하다는 느낌을 지울 수 없었다.

어느 날 밤 창문을 열었을 때 매니가 어둠에 둘러싸인 채 요정들과 루돌프를 끌어안고 지붕에 앉아 있는 것을 보기 전까지 나는 그것이 무엇인지 알아차리지 못했다.

나는 그가 침실 창문으로 나와 기어 올라갔다고 생각했다. 그날은 많은 별을 볼 수 있는 맑고 추운 밤이었다. 나는 지붕 위로 기어 올라가 매니의 옆에 앉았다. 지금쯤이면, 내가 지붕 꼭대기를 기어올라 다니는 부류가 아니라는 것을 눈치챘을 것이다. 그러나 그즈음 나는 절대 백만 년이 지나도 하지 못할 거라고 생각했던 많은 것들과 이별하고 있었다. 지난 몇 달 동안.

"안녕, 세비어."

매니는 오랜만에 보는 것처럼 인사를 건넸다.

그곳에 있자 훌라 소녀 사건이 생각났다. 나는 매니에게 윈스턴을 구하기 위해 지붕에서 뛰었던 것이 얼마나 용감한 일이었는지 말해 주었다.

"전혀 용감하지 않았어."

"뭐라고?"

내가 물었다.

"내가 뛸 때 봤지? 내면의 어떤 면에서 나는 웃기고 싶었지만 어떤 면에서 무슨 일이 일어날지 전혀 신경 쓰지 않았어."라고 매니가 말했다. 그는 몇 초간 침묵한 뒤 이어서, "내 말은, 내 맘속에 어느 부분에서는 지붕에 구멍을 뚫고 삼켜지는 것처럼 지붕을 뚫고 나가고 싶었단 말이야."

"만약 네가 삼켜져 사라져 버렸다면 많은 애들이 슬퍼했을 거야. 나를 비롯해서 모두가."

매니는 이제 별을 쳐다보고 있었다.

"보살피는 일이 피곤하지 않아?"

"물론. 그렇지만 지금은 아니야."

매니는 나를 쳐다보지 않고 고개를 끄덕였다.

"뭐가 잘못됐어, 매니?"

"뭐가 잘못되지 않았어?"

매니가 말했다.

"우리가 바꿀 수 있는 몇 가지를 말해 봐. 크리스마스 장식에 대해서 네가 신경 쓰고 있는 뭔가가 있다는 걸 알아. 그게 베이글이니?"

내가 물었다.

"나는 우리 장식을 망쳐 버리고 싶지 않아. 내 말은, 내가 처음에 스케치를 한 사람이라는 거야."

"모두가 찬성했지. 넌 마음에 들지 않아?"

"글쎄, 디자인이 아주 뛰어났어. 약간 이상한 초현실주의야. 훌라 소녀와 베이글 그리고 모든 것들이. 전부 쿨하기는 하지만."

"하지만?"

"하지만 이건 우리에 관한 어떤 것도 말해 주고 있지 않아. 이건 루저들을 말해 주는 어떤 메시지도 담고 있지 않아."

"네 말은 선언문 같은 것?"

내가 물었다.

"내 말은 예술가적인 선언문 같은 것 말이야."

매니가 말했다.

"사람들에게 우리가 여기 있다. 그리고 우리는 도망가지 않을 것이다, 라고 말해 주는 무언가 말이야."

나는 코에 페인트를 묻힌 채 크게 함박웃음을 짓고 있던 틴 페이스를 생각했다.

"생각해 둔 게 있지, 그렇지?"

"어쩌면 네 아버지 도움이 필요할지도 몰라."

나는 매니에게 언제든지 아버지를 빌려 주겠다고 말했다. 우리는 조금 더 그곳에 앉아 별을 바라보았다. 그리고 나는 매니에게 창문을 통해 침실로 돌아가려면 그의 도움이 필요하다고 말했다. 매니는 손을 내밀며 "그렇다면 너의 남자가 되어 주지."라고 말했다.

다음 날 매니는 아버지를 빌려 갔다. 월요일이었다. 매니는 일을 하기 위해서 학교를 빠져야겠다고 했다. 아버지는 그들이 하고 있는 것이 교육적인 환경을 제공해 주기 때문에 괜찮다고 했다. 윈스턴과 나는 네 시쯤 창고를 찾았다. 그곳은 소음과 소리치는 소리, 무거운 연장 소리로 가득했다. 우리는 안으로 들어가지 않았다. 매니는 그의 걸작으로 놀래키기 바랐다. 아버지와 매니가 늦은 밤 베일에 싸인 그 장식품을 윈스턴네로 가져왔고, 우리는 정말 놀라지 않을 수 없었다. 정말 놀라웠다.

아버지와 매니가 함께 '뚱뚱해서 행복한 칠면조' 간판을 수리했던 것이다. 정정하자면 완전히 바꿔 놓았다. 지루하고 뚱뚱한 아버지는 매니와 비슷해졌지만 여전히 입속에 커다란 칠면조 샌드위치를 넣고 있었다. 그리고 거기에는 한 아이의 목발이 의자에 기대어 있었다. 다른 아이는 눈에 띌 정도로 작았고 어떻게 보면 윈스턴처럼 보였다. 그들의 뒤에 있는 창문에, 매니는 우리의 루저 친구들 얼굴을 그려 넣었다. 거기에는 교정기를 드러내고 환하게 웃고 있는 틴 페이스 페실과 커다란 안경을 낀 스탠리 호튼, 귀 뒤에 연필을 끼고 있는 모리스 리버만이 있었다.

그러나 그게 전부가 아니었다. 네온사인의 문구도 바뀌었고, 불도 들어왔다.

"칠면조의 등 끝 부분을 봐 봐."

매니는 심각하게 말했다.

처음에는 아무것도 찾을 수 없었다. 그러나 마침내 윈스턴과 나는 칠면조의 엉덩이 뒤에서 우리를 귀신처럼 쳐다보고 있는 제리 위트먼의 얼굴을 발견할 수 있었다. 매니는 제리 위트먼의 얼굴을 갈색 페인트로 살짝 뒤덮었지만 우리는 알아볼 수 있었다. 우리는 배꼽이 빠지도록 웃었고 진정하려고 애써야 했다.

"너희가 내 마지막 작업을 마음에 들어 하니 기쁘구나. 나는 이걸 '메리 크리스마스, 제리 위트먼'이라고 이름 붙였어."

매니가 활짝 웃으며 말했다.

윈스턴은 다시 활짝 웃으며 선언했다.

"만약 당신이 쿨할 수 없다면, 바보처럼 굴어라!"

"미숙함은 반란의 강력한 형태다."

내가 덧붙였다. 매니는 주먹을 공중에서 흔들며 소리쳤다.

"뚱보 파워!"

나는 매니가 '메리 크리스마스, 제리 위트먼'을 만드는 데 아버지가 얼마나 큰 도움을 주었는지 말할 때 정말 자랑스러웠다. 이 장식 덕에 우리의 장식품들은 밤하늘에서도 눈부시게 빛났다. 매니는 전 세대를 통틀어 크리스마스 장식으로 훌라 소녀를 택한 것은 우리가 처음일 거라고 말했다.

윈스턴은 수위실에서 대걸레를 꺼내고 요정이 들고 있는 것과 똑같이 만들었다. 이것은 그가 위네키 씨에게 보내는 찬사였다. 마지막 손질과 함께 다른 이들도 무언가 더하기를 원했다. 우리는 가까스로 시간 안에 모든 장식을 마쳤다. 매니는 탈진으로 쓰러질 것 같다고 농담했다.

크리스마스 불빛 축제 예비 심사일이었다. 심사 위원 한 사람이 장식들을 돌아보고 평을 다른 심사 위원에게 건네는 식으로 진행되었다. 그날 저녁 모든 심사 위원들이 모든 장소를 둘러보았다.

그날 밤 우리 루저 친구들은 함께 우리가 만든 것을 둘러보았다. 까만 하늘을 대신해, 우리는 커다란 훌라 소녀, 산타 그리고 요정들과 우주에서 가장 큰 베이글을 볼 수 있었다. 잔디 위에, 매니의 '메리 크리스마스, 제리 위트먼'이 밝게 빛나고 있었다.

"해리가 이 광경을 보았다면 좋았을 텐데."

나는 말했다.

우리 모두 해리가 그랬을 것이라고 생각했다. 그때 매니가 이렇게 고백했다.

"나는 이제 네가 약간 무서워, 세비어."

"어째서?"

"우리는 이길 수 없을 거야. 이건 너무 우리 같아."

"맞아. 정말이지 너무나 우리 같아."

윈스턴이 맞장구쳤다.

"다른 방법이 없었어."

내가 말했다. 그리고 진심이었다.

그럼에도 불구하고, 그날 밤 나는 침대에 누워 뒤척였다. 그리고 다 끝났다고 생각하는 순간에도 나는 계속 뒤척였다. 나는 우리 중 그 어느 누구도 잠들지 못하고 있을 거라고 생각했다. 부딪쳐 보자. 우리가 제리 위트먼을 이기려면 크리스마스의 기적 같은 것이 필요했다.

결국 나는 우유를 마시러 아래층으로 내려갔다. 윈스턴과 매니도 같은 생각이었나 보다. 왜냐하면 그들은 이미 식탁에 앉아 우유를 마시고 있었기 때문이다. 나를 발견한 윈스턴이 말했다.

"결과가 어떻게 되든지 나는 우리가 해냈다는 게 기뻐."

"고마워, 윈스턴."

우리 셋은 식탁에 둘러앉아 한참 동안 우유를 마셨다.

매니가 말했다.

"나는 지금이 뉴욕 파스트라미 샌드위치를 먹을 때라고 확신해."

나는 윈스턴이 어떤 말로 대꾸할지 기다렸다. 그러나 그가 말한 것은 "나도 그래."가 전부였다. 매니는 놀란 듯 보였지만 윈스턴은 미소를 지으면서 "그거 정말 맛있었어."라고 말했다. 매니는 크게 웃으며 "난쟁이, 가끔 너는 정말 트윙키가 생각나게 한단 말이야."라고 말했다.

우리는 다음 날 학교에 있었지만 우리가 생각할 수 있는 건 예비 심사 위원이 우리의 장식을 어떻게 평가했을까 하는 것뿐이었다.

집에 왔을 때, 다른 심사 위원은 차가운 시선으로 노트에 계속 써 내려갔다. 한 번도 웃지 않았다. 매니는 너무 걱정되어 거실 창문으로 그 심사 위원을 계속 쳐다보았다.

"저 사람은 전혀 모르고 있어. 예술가로서의 내 삶은 죽음뿐이겠구나."

매니가 애태우며 말했다.

윈스턴은 매니의 기분을 좋게 해 줄 다른 무언가를 생각하려고 노력 중이었다.

"그는 자신의 신발처럼 엄격해 보여. 그는 아마 취향도 없을 거야."

다음 날 학교에서 우리는 예비 심사 위원의 반응을 잊어버리려고 애썼다. 그동안 우리는 또 제리 위트먼의 장식이 전구 발명 이래로 가장 훌륭했다는 소문을 잊으려고도 애썼다. 우리 중 어느 누구도 줄리를 제외하고는 제리 위트먼의 장식을 보기 위해 그 집을 지나간 적이 없었다. 줄리는 그들의 장식은 '눈이 튀어나올 정도'였다고 잔인하게 묘사했다.

그러나 그날 저녁 제리 위트먼과 계속 겨루어 볼 수 있도록 도움될 만한 일이 일어났다. 심사 위원이 우리의 장식을 보러 가까이 왔을 때, 나는 최고 심사 위원이 꽃무늬 치마를 입은 할머니라는 것을 알아챘다. 그녀는 나와 매니 그리고 윈스턴에게로 바로 왔다.

"나를 소개하고 싶구나. 내 이름은 엘비라 멈포드란다."

"엘비라 멈포드 회사의 엘비라 멈포드 말이에요?"

나는 입을 쩍 벌린 채 물어보았다.

"정확하구나. 내가 이 행사를 후원하고 있지. 그리고 너희 작품이 콘테스트 역사상 가장 훌륭한 작품이라고 말하게 되어 기쁘구나."

"이건 좀……."

윈스턴이 말을 꺼냈다.

"벗어났는데도?"

매니가 끼어들어 물었다.

"물론이지. 그러나 나는 뭔가 다른 일이 일어나는 것이 좋단다."

엘비라 멈포드가 말했다.

심사 위원들이 떠나자, 매니는 훌라 소녀와 알빈의 거대한 베이글을 쳐다보았다. 그는 루돌프와 요정들을 쳐다보고 윈스턴의 앞마당에 반짝거리는 간판을 쳐다보았다.

"내가 할 수 있는 말은 딱 한 가지야."

관찰하던 매니가 말했다.

"그게 뭔데?"

내가 물었다.

매니는 웃어 보였다. 지난번 그가 제리 위트먼의 다트에 엄청난 점수를 올렸을 때 본 것 이래로 정말 한껏 웃었다.

심사 위원들은 그날 저녁 윈스턴의 집에서 결과를 발표했다. 제리 위트먼은 루저 클럽이 크리스마스 불빛 축제에서 1등을 하자 충격에 빠졌다. 그들이 만든 작품 '부동산에 바치는 찬사'는 2등을 했다. 제리 위트먼의 아버지는 한동안 조용했다.

루미스 선생님과 맥컬레인 양을 비롯해 많은 사람들이 우리를 축하해 주었다. 루미스 선생님은 팔을 윈스턴에게 두르고 우리의 장식품은 행동으로 가능성을 직접 보여 준 아주 좋은 예인 것 같다고 말했다. 그리고 몇몇 지역 신문기자가 소란스럽게 매니, 윈스턴 그리고 나에게 질문을 하기 시작했다. 그들은 '뚱뚱해서 행복한 칠면조' 앞에서 특별한 포즈를 취하고 사진을 찍도록 했다.

영광의 순간은 생리현상에 의해 잠시 중단되었다. 나는 화장실에 갔다가 내려오면서 다투는 소리를 들었다. 아래를 내려보았다. 그것은 분명 제리 위트먼의 아버지의 화난 목소리였다. 그들은 집 주변으로 자리를 옮겨 아무도 그들이 싸우는 소리를 못 들을 거라고 생각했던 것 같다. 그러나 나는 충분히 들을 수 있었다.

"내가 얼마나 창피한지 아는 거냐? 이 일에 얼마나 많은 비용이 들었는지 알아?"

"죄송해요, 아버지."

"죄송하다고! 너 같은 아이들을 뭐라고 하는지 알아? 너는 루저야!"

"그렇지 않아요."

제리 위트먼이 말했다. 그러나 그의 목소리는 매우 작았다. 그것이 그의 아버지를 더욱 화나게 만들었다. 창문 틈으로 나는 그가 그의 빛나는 트로피를 아들의 얼굴 앞에서 마구 흔들고 있는 걸 볼 수 있었다. 순간, 나는 그가 그 트로피로 아들의 머리를 치려는 줄 알았다.

"여기 뭐라고 쓰여 있지?"

제리의 아버지가 물었다.

"2등이요."

"그리고 2등은 뭐라고?"

이미 답을 알고 있었음에도 제리 아버지는 질문했다.

"거지 같아요."

제리 위트먼이 구시렁거리며 말했다.

"그래 맞아. 거지 같은 거야."

"어떻게 2등한 게 나 때문이라고 할 수 있어요? 아버지가 간섭한 부분이 더 많았잖아요."

제리의 아버지는 처음에 아무 말도 하지 않았다. 그러다 곧 그는 야유를 퍼부으며 "그게 바로 루저들이 하는 말이야. 나는 네 탓이라고 생각한다. 왜냐하면 나는 더 크고 똑똑하기 때문에 그렇게 말할 수 있는 거야."라고 말했다. 그리고 그는 덧붙여, "불만 있냐?"라고 말했다.

제리 위트먼은 그의 아버지가 원하는 대로 입을 닫았다.

"이제 네가 사람들 있는 곳으로 가서 최소한 승자인 것처럼 행동할 수 있는지 어디 한번 보자."

그들은 집 앞쪽으로 발걸음을 돌렸다.

제리 위트먼은 모두의 앞에서 그가 할 수 있는 한 승자인 것처럼 행동했다. 그는 최선을 다해 자신만만한 듯 보이려 애썼다. 약간은 성공한 듯 보였다.

제리 위트먼은 네빌 형의 실내화를 입에 물고 축제를 즐기고 있는 콜라가 눈에 거슬렸다. 그래서 빼앗으려는 듯이 실내화를 잡아당겼다. 윈스턴은 제리 위트먼에게 그것이 얼마나 위험한 행동인지 경고하려고 했지만 제리 위트먼은 그저 비웃기만 했다.

"장난해? 나도 녀석을 알지. 이 개는 소심한 고양이야."

제리 위트먼은 이 말을 하는 동안 콜라의 입에서 네빌 형의 실내화를 가져오려고 했다. 그 뒤에는 마치 슬로우모션처럼 일어났다. 콜라가 어떤 표정으로 그 다음 행동을 표현했는지 제리 위트먼은 그가 할 수 있는 한 가장 빨리 반대편으로 달아나기 시작했다. 그는 겁먹은 토끼처럼 황급히 자리를 떴다. 불행히도 그는 도망가는 동안 네빌 형의 실내화를 떨어뜨리는 것을 깜빡했다. 그래서 콜라는 제리 위트먼이 마치 거대한 장난감으로 보이는 듯이 그의 뒤를 쫓아 뛰었다.

갑자기 고디 헤프넌이 소리쳤다.

"절대 이 장면을 놓칠 수 없어."

그는 콜라가 제리 위트먼을 잡을지 보기 위해 자리를 떴다. 이는 다른 루저들에게 연쇄반응을 일으켰다. 루저들은 콜라가 제리 위트먼을 무는 장면을 보고 싶어 안달이 났다. 스탠리 호튼은 자신의 천식약을 들이켜고는 소리쳤다.

"뭘 기다리고 있는 거야? 가자!"

곧 숨을 할딱거리며 루저들은 그들이 보고 싶어 하는 그 장면을 놓치지 않기 위해 거리로 뛰어나갔다.

아버지는 제리의 아버지를 노려보았다.

"아들이 도움이 필요하지 않은지 보러 가지 않을 건가요?"

제리의 아버지는 얼마나 많은 미래 고객들이 있는지 확인이라도 하듯이 사람들을 둘러보았다. 그리고 마침내 그는 창피한 듯 크게 웃고는 2등 수상 트로피를 쥔 채 뛰기 시작했다.

줄리와 나는 우리 친구들이 언덕 너머로 멀리 사라지는 것을 지켜보고 있었다.

"네가 옳았어. 승자보다 패자가 더 많구나."

"그들이 그를 따라잡을 수 있을 것 같아?"

줄리가 물었다.

나는 고개를 끄덕였다.

"그러나 그들은 그를 해치지 않을 거야. 숨이 차서. 그리고 이미 이겼잖아."

줄리는 내 손을 잡고 거대한 훌라 소녀 바로 밑에서 내게 키스했다.

나는 얼굴이 빨개지지 않으려고 애썼다.

우리는 별이 반짝이는 하늘 아래서 손을 잡고 그렇게 서 있었다. 잠시 기분이 이상했다. 그리고 그때 나는 대부분의 루저들은 경험할 수 없는 일을 겪고 있다는 것을 깨달았다. 나는 운이 좋다고 느꼈다.

매니와 윈스턴은 줄리와 내게 제리 위트먼은 콜라를 피해 도망칠 수 없었다며, 나중에 이야기의 전말을 전해 주었다. 사실, 콜라는 매우 화가 나서 그가 나무 위에 올라가기 전에 그의 바지 아랫단을 크게 한 입 물어뜯었다. 윈스턴은 제리 위트먼이 엄청 겁에 질려 콜라가 그를 쫓아 올라가려 할 때까지도 여전히 네빌 형의 실내화를 쥐고 있었다고 말했다.

일은 점점 복잡해져 갔다. 루저 무리들이 나무 주위를 둘러싸고 다음에 무슨 일이 일어날지 기다리고 있었다. 그때, 매니가 나섰다. 그는 침착하게 텔레비전 쇼에서 나올 법한 목소리로, 매우 화난 형사가 그의 무기를 포기하라고 말하듯이 소리쳤다.

"좋아, 제리. 천천히 실내화를 떨어뜨려."

제리 위트먼은 네빌 형의 실내화를 떨어뜨렸고 콜라는 그것을 주워 들고 나무를 향해 행복하다는 듯이 꼬리를 흔들었다. 제리 위트먼이 할 수 있는 최선은 윈스턴을 쳐다보며 "누군가는 이 바지 값을 내야 할 거야."라고 말하는 것뿐이었다.

윈스턴은 제리 위트먼이 그의 패거리들에게 조용히 하라고 소리치고는 서둘러 사람들 속으로 사라지는 모습이 꽤 한심해 보였다고 했다.

그들이 가고 나서, 틴 페이스 파셀은 가늘고 떨리는 듯한 목소리로 "누, 누군가는…… 이 바, 바지 값을 보, 보상해야 할 거야."라고 말했다.

제리 위트먼이 이렇게 다시 말하기라도 한듯 루저들은 마음껏 웃었다. 그들은 계속 웃어 댔다. 나는 여기서 멈추기에는 무척 아쉽다고 생각했다.

매니는 다음 날인 토요일을 '승리의 날'이라고 명명했다. 우리 셋은 바보 같아 보이지만 우리를 기분 좋게 하는 일들을 함께했다. 예를 들면, 윈스턴은 계단 꼭대기에 서서 화장실 휴지를 찢어서 무척이나 기쁜 나머지 트로피를 들고 뛰어 다니던 매니의 머리 위로 휴지 조각들을 떨어뜨렸다.

"우리는 챔피언이야!"

매니는 마치 월드 시리즈에서 우승해 15번가에서 행진을 하는 동안 뿌려지는 반짝이 테이프 같다고 말했다.

게다가 그날 아침 신문에는 매니, 윈스턴 그리고 내 사진이 커다랗게 실려 있었다. 윈스턴은 홍콩에 있는 그의 친척들에게 보낸다며 밖으로 나가 몇 부를 더 샀다. 매니는 복사본을 그의 아버지에게 보냈다.

그날 밤, 도시에서 사람들이 우리의 장식들을 보기 위해 윈스턴의 집으로 몰려왔다. 위네키 씨는 휠체어를 타고 일찍 우리를 보러 왔다.

"윈? 저기 있는 건 내 대걸레 아니니?"

그가 물었다. 윈스턴이 그렇다고 말하자 위네키 씨는 매우 자랑스러워했다.

"대걸레야말로 사람들이 생각하는 것 이상으로 크리스마스에서 매우 중요한 부분이지."

빅 개리조차 존경을 표하러 잠시 들렀다. 처음에 나는 문제가 생길 수도 있겠다고 생각했다. 왜냐하면 그가 도착했을 때 아버지는 지붕 위에서 전구를 수리하고 있었기 때문이다.

나는 아버지가 자랑스럽다. 아버지는 빅 개리로부터 숨으려고 하지 않았다. 아버지는 사다리에서 내려와 빅 개리 앞으로 가서 그를 위협적으로 쳐다보았다. 나는 순간 빅 개리가 아버지를 때릴 거라고 생각했다. 그러나 그는 하늘을 향해 반짝거리는 크리스마스 전구들을 쳐다보았고 온화한 표정이 그의 얼굴에 내려앉았다.

빅 개리가 모자를 벗었을 때 머리카락의 대부분이 자라고 있음을 알 수 있었다. 그는 우리에게 인스타 염색약의 모든 고객들의 머리가 다시 자라기 시작했다고 전해 주었다. 윈스턴과 내 옆에 서 있던 매니는 이건 두 번째 크리스마스의 기적이라고 말했다. 빅 개리는 돌아가지 않고 마당에 서서 그의 머리끝을 만지작거리며 무언가 말하려고 했다. 마침내 그는 자신의 손을 꺼냈다. 그는 "안 될 게 뭐람, 메리 크리스마스 쉐벌."이라고 말했다. 그리고 아버지와 악수를 했다.

다음 날 오후 네빌 형이 캘리포니아에서 돌아왔는데 그다지 기분이 좋아 보이지 않았다. 윈스턴은 우리에게 그의 형이 여자 친구와 크게 다퉜다고 알려 주었다. 네빌 형은 그들의 부모님이 하루 동안만 와 있기로 한 시기에 맞추어 돌아온 것이다.

재미있는 일이다. 그러나 지금과 그때를 돌이켜 보면, 나는 우리가 크리스마스 경쟁에서 이긴 뒤 몇 가지 일들이 한동안 잘 돌아가고 있는 것을 알 수 있었다. 매니는 "우리는 아직 기본적으로 구제불능이야. 그렇지만 지금은 무언가 좋은 일이 일어나고 있어. 그래서 우리는 우리가 지난 시간 동안 얼마나 구제불능이었는지 말할 수 있어."라고 말했다.

윈스턴의 부모님은 작은아들의 기하학 점수가 크게 향상됐다는 사실에 매우 감동해서 그의 열여섯 번째 생일날 차를 사 줄까 생각 중이라고 했다. 윈스턴은 용기를 내어 좀 더 자주 부모님을 볼 수 있으면 좋겠다고 말했다. 그래서 그들은 서로의 일정을 맞추어 나흘 더 밴쿠버에 머무르겠다고 말했다.

"운이 좋으면 협상을 통해 이틀을 더 얻어 낼 수 있어. 엄마는 그중 하루는 탈출 방에서 퍼즐을 맞추는 데 몰두할 거야."

여전히 윈스턴은 그의 형을 돌아오게 할 방법을 생각 중이다. 네빌 형에게 이제 그가 빨래하는 데 필요한 모든 유용한 것을 알고 있다는 것을 절대 말하지 않도록 만들었다.

루저들은 더 이상 제리와 그 패거리들에게 겁먹지 않았다. 듀엔이 행동 대장 일을 그만두었기 때문인지, 루저들 모두가 제리 위트먼이 토끼처럼 도망치는 것을 보았기 때문인지, 제리 아버지가 제리를 진짜 루저라고 몰아붙인 것 때문이었는지도 모르겠다. 제리의 아버지는 크리스마스 휴가가 지나자 자신의 아들을 사립학교로 전학시키고 매의 눈으로 그를 감시했다. 윈스턴은 제리 윈스턴이 전학 간 곳이 화장실을 가기 전에 거수경례를 해야 하는 학교라고 들었다고 했다.

매니는 조금씩 긍정적으로 변했지만 여전히 루저처럼 생각했다. 몇 번쯤, 그는 제리 위트먼이 우리를 전보다 더 불행하게 만들기 위해 사립학교에서 닌자 훈련을 받고 다시 우리 학교로 돌아올지도 모른다고 말했다. 아마도 우리의 삶이 더 이상 지갑을 털리고 오래된 빵으로 얻어맞는, 지옥과 같은 삶을 살고 있지 않다는 사실을 받아들이는 것이 어려운가 보다. 처음에 매니는 우리가 더 이상 안전지대를 찾아 돌아다니지 않아도 된다는 사실을 믿기 힘들어 했다.

"네가 우리의 방패가 되어 주었던 그때가 그리워."

그리고 매니에게는 여전히 문제가 남아 있었다. 매니의 엄마는 클리닉에서 집으로 돌아왔고 그들은 함께 상담을 받기 시작했다. 비록 그 시간을 매우 귀찮아했지만 꽤 도움이 되었다. 매니는 나에게 그가 긍정적으로 생각하려 노력한다고 말했다. 매니는 매니였다. 그는 최소한 그 상담은 그와 그의 엄마에게 치킨 누들 수프 이외 다른 것에 대해 이야기할 거리를 준다고 말했다.

줄리와 나는 학교에서도 잘 지냈다. 그녀는 여전히 나를 '루저들의 왕'이라고 불렀는데 매우 기분 좋은 소리였다. 그리고 가끔 복도에서 내게 키스했다. 그러나 최소한 이제 나는 받아들일 준비가 되어 있었다.

아버지는 더 이상 발명품 사업을 하지 않았다. 새해가 시작되면서 아버지는 지역 텔레비전의 '미스터 사이언스에게 물어봐'라고 불리는 프로그램을 진행하게 되었다. 많은 돈을 벌지는 못했지만 우리는 여전히 우리의 오래된 아파트에 살 수 있었다. 그 누구도 아버지에게 소송을 걸지 않았고 아버지는 아무것도 날려 버리지 않았다. 물론 아직까지는.

12월이 끝나갈 무렵 윈스턴, 매니 그리고 나는 해리에게 줄 특별한 크리스마스 선물을 사기 위해 나섰다. 그리고 로스앤젤레스에 있는 그에게 소포를 보냈다. 해리는 셔츠가 매우 마음에 든다며, 하지만 우리가 그를 다시금 인생의 레이스에 들어설 수 있도록 만듦으로써 그에게 이미 선물을 한 것이나 다름없다고 카드를 보냈다. 그는 그 카드에 다시 한 번 진짜 책을 쓰려고 최선을 다하는 중이라고 했고 또한 요즘 그의 아들 잭과 많은 시간을 보내고 있다고 했다. 또 우리와 맥컬레인 양을 보기 위해 곧 돌아갈 수 있기를 바란다고 썼다. 그 사이에, 그는 내게 빌려 간 돈을 조금씩 나누어 갚겠다고 했다.

해리는 또 그가 가장 아끼는 찰스 파커의 현악기 연주 레코드를 내게 주었다. 나는 아버지가 사 준 오래된 턴테이블 축음기에 판을 올려 두고 음악을 들었다. 음악은 내가 때때로 다른 것들을 생각하게 만들었다. 때로는 엄마를 생각나게 하고, 때로는 줄리를 생각나게 한다. 그리고 우리가 우리의 크리스마스 장식을 정리하기 전날 밤을 생각나게 했다.

새해 다음 날 자정, 챙의 가족들은 잠자리에 들었지만 윈스턴은 매니와 나를 만나 마지막으로 그것을 보았다. 조용히 아침이 밝아오고 있었고, 우리는 우리의 가슴에 사진처럼 이것을 새겨 두어야 한다는 것을 알았다.

우리 셋은 우리의 작품을 감탄하며 서 있었다. 우리는 크리스마스 장식품들 그 이상인 그것들에게 작별을 고했다. 우리 모두는 같은 기분을 느끼고 있었지만 조용히 전구에 집중했다. 매니의 커다란 작품은 어둠 속에 이렇게 반짝이고 있었다.

마침내 매니가 말했다.

"어째서 루저들은 무슨 말을 해야 할지 모르는 거지?"

“가끔은 아무 말도 필요 없을 때가 있어.”

윈스턴이 말했다.

윈스턴이 옳다. 때로는 그 어떤 말도 필요하지 않을 때가 있다.